EDITORIAL PRESENÇA

Estrada das Palmeiras, 59 · Queluz de Baixo
2745-578 BARCARENA · Tel. 21 4347000 · Fax 21 4346502
Email: info@editpresenca.pt · http://www.editpresenca.pt

O SEGUNDO VERÃO
DAS QUATRO AMIGAS
E UM PAR DE CALÇAS

ANN BRASHARES

O SEGUNDO VERÃO
DAS QUATRO AMIGAS
E UM PAR DE CALÇAS

Tradução de Manuela Madureira

EDITORIAL PRESENÇA

FICHA TÉCNICA

Título original: *The Second Summer of the Sisterhood*
Autora: *Ann Brashares*
Copyright © 2003 by 17th Street Productions, an Alloy Online, Inc. Company
Edição portuguesa publicada por acordo com Random House Children's Books, uma divisão da Random House, Inc., Nova Iorque. Todos os direitos reservados
Tradução © Editorial Presença, Lisboa, 2003
Tradução: *Manuela Madureira*
Capa: *Duplicidade*
Pré-impressão, impressão e acabamento: *Multitipo — Artes Gráficas, Lda.*
1.ª edição, Lisboa, Agosto, 2003
Depósito legal n.º 198 348/03

Reservados todos os direitos
para Portugal à
EDITORIAL PRESENÇA
Estrada das Palmeiras, 59
Queluz de Baixo
2745-578 BARCARENA
Email: info@editpresenca.pt
Internet: http://www.editpresenca.pt

Para a minha mãe.
Jane Easton Brashares,
com amor

AGRADECIMENTOS

Gostaria de expressar o meu grande e ilimitado apreço a Jodi Anderson. A minha admiração e os mais sinceros agradecimentos a Wendy Loggia, Beverly Horowitz, Channing Saltonstall, Leslie Morgenstein e Jennifer Rudolph Walsh.

Agradeço com toda a ternura e gratidão ao meu marido, Jacob Collins, e às três maiores alegrias da minha vida, Sam, Nathaniel e Susannah. Agradeço ao meu pai, William Brashares, o meu modelo de sempre. Agradeço aos queridos Linda e Arthur Collins, que nos receberam durante este ano e até me facultaram um sítio para escrever este livro. Agradeço aos meus irmãos, Beau, Justin e Ben Brashares, por me terem proporcionado a melhor das opiniões a respeito de rapazes.

Nada é demasiado belo para ser verdade.

MICHAEL FARADAY

Eram uma vez quatro raparigas que partilhavam um par de calças. As raparigas tinham todas figuras diferentes e, no entanto, as calças assentavam bem a todas.

Podem pensar que isto é um mito suburbano. Mas eu sei que é verdade porque sou uma delas, uma das irmãs das Calças Viajantes.

Descobrimos que elas eram mágicas o Verão passado, meramente por acaso. Íamos separar-nos as quatro pela primeira vez na vida. Carmen tinha-as comprado numa loja de artigos usados sem se dar sequer ao trabalho de as provar. Tencionava deitá-las fora, mas por casualidade Tibby viu-as. Primeiro experimentou-as Tibby, depois Bridget, depois eu, Lena, e depois Carmen.

Quando Carmen as enfiou, percebemos que estava a acontecer qualquer coisa extraordinária. Se as mesmas calças assentavam bem — e quero dizer mesmo bem — a nós as quatro, então é porque não eram vulgares. Não pertencem inteiramente ao mundo das coisas que podemos ver e tocar. A minha irmã Effie afirma que eu não acredito em magia, e talvez não acreditasse. Mas depois do primeiro Verão das Calças Viajantes, já acredito.

As Calças Viajantes são não só os mais belos *jeans* que existem, como são amáveis, reconfortantes e sábias. Além disso dão-nos um aspecto fabuloso.

Nós, os membros da Irmandade, já éramos amigas antes das Calças Viajantes. Conhecemo-nos desde antes de ter nascido. As

11

nossas mães frequentavam todas a mesma aula de aeróbica para grávidas. Pessoalmente, acho que isso explica muita coisa a nosso respeito. Todas temos em comum o facto de nos terem feito saltitar demasiado sobre as nossas cabeças fetais.

Nascemos todas num espaço de dezoito dias. Sabem o muito que se discute a respeito de qual dos gémeos nasceu três minutos antes do outro? Como se fosse uma coisa importante? Pois nós somos assim. Damos grande significado ao facto de eu ser a mais velha — a que tem mais maturidade, que é mais maternal — e Carmen ser o bebé.

As nossas mães começaram por se dar muito. Tínhamos reuniões de grupo para brincar pelo menos três vezes por semana até entrarmos para a classe infantil. As nossas mães ficavam à conversa no jardim daquela a quem calhara nesse dia, a beber chá gelado e a comer tomates anões. Nós brincávamos, brincávamos, brincávamos e ocasionalmente brigávamos. Com toda a franqueza, lembro-me quase tão bem das mães das minhas amigas como da minha nesse tempo.

Nós quatro, as filhas, trocamos reminiscências disso de vez em quando — relembramos esse período como uma era de ouro. Gradualmente, à medida que fomos crescendo, a amizade das nossas mães desintegrou-se. Depois a mãe de Bee morreu. Ficou um imenso vazio que nenhuma delas soube colmatar. Ou talvez simplesmente não tivessem tido coragem.

A palavra *amigas* não é suficientemente significativa para descrever aquilo que sentimos em relação umas às outras. Esquecemos onde começa uma e acaba a outra. Quando Tibby se senta a meu lado no cinema bate-me com o calcanhar na canela durante as partes divertidas ou assustadoras. Em geral, nem sequer dou por isso até a nódoa negra despontar no dia seguinte. Na aula de história, Carmen belisca-me distraidamente a pele solta do cotovelo. Bee apoia a cabeça no meu ombro quando estou a tentar mostrar-lhe qualquer coisa no computador, o que a leva a bater os dentes quando me volto para lhe explicar algo. Pisamo-nos com frequência. (Está bem, pronto, eu tenho os pés grandes.)

Antes das Calças Viajantes não sabíamos como estar juntas quando estávamos separadas. Não nos havíamos apercebido de que somos maiores, mais fortes e mais duradouras do que o tempo que passamos juntas. Aprendemos isso no primeiro Verão.

E durante todo o ano esperámos e interrogámo-nos sobre o que nos traria o segundo Verão. Aprendemos a conduzir. Tentámos preocupar-nos com o trabalho escolar e os nossos exames de admissão à Faculdade. Effie apaixonou-se (várias vezes) e eu procurei desapaixonar-me. Brian passou a ser presença regular em casa de Tibby. Carmen e Paul evoluíram de irmãos por casamento dos pais, a amigos. Todas nos mantivemos, nervosa e carinhosamente, de olhos postos em Bee.

Enquanto prosseguíamos a nossa vida, as Calças viviam sossegadas no cimo do roupeiro de Carmen. Eram Calças de Verão, todas havíamos concordado. Sempre tínhamos marcado as nossas vidas pelos verões. Além de que, com a regra de não poderem ser lavadas, era preciso não exagerar no seu uso. Mas não se passou um só dia de Outono, Inverno ou Primavera sem que eu tenha pensado nelas, dobradas no roupeiro de Carmen, em segurança, reunindo a sua magia para quando voltássemos a precisar delas.

Este verão começou de maneira diferente do anterior. Exceptuando Tibby, que ia frequentar o seu curso de cinematografia numa universidade da Virgínia, nós pensávamos ficar em casa. Sentíamo-nos todas curiosas em ver como é que as Calças funcionavam quando não andavam a viajar.

Mas Bee nunca teve um plano que não gostasse de mudar. Por isso, desde o início, o nosso Verão não correu como esperávamos.

*Ah, quem pode saber se não
aquele cujo coração tentou.*

LORD BYRON

Bridget estava sentada no chão do seu quarto com o coração aos pulos. Na alcatifa encontravam-se quatro sobrescritos, todos dirigidos a Bridget e Perry Vreeland, todos com carimbos de Alabama. Eram de uma mulher chamada Greta Randolph, a mãe da mãe dela.

A primeira carta datava de há cinco anos, e convidava-os a assistir a um serviço fúnebre em honra de Marlene Randolph Vreeland na igreja United Methodist em Burgess, Alabama. A segunda tinha quatro anos, e comunicava a Bridget e Perry que o avô falecera. Incluía dois cheques nunca levantados de cem dólares cada, explicando que era um pequeno legado do testamento do avô. A terceira tinha dois anos e incluía uma pormenorizada árvore genealógica das famílias Randolph e Marven. «A Vossa Herança», escrevera Greta no topo. A quarta carta tinha um ano, e pedia a Bridget e Perry que a fossem visitar quando pudessem.

Bridget nunca vira nem lera nenhuma delas até hoje.

Tinha-as encontrado no escritório do pai, arrumadas com a sua certidão de nascimento, os relatórios escolares e a caderneta de saúde, como se lhe pertencessem, como se ele lhas tivesse dado.

As mãos tremiam-lhe ao dirigir-se para o quarto dele. O pai acabara de chegar e estava sentado na cama a descalçar os sapatos

15

de trabalho e as meias pretas, como era seu hábito. Quando ela era muito pequena, gostava de lhe fazer aquilo, e ele gostava de dizer que aquilo era a coisa que preferia no dia inteiro. Mesmo nessa altura ela sentira a preocupação de que não houvesse bastantes coisas felizes nos seus dias.

— Por que é que não me entregou isto? — atirou-lhe ela. Aproximou-se o suficiente para ele ver o que empunhava. — Estão dirigidas a mim e ao Perry!

O pai olhou para ela como se mal conseguisse ouvi-la. Ficava com aquele ar por mais alto que ela falasse. Abanou a cabeça. Demorou algum tempo a perceber o que Bridget lhe sacudia diante da cara.

— Eu e Greta não nos falamos. Pedi-lhe que não vos contactasse — disse ele finalmente, como se aquilo fosse simples e óbvio e não tivesse muita importância.

— Mas elas são minhas! — gritou Bridget. *Tinha* muita importância. Tinha muita importância para ela.

Ele estava fatigado. Vivia profundamente encastrado no seu corpo. As mensagens demoravam muito tempo a entrar e a sair.

— Tu és menor. E eu sou teu pai.

— Mas e se eu as tivesse querido? — ripostou ela.

Lentamente, ele estudou o rosto zangado dela.

A ela não lhe apetecia ficar à espera de uma resposta, deixá-lo marcar o ritmo da conversa. — Vou lá! — gritou-lhe sem pensar sequer no que estava a dizer. — Ela convidou-me e eu vou.

Ele esfregou os olhos.

— Vais a Alabama?

Ela acenou com ar de desafio.

O pai acabou de descalçar os sapatos e as meias. Os pés pareciam pequenos.

— Como é que te vais arranjar? — perguntou.

— É Verão. Tenho algum dinheiro.

Ele considerou o assunto. Não pareceu encontrar qualquer razão para ela não poder ir.

— Não gosto da tua avó nem confio nela — disse ele por fim. — Mas não vou tentar proibir-te de ires.

— Óptimo — respondeu ela bruscamente.

Regressou ao seu quarto enquanto o antigo Verão se diluía e o novo começava a despontar à sua volta. Ia mesmo. Era bom ir para qualquer lado.

— Adivinha lá.

Era uma frase de Bee que fazia sempre Lena endireitar-se e escutar.

— O que foi?

— Vou para fora. Amanhã.

— Vais para fora amanhã? — repetiu Lena pasmada.

— Para Alabama — disse Bee.

— Estás a gozar comigo. — Lena disse aquilo só por dizer. Tratava-se de Bee, portanto sabia que ela não estava a gozar.

— Vou ver a minha avó. Ela escreveu-me umas cartas — explicou Bee.

— Quando? — perguntou Lena.

— Bom... na realidade... há cinco anos. Foi quando chegou a primeira. — Lena ficou atónita por não saber daquilo. — Só agora é que as descobri. O meu pai nunca mas deu. — Bee não parecia irritada. Anunciava um facto.

— Por que não?

— Culpa a Greta por tudo e mais alguma coisa. Disse-lhe para não nos contactar. Ficou aborrecido por ela ter tentado.

Lena era tão pouco optimista no que dizia respeito ao pai de Bee que aquilo não a chocou.

— Durante quanto tempo estás a pensar ficar lá? — perguntou ela.

— Não sei. Um mês. Talvez dois. — Fez uma pausa. — Perguntei ao Perry se ele queria vir comigo. Ele leu as cartas mas disse que não.

Lena também não ficou admirada com aquilo. Perry fora um garoto amoroso, mas tornara-se um adolescente introvertido.

Sentiu-se alarmada com aquela mudança de planos. Tinham pensado arranjar emprego juntas. Tinham pensado ficar por ali o Verão inteiro. Mas, ao mesmo tempo, sentiu-se estranhamente confortada pela impulsividade. Aquilo era algo que a antiga Bee faria.

— Vou ter saudades tuas. — A voz vacilou-lhe um pouco. Estranhamente, sentia-se à beira das lágrimas. Era natural que fosse sentir saudades de Bee. Mas, em geral, Lena registava que uma coisa era triste antes de a sentir. Agora a ordem invertera-se. Isso apanhou-a de surpresa.

— E eu vou ter saudades *tuas*, Lenny — disse Bee rapidamente, de forma carinhosa, tão surpreendida como Lena pela emoção que transparecia na voz dela.

Bee tinha mudado imenso nesse último ano, mas algumas coisas haviam permanecido na mesma. Na sua maioria, as pessoas, incluindo Lena, quando pressentiam alguma emoção não controlada, recuavam. Bee avançava a direito ao seu encontro. Nesse momento, foi uma coisa que Lena adorou.

Tibby partia no dia seguinte e não acabara de fazer as malas nem começara sequer a fazer as compras para o arrombamento e entrada bianual delas na Gilda's. Estava a fazer malas em acelerado quando Bridget apareceu.

Bridget sentou-se em cima da cómoda e ficou a ver Tibby atirar todo o conteúdo da secretária para o chão. Não conseguia encontrar o cabo da impressora.

— Experimenta o armário — sugeriu Bridget.

— Não está lá — respondeu Tibby bruscamente. Não podia abrir o armário, porque estava apinhado com coisas que ela não era capaz de conservar nem de deitar fora (como a gaiola de *Mimi*). Tibby receava que se abrisse nem que fosse uma fresta da porta, toda aquela montanha se desmoronasse e a soterrasse.

— Aposto que foi o Nicky que o levou — murmurou Tibby. Era o irmão dela de três anos. Costumava levar as coisas delas e parti-las, em geral na altura em que ela precisava realmente delas.

Bee não disse nada. Estava muito calada. Tibby voltou-se para olhar para ela.

Se alguém não visse Bee há um ano, talvez não a reconhecesse ali sentada. Não estava loura, não estava magra e não estava a mexer-se. Tentara pintar o cabelo mesmo de preto, mas a tinta que usara não conseguira dominar o famoso dourado que se debatia por baixo. Bee costumava ser tão magra e musculada que os sete quilos e tal que aumentara durante o Inverno e Primavera se haviam depositado pesada e obviamente nos braços, pernas e dorso. Quase parecia que o seu corpo não estava disposto a incorporar a gordura extra. Deixava-a apenas ficar ali, logo à superfície, à espera que desaparecesse depressa. Tibby não pôde deixar de pensar que aquilo que a mente de Bee queria e o que o corpo dela queria eram duas coisas muito diferentes.

— Sou capaz de a ter perdido — disse Bee solenemente.

— Perdido quem? — perguntou Tibby, erguendo os olhos de toda a sua barafunda.

— A mim própria. — Bee bateu com o calcanhar numa gaveta fechada.

Tibby levantou-se. Abandonou a sua barafunda. Cautelosamente recuou até à cama e sentou-se, sempre de olhos em Bee. Era um estado de espírito raro. Mês após mês Carmen tinha tentado subtilmente levar Bee a fazer um pouco de introspecção e nada. Lena mostrara-se maternal e compreensiva e Bee não quisera falar. Tibby sabia que isto era importante.

Embora Tibby fosse do grupo a menos dada a contactos físicos, desejou que Bee estivesse sentada a seu lado. E, contudo, sabia intuitivamente que Bee estava sentada na cómoda por uma razão. Não queria estar sentada num sítio baixo e macio ao alcance de qualquer conforto. Sabia igualmente que Bee a escolhera para aquela conversa porque, apesar de gostar imenso dela, Tibby a escutaria sem a sufocar.

— Que queres tu dizer?

— Penso na pessoa que costumava ser, e ela parece-me muito distante. Ela andava depressa, eu ando devagar. Ela deitava-se tarde e levantava-se cedo. Eu durmo. Sinto que se ela se afasta mais, deixarei de estar ligada a ela.

Tibby sentia tanta vontade de se aproximar de Bee que teve de espetar os cotovelos nas pernas para as manter quietas. Bee tinha os braços cruzados em volta do corpo, como que a conter-se.

— E tu queres... continuar ligada a ela? — As palavras de Tibby eram lentas e serenas, parecendo abrir caminho até Bridget uma de cada vez.

Bee fizera todos os possíveis por se transformar nesse ano. Tibby desconfiava saber a razão. Bee não conseguia ultrapassar os seus problemas, por isso entrara na sua versão própria de um programa de protecção de testemunhas. Tibby sabia o que era perder alguém que se amava. E sabia igualmente como era tentador rejeitar essa parte triste e arruinada de si própria como se fosse uma camisola que se tornou pequena.

— Se quero? — Bee considerou atentamente aquelas palavras. Há pessoas (como Tibby, por exemplo) que têm tendência para escutar de uma maneira abafada, protegida. Bee era o oposto.

— Penso que sim. — As lágrimas inundaram-lhe os olhos, colando-lhe as pestanas douradas em triângulos. Tibby sentiu os seus próprios olhos rasos de lágrimas.

— Então precisas de a encontrar — disse ela, com um nó na garganta.

Bee estendeu um dos braços e deixou-o ficar pendurado com a palma virada para o tecto. Tibby levantou-se sem pensar e pegou-lhe na mão. Bee encostou a cabeça ao seu ombro. Tibby sentiu-lhe o cabelo macio e a humidade dos olhos contra a nuca.

— É por isso que eu vou — declarou Bee.

Mais tarde, quando Tibby se desprendeu de Bee, interrogou-se acerca de si própria. Ela não era tão destrutiva como Bee. Nunca era tão dramática. Mas deixara-se deslizar cuidadosamente, firmemente para longe dos seus fantasmas.

Ao fim dessa tarde, Carmen estava estendida na cama sentindo-se feliz. Acabara de voltar de casa de Tibby, onde Bee e Lena também tinham aparecido. Voltariam a encontrar-se nessa noite para a segunda iniciação anual das Calças na Gilda's. Carmen pensara que nesta altura se sentiria pessimamente, com pena de não ir para lado algum. Mas era frequente achar as despedidas mais fáceis do que havia esperado. Encarregava-se da maior parte do desespero antes. E além disso, ver Bee deixara-a feliz. Bee tinha um plano, e Carmen sentia-se satisfeita. Teria umas saudades loucas dela, mas alguma coisa dentro de Bee mudara para melhor.

O Verão, visto dali, não parecia tão mau. Tinham tirado à sorte para decidir a rota das Calças, e Carmen ficara com elas primeiro. Tinha as Calças *e* um encontro amanhã à noite com um dos tipos mais giros da sua turma. Era o destino, não era? Tinha de significar alguma coisa.

Durante todo o Inverno tentara imaginar o que as Calças lhe trariam este Verão, e agora, com a convergência do seu encontro e das Calças, via a grande deixa de que estava à espera para si. Este Verão, elas seriam as Calças do Amor.

Endireitou-se ao ouvir um trinado familiar vindo do computador. Era uma mensagem de Bee.

> Beezy3: A fazer malas. Tens a minha meia cor de púrpura com o coração no tornozelo?
> Carmebelle: Não. Como se eu usasse as tuas meias.

Carmen desviou os olhos do ecrã do computador para os pés. Consternada, viu que as suas meias eram de dois tons de púrpura levemente diferentes. Rodou o pé para ver o tornozelo. Oh-oh.

> Carmabelle: Hum. Talvez tenha uma meia.

A porta do Estúdio de Aeróbica Gilda´s na parte alta de Bethesda tinha uma fechadura que se abria de olhos fechados. Mas quando chegaram ao cimo da escada, o cheiro a suor antigo era tão intenso que Carmen duvidou de que alguém além delas optasse por estar ali, quanto mais dar-se ao trabalho de arrombar a fechadura.

Atiraram-se logo ao trabalho, com uma sensação de dignidade no ar. Já era tarde. Bee ia apanhar uma camioneta para Alabama às cinco e meia da manhã e Tibby partia para Williamston College à tarde.

Respeitando a tradição, Lena distribuiu as velas e Tibby dispôs as gomas ácidas, os queques de queijo deformados e as garrafas de sumo. Bridget instalou a música, mas não a ligou.

Todos os olhos se achavam postos no saco que Carmen trazia. Cada uma delas tinha escrito nas Calças e haviam-nas colocado de parte com grande cerimonial em Setembro, depois dos anos de Carmen, o último dos seus aniversários quase seguidos. Nenhuma delas as vira desde então.

Fez-se silêncio quando Carmen abriu o saco. Carmen prolongou o instante, orgulhosa de ter sido ela a descobrir as Calças, embora tivesse sido igualmente ela quem quase as deitou fora. Deixou cair o saco ao chão, enquanto as Calças pareciam desdobrar-se adejando em câmara lenta, enchendo o ar com as suas recordações.

Em silêncio respeitoso, Carmen estendeu-as no chão e sentaram--se em círculo à sua volta. Lena desdobrou o manifesto e pousou-o em cima delas. Todas sabiam as regras. Não precisavam de olhar agora para elas. Já tinham planeado a rota das Calças e a logística era muito mais fácil este Verão.

Deram as mãos.

— Agora — sussurrou Carmen. O instante engolfava-as. Recordava-se do voto do Verão passado. Todas se recordavam. Pronunciaram-no em conjunto:

«Em honra das Calças e da Irmandade
E deste momento e deste Verão e do resto das nossas vidas.
Juntas e separadas.»

Era meia-noite, estarem juntas terminava ali e, de uma outra maneira, começava ali.

*Não há nada como voltar a um lugar
que permanece imutável para descobrir de
que forma nós próprios mudámos.*

NELSON MANDELA

Embora a cidade de Burgess, Alabama, população 12 042, ocupasse espaço considerável na mente de Bridget, como paragem da empresa de transportes Triangle Bus não era grande coisa. Na realidade, Bridget quase a passava a dormir. Felizmente, a travagem brusca do condutor fê-la acordar de um salto, e foi ainda atarantada que reuniu a bagagem. Saiu do autocarro tão depressa que se esqueceu da *parka* impermeável debaixo do assento.

Foi andando pelo passeio até ao centro da cidade e reparando nas finas linhas rectas entre as pedras do pavimento. A maior parte das fendas de passeio que se vêem são juntas simuladas feitas no cimento ainda húmido, mas estas eram a sério. Bee pisou cada uma das rachas decidida, desafiadora, sentindo o sol a escaldar-lhe as costas e um jacto de energia no peito. Estava finalmente a fazer alguma coisa. Não sabia exactamente o quê, mas sempre se dera melhor a actuar do que a esperar.

Num rápido relance pelo centro, avistou duas igrejas, uma loja de ferragens, uma farmácia, uma lavandaria, uma geladaria com mesas no exterior, e algo que lhe pareceu talvez um tribunal. Mais para baixo, em Market Street, viu uma residencial fantástica que sabia que seria demasiado cara, e ao virar da esquina, em Royal Street, uma casa vitoriana não tão fantástica com uma tabuleta desbotada anunciando «Royal Street Arms» e debaixo, «Alugam-se Quartos».

Subiu a escada e tocou à campainha. Uma mulher magra na casa dos cinquenta veio abrir a porta.

Bridget apontou para a tabuleta.

— Reparei na sua tabuleta e ando à procura de um quarto para alugar por duas semanas. — Ou por dois meses.

A mulher anuiu, estudando Bridget atentamente. Bridget percebeu que a casa era dela. Era grande e provavelmente em tempos fora mesmo grandiosa, mas tanto a casa como a mulher estavam obviamente a atravessar uma época difícil.

Apresentaram-se e a mulher, Mrs. Bennet, mostrou a Bridget um quarto no primeiro andar, virado para a frente. Estava mobilado com simplicidade, mas era grande e soalheiro. Tinha uma ventoinha de tecto, uma placa eléctrica e um minifrigorífico.

— Este é com casa de banho partilhada e custa setenta e cinco dólares por semana — explicou ela.

— Fico com ele — disse Bridget. Teria de ultrapassar a questão da identificação deixando um depósito colossal, mas trouxera quatrocentos e cinquenta dólares em dinheiro, e esperava encontrar trabalho depressa.

Mrs. Bennet enumerou as regras da casa, e Bridget pagou.

Levou as malas para o quarto, algo surpreendida com a rapidez e simplicidade de toda a transacção. Estava em Burgess há menos de uma hora e já se encontrava instalada. A vida itinerante era mais simples do que constava.

O quarto não tinha telefone, mas havia um telefone público no vestíbulo. Bridget falou daí para casa. Deixou mensagem para o pai e Perry dizendo que tinha chegado bem.

Puxou o cordão para pôr a ventoinha em movimento e estendeu-se na cama. Deu por si a bater com o calcanhar no fundo da estrutura de metal branco, a pensar, a imaginar o momento em que se apresentaria a Greta. Tentara muitas vezes imaginar esse momento, mas não conseguia. Não conseguia mesmo. Não lhe agradava. Aquilo que queria de Greta, o que quer que fosse essa coisa indizível, seria esmagada com o primeiro abraço obrigatório. Eram estranhas, e todavia a opressão era grande entre elas. Apesar de toda a sua coragem, Bee receava aquela mulher e todas as coisas que ela sabia. Bee queria sabê-las e ao mesmo tempo não queria. Queria descobri-las à sua maneira.

Sentiu a velha descarga familiar de energia nos seus membros. Saltou da cama. Viu-se ao espelho. Às vezes vêem-se coisas novas num espelho.

À primeira vista viu a devastação usual. Tinha começado quando ela abandonara o futebol. Não, de facto começara antes disso, no fim do Verão passado. Tinha-se apaixonado por um rapaz mais velho. Tinha-se apaixonado demais por ele e ido mais longe do que pretendera. O truque de Bee fora sempre manter-se em movimento, num movimento tão rápido que era excitante e até temerário. Mas depois do Verão passado detivera-se um pouco, e as coisas dolorosas — coisas antigas que deveriam estar esquecidas — tinham-na apanhado. Em Novembro largara o futebol, justamente na altura em que os caça-talentos das universidades fervilhavam à sua volta. No Natal o mundo celebrava um nascimento e Bee recordava uma morte. Afundara o cabelo sob uma camada de Castanho Escuro n.º 3. Em Fevereiro andava a dormir até tarde e a ver TV, transformando resolutamente caixas de *donuts* e embalagens de flocos de cereais em gravidade pessoal. A única coisa que a mantinha no mundo era a atenção constante de Carmen, Lena e Tibby. Elas não a deixavam em paz, e ela adorava-as por isso.

Mas ao olhar mais atentamente para o espelho, Bridget viu algo diferente. Viu protecção. Tinha o corpo envolto numa manta de gordura. Tinha uma camada de pigmentos no cabelo. Tinha cobertura para uma mentira se o quisesse.

Não parecia Bee Vreeland. Por que é que o havia de ser?

— Isto é como se fosse uma antestreia, não é? — exclamou a mãe de Tibby entusiasmada enquanto o pai arrumava a carrinha prateada no espaço para estacionar atrás de Lowbridge Hall.

Provavelmente, Tibby não teria ficado tão chateada se fosse a primeira vez que a mãe dizia aquilo.

Afinal de contas ela estava assim tão entusiasmada por despachar Tibby para a faculdade? Tinha de ser tão transparente? Agora

Alice poderia desfrutar a sua jovem família fotogénica sem a desconcertante adolescente amuada lá atrás.

Esperava-se que fossem os garotos a sentir-se felizes por sair de casa e os pais tristes. Aqui era Tibby que se sentia triste. A alegria da mãe estava a provocar uma inversão. *Podíamos estar ambas satisfeitas,* foi o rápido pensamento de Tibby, mas o seu sentido de contradição abafou-o.

— Pronta? — perguntou o pai, tirando os auscultadores da cabeça e arrumando o telemóvel no bolso. Viera a efectuar uma conferência telefónica desde Arlington até Charlottesville.

Cuidadosamente, Tibby voltou a meter o seu novo iBook no estojo. Fora um presente de aniversário antecipado dos pais. Marcava mais uma tentativa de a comprarem. A princípio, Tibby sentira-se vagamente culpada por toda aquela tralha: a televisão, a linha telefónica separada, o iMac, a câmara de vídeo digital. Depois percebera que podia ser simplesmente ignorada, ou podia ser ignorada e ter um monte de novidades electrónicas.

O pai encarregou-se de levar a bagagem e a mãe encarregou-se dos ooohs e dos ahhhs.

— Não é uma maravilha? Aquilo deve ser a Associação de Estudantes — exclamou ela, apontando para um moderno edifício do outro lado do quadrângulo. — Achas que ali será o Auditório da Universidade? — Fez um gesto em direcção a um imponente edifício de calcário com uma larga escadaria.

Era a cena clássica da vida universitária. Havia os caminhos de tijolo, a relva bem tratada, o dormitório coberto de hera. As únicas coisas que não eram convincentes eram os estudantes de olhos arregalados deslocando-se desordenadamente pelo vestíbulo do edifício. Pareciam extras que alguém largara num cenário de filme muito bom. Ainda andavam no liceu, e tinham um ar tão fraudulento como o que Tibby sentia aparentar. Fê-la lembrar-se das vezes em que Nicky andava pela casa com a sua mochila.

Um papel afixado junto ao elevador informava sobre a distribuição dos quartos. Tibby percorreu-o ansiosa. *Individual. Por favor, que seja individual.* Lá estava ela. Quarto 6B4. Não parecia haver mais ninguém no quarto 6B4. Carregou no botão do elevador. As coisas estavam a melhorar.

— Daqui a pouco mais de um ano, vamos fazer tudo isto de novo. Dá para acreditar? — perguntou a mãe.

— Espantoso — disse o pai.

— Pois — disse Tibby, revirando os olhos ao tecto. Por que é que eles estavam tão certos de que ela viria para a universidade? Que diriam se ela ficasse em casa e fosse trabalhar para o Wallman's? Duncan Howe dissera-lhe uma vez que ela podia chegar a assistente do gerente em poucos anos se largasse a pose e deixasse sarar o buraco do nariz.

A porta do quarto 6B4 estava aberta e havia uma chave pendurada no quadro de avisos. Em cima da secretária havia um monte de papéis a dar-lhe as boas-vindas e coisas no género. Além disso, havia uma cama de pessoa só e uma cómoda de madeira com muito uso. O chão era de linóleo castanho com uns salpicos brancos que pareciam vomitado.

— Isto é... encantador — declarou a mãe. — Olha para a vista.

Após cinco anos como agente imobiliária, a mãe dominava a arte da rotação imediata. Quando não há absolutamente nada com qualquer espécie de encanto numa sala, aponta-se para a janela.

O pai pousou-lhe as malas em cima da cama.

— Olá.

Voltaram-se os três.

— És a Tabitha?

— Tibby — corrigiu Tibby. A rapariga vestia uma *sweatshirt* de Williamston. O cabelo castanho encaracolado saía-lhe do rabo-de--cavalo, rodeando-lhe o rosto. Tinha a pele clara e imensos sinais. Tibby contou os sinais.

— Eu sou a Vanessa — apresentou-se ela, dirigindo a todos um largo aceno em forma de curva. — Sou a AR. O que significa Assistente Residente. Estou aqui para ajudar no que for preciso. A tua chave está ali. — Apontou. — O teu boné de basebol está além. — Tibby arrepiou-se ao ver o boné de Williamston alegremente pendurado no canto da mesa-de-cabeceira. — O material de orientação está na secretária e as instruções para uso do telefone estão na mesa de cabeceira. Eu estou aqui para ajudar, por isso se precisares de alguma coisa só dizeres.

Debitou tudo isto daquela maneira apressada, semidecorada de um empregado de mesa com muitas especialidades do dia.

— Obrigado, Vanessa — disse o pai. Desde que fizera quarenta anos, começara a repetir imenso o nome de toda a gente.

— Formidável — disse a mãe. Nesse instante preciso o seu telemóvel disparou. Em vez de um som de campainha tocava o Minuete em sol de Mozart. Tibby sentia-se embaraçada sempre que o ouvia. E não ajudava nada o facto de aquilo ser a última peça de música que Tibby se esforçara por tocar antes de o seu professor de piano a ter dado como um caso perdido aos dez anos.

— Oh, não — exclamou a mãe, após ouvir um bocado. Gemeu e consultou o relógio. — Na piscina?... Meu Deus... OK. — Olhou para o pai de Tibby. — Nicky vomitou na aula de natação.

— Coitadito — comentou o pai.

Vanessa parecia encurrralada e atrapalhada. Nicky a vomitar na natação não fazia provavelmente parte do seu manual de instruções.

— Obrigada — Tibby dirigiu-se a Vanessa distanciando-se da discussão dos pais. — Eu procuro-te se precisar de perguntar alguma coisa.

Vanessa anuiu.

— OK. Quarto 6C1. — Espetou o polegar por cima do ombro. — Ao fundo do corredor.

— Fixe — disse Tibby e ficou a vê-la pisgar-se. Quando se virou de novo para os pais, eles estavam ambos a olhar para ela. Tinham o tal olhar.

— Querida, a Loretta tem de levar a Katherine à aula de música à uma. Eu tenho de regressar a correr para... — Divagou um instante. — Estou a tentar pensar... o que comeu ele ao pequeno--almoço...? — Depois lembrou-se que parara a meio de desapontar Tibby. — Bom, vamos ter de adiar os nossos planos para almoço. Lamento.

— Tudo bem. — Tibby nem sequer quisera almoçar com eles até eles cancelarem o almoço.

A mãe já ia a caminho da porta, à procura de qualquer coisa na carteira. Já não estava em Williamston. Estava com Nicky.

O pai virou-se para ela e abraçou-a. Tibby correspondeu ao abraço. Ainda era o instinto. Ele beijou-lhe o topo da cabeça.

— Diverte-te, querida. Vamos sentir saudades tuas.

— OK — respondeu ela, sem acreditar.

Alice estacou à porta e voltou-se.

— Tibby — disse ela, abrindo os braços como se não estivesse tão distraída que quase se esquecera de se despedir.

Tibby aproximou-se e deu-lhe também um abraço. Durante um instante, deixou-se pender sobre o corpo da mãe.

— Chau — despediu-se ela, endireitando-se.

— Telefono à noite para confirmar que já estás instalada — prometeu Alice.

— Não é preciso. Eu fico óptima — disse Tibby pesadamente. Disse-o para sua própria protecção. Se a mãe se esquecesse de telefonar, o que podia muito bem acontecer, ambas teriam aquela saída.

— Gosto muito de ti — disse a mãe de saída.

Pois, pois, sentiu Tibby vontade de dizer. Fazia os pais sentirem-se bem dizer aquilo aos filhos umas quantas vezes por semana. Não custava nada e eram pontos que ganhavam como pais.

Pegou na brochura com as instruções do sistema telefónico do *campus*. Curvou-se sobre ele, estudando-o atentamente para não sentir a tristeza.

Na página onze, parágrafo três, descobriu que não só possuía o seu *voice-mail* e palavra-chave próprios, como já lá tinha cinco mensagens à espera. Ouviu-as e sorriu para consigo ao escutar as vozes. Uma era de Brian. Outra era de Lena. Duas eram de Carmen. Tibby soltou uma risada. Até Bee tinha deixado uma mensagem atabalhoada de uma cabina pública no caminho.

Está bem, o sangue era mais forte do que a água. Mas ocorreu-lhe que a amizade era mais forte que ambos.

— Querida, só quero parar aqui um minuto.

A mãe de Lena recrutara-a para ficar sentada no carro enquanto ia aviar uma receita para não ter de estacionar. Mas, inevitavelmente, outras compras se seguiram. Era assim que a mãe dela lhe concedia aquele tempo especial mãe/filha — furtiva e enganosamente. Lena teria recusado de caras, mas ainda não tinha emprego, o que lhe minava o seu sentido de valor próprio.

Levantou o cabelo pesado do pescoço transpirado. Estava demasiado calor para tejadilhos abertos. Estava demasiado calor para parques de estacionamento. Estava demasiado calor para mães.

— Claro. — O aqui era Basia's, uma boutique cheia de mulheres como a mãe dela. — Quer que espere para não ter de arrumar o carro? — perguntou Lena justamente quando a mãe enfiava para um espaço livre diante da loja.

— Claro que não — replicou a mãe animadamente, sempre surda à ironia da voz dela.

Lena passara tanto tempo a sentir saudades de Kostos no princípio do ano que adquirira o hábito de imaginar que ele se encontrava presente. Era o seu pequeno jogo. E de certo modo, essa presença imaginada, dava-lhe a perspectiva certa do seu valor como pessoa. Agora imaginou-o sentado no lugar de trás do carro, ouvindo Lena a agir como uma pretenciosa ingrata.

Ela é horrível, imaginou Kostos a pensar, transpirando no banco de couro preto.

Não, só sou horrível para a minha mãe, imaginou-se Lena a defender-se.

— Só demoro um minuto — prometeu a mãe.

Lena acenou debilmente em honra de Kostos.

— Quero comprar qualquer coisa para o almoço de formatura de Martha. — Martha era a afilhada da prima. Ou a prima da afilhada. Das duas uma.

— OK. — Saiu do carro atrás da mãe.

A loja estava fria como o mês de Fevereiro. Isso era uma vantagem. A mãe foi direita aos expositores de roupa bege. Após duas passagens pegou numas calças de linho beges e numa camisa bege.

— Giras, não são? — disse ela, mostrando-as a Lena.

Lena encolheu os ombros. Eram tão enfadonhas que ela até ficava de olhos vidrados. Sempre que a mãe ia às compras, comprava sempre coisas exactamente iguais a todas as coisas que já tinha. Lena ouviu a conversa com a empregada do balcão. O vocabulário da mãe no que se referia a roupa arrepiava-a. «Calças... blusa... creme... cru... toupeira.» O sotaque grego fazia o som daquilo parecer muito mais embaraçoso. Lena fugiu para a entrada da loja.

Se Effie ali estivesse, estaria alegremente a experimentar roupa florida no gabinete de provas ao lado do da mãe.

Espreitou os óculos escuros e as bugigangas para o cabelo que havia no balcão. Deitou um olhar para a montra da frente. «ADA- GERPME ES-ETIMDA» dizia o letreiro da porta.

Por fim, a mãe reduziu o monte de bege a uma «adorável blusa tom de casca de ovo» e uma «saia cor de aveia amorosa». Comple- tou-as com um enorme alfinete que Lena não usaria nem morta.

Quando iam finalmente a sair a mãe estacou e apertou a parte de cima do braço de Lena. — Olha, querida.

Lena fez um aceno de cabeça em direcção ao letreiro.

— Ah, sim.

— Vamos perguntar.

Deu meia volta e dirigiram-se de novo para dentro.

— Reparei no letreiro da porta. Chamo-me Ari, e esta é a minha filha, Lena. — O verdadeiro nome de Mrs. Kaligaris era Ariadne, mas ninguém a tratava assim excepto a sua mãe.

— *Mamã* — sibilou Lena.

Com um par de notas de cem ainda frescas na caixa registadora, a empregada apresentou-se como Alison Duffers, gerente da loja, e escutou atentamente a arremetida de Mrs. Kaligaris.

— Este lugar parece perfeito, não achas? — concluiu Ari decidida.

— Bem — começou Lena.

— E pensa nos descontos, Lena! — interrompeu a mãe virando- -se para ela.

— Hum... mamã?

Mrs. Kaligaris tagarelou amigavelmente, conseguindo montes de informações úteis, como o horário (segunda a sábado, das dez às seis), salário (começando a 6,75 dólares por hora mais 7% de comissão), e o facto de que precisariam que ela preenchesse alguma papelada e apresentasse o cartão da segurança social.

— Formidável, então. — A vendedora sorriu-lhes abertamente. — Está contratada.

— Mamã? — disse Lena ao dirigirem-se para o carro. Não pôde impedir-se de sorrir.

— Sim?

— Acho que ela acaba de te contratar.

* * *

Carmen estava a enfiar as Calças Viajantes para a sua grande jornada inaugural do segundo Verão quando o telefone tocou.

— Adivinha. — Era a voz de Lena. Carmen baixou a música.

— Que foi?

— Sabes aquela loja, a Basia's?

— Basia's?

— Sabes, junto a Arlington Boulevard?

— Ah, sim, acho que a minha mãe vai lá às vezes.

— Isso. Bem, arranjei emprego lá.

— Palavra? — perguntou Carmen.

— Bom, na realidade, a minha mãe é que arranjou emprego lá. Mas eu é que me vou apresentar ao trabalho.

Carmen riu.

— Não te imagino a fazer carreira no mundo da moda. — Observou-se ao espelho.

— Obrigadinha.

— Olha lá, achas mesmo que eu devo vestir as Calças esta noite? — perguntou Carmen, à pesca de cumprimentos.

— Claro. Ficam-te a matar. Por que não?

Carmen virou-se para se ver por trás.

— E se o Porter acha os escritos esquisitos?

— Se ele não souber apreciar as Calças ficas logo a saber que não presta para ti — declarou Lena.

— E se ele me faz perguntas acerca delas? — quis saber Carmen.

— Então estás cheia de sorte. Tens conversa para toda a noite.

Carmen quase conseguia ouvir Lena a sorrir para o telefone. Uma vez, no oitavo ano, Carmen tivera tanto medo de que não lhe ocorressem coisas para dizer ao telefone a Guy Marshall que fizera uma lista de tópicos num cartão cor-de-rosa. Oxalá nunca tivesse contado aquilo a ninguém.

— Vou buscar a minha máquina — anunciou a mãe quando ela entrou na cozinha minutos mais tarde. Estava a tirar pratos limpos da máquina de lavar louça.

Carmen ergueu os olhos do sítio roído rente à unha do polegar.

— Se fizeres isso, suicido-me. Ou cometo um homicídio. Ou melhor, um matricídio, acho que é como se chama. — Voltou a roer a pele do polegar sem piedade.

Christina riu, balouçando o tabuleiro da louça.

— Então por que é que não posso tirar uma fotografia?

— Queres que o tipo fuja de nossa casa aos gritos? — Carmen franziu, consternada, as sobrancelhas doridas da recente depilação.

— É só um encontro idiota. Não é o baile de finalistas nem nada disso.

O tom casual de Carmen era desmentido pelo facto de ela ter passado quase o dia todo com Lena a fazer uma manicura, calista, tratamento facial, depilação e tratamentos aos cabelo. Na realidade, Lena desinteressara-se a seguir à calista e passara o resto do tempo a ler *Jane Eyre* estendida na cama de Carmen.

A mãe fitou-a cheia de paciência e dirigiu-lhe o seu sorriso de mãe-de-adolescente martirizada. — Eu sei, *Nena*, mas trata-se do teu primeiro encontro, idiota ou não.

Carmen virou para a mãe os olhos arregalados, horrorizados.

— Se dizes isso quando o Porter aqui estiver...

— Pronto. OK! — Christina levantou a mão. Mais risos.

De qualquer maneira, não era o seu primeiro encontro, confortou-se Carmen lugubremente. Ela só ainda não tivera uma dessas saídas estilo anos cinquenta em que os rapazes nos vão buscar a casa e nos fazem passar martírios às mãos da mãe.

Segundo o mostrador severo do relógio de cozinha eram 8h16. Aquilo era espinhoso. O encontro era para as oito. Se Porter viesse mais cedo do que as 8h15, por exemplo, pareceria demasiado ansioso. Transmitiria uma forte imagem de falhado. Se, por outro lado, ele viesse depois das 8h25 tal significaria que ela não lhe agradava assim tanto.

8h16 introduzia o período de decoro oficial. Nove minutos e a contar.

Precipitou-se para o quarto à procura do relógio de pulso. Recusava-se a ser vítima do maldoso relógio de cozinha durante mais tempo. Com os seus grandes números pretos, o inconfundível ponteiro dos minutos e o gordo e inexorável ponteiro das horas, era o relógio menos caridoso da casa. De acordo com ele, Carmen estava permanentemente atrasada para as aulas e virtualmente nunca cumpria a sua hora de recolher à meia-noite. Tomou mentalmente nota para oferecer um relógio novo à mãe no dia dos anos. Um desses relógios de museu, cheios de estilo, sem números nem marcas de qualquer tipo. Um relógio desses dava-nos uma folga de vez em quando.

O telefone tocou assim que ela regressou à cozinha. A sua mente galopou. Era Porter. Vinha-se baldar. Era Tibby. Vinha dizer-lhe para não usar os chinelos de plástico que lhe faziam transpirar os pés. Observou o painel de identificação de chamada, à espera do seu destino... Era... da firma de advogados onde Christina trabalhava. Droga.

— É o Predador — informou Carmen irritada, sem atender.

Christina suspirou e passou por ela apressada.

— Não chames «o Predador» a Mr. Brattle, Carmen.

Christina afivelou a sua cara de escritório, levemente enrugada, e atendeu o telefone.

— Está?

Carmen já estava farta da conversa da mãe e eles ainda nem tinham começado a falar. Mr. Brattle era o patrão de Christina. Usava um anel de curso e empregava imenso a palavra «proactivo». Telefonava sempre por causa de grandes emergências como não ser capaz de encontrar as segundas folhas do papel timbrado.

— Oh... sim. Claro. Olá. — A cara da mãe desenrugou-se. Tinhas as faces coradas. — Desculpe. Julguei que era... não. — Christina soltou uma risadinha.

Não podia ser Mr. Brattle. Mr. Brattle nunca na vida dissera nada que fizesse alguém soltar risadinhas, mesmo acidentalmente. Hum. Carmen meditava naquele mistério quando soou a campainha lá de baixo. Involuntariamente os olhos voaram-lhe para o maldoso relógio de parede. Por uma vez não eram más notícias. 8h21. Muito bom mesmo. Carregou no botão para abrir a porta da entrada. Não ia submeter Porter aos traumas do intercomunicador.

— Ói — cumprimentou ela, depois de ter esperado o número adequado de segundos antes de abrir a porta. Tentou adoptar o ar de quem estivera a lixar uma cómoda em vez de simplesmente à espera dele.

O estado do seu cabelo (penteado, de comprimento médio), a expressão da cara (alerta, interessada) não mudara agora que ele se encontrava no interior do apartamento de Carmen e não no exterior do armário dela no vestíbulo do liceu. Não via uma versão mais íntima dele.

Vestia uma camisa cinzenta toda abotoada e uns *jeans* giros. O que significava que gostava mais dela do que se tivesse vestido apenas uma *T-shirt*.

— Ôi — disse ele, seguindo-a. — Estás bestial.

— Obrigada — agradeceu Carmen. Sacudiu um pouco o cabelo. Fosse ou não verdade, era o que devia dizer-se.

— Estás, hum, pronta? — perguntou ele jovialmente.

— Iá! Vou só buscar a mala.

Dirigiu-se ao quarto e pegou na mala aveludada, turquesa, que estava pousada em cima da cama como um adorno de palco. Quando saiu esperava que a mãe se lançasse sobre ela. Estranhamente, Christina continuava ao telefone na cozinha.

— OK, belo. Pronta — disse Carmen. Pôs a mala ao ombro e à porta hesitou. Será que a mãe ia mesmo perder aquela oportunidade marcante de a embaraçar?

— Chau, mamã — gritou ela.

Tencionava deslizar dali para fora, mas não conseguiu evitar voltar-se para verificar. A mãe aparecera à porta da cozinha, de telefone colado ao ouvido, acenando vivamente.

— Diverte-te — pronunciou ela silenciosamente.

Muito estranho.

Percorreram a par o corredor estreito.

— Estou estacionado mesmo em frente — informou-a Porter. Estava a olhar para as Calças. Erguera levemente as sobrancelhas. Estava a admirá-las.

Não, estava perplexo com elas.

Seria possível que Carmen não conseguisse distinguir perplexidade de admiração? Talvez isso não fosse bom sinal.

Já passei noites absolutamente maravilhosas,
mas esta não foi uma delas.

GROUCHO MARX

Bee teria mandado vir uma grande taça de espaguete. Ter-se-ia estado nas tintas para que a massa lhe saísse da boca como tentáculos. Bee não era assinante da lista da comida aceitável em encontros.

Lena sim. Lena teria encomendado qualquer coisa impecável. Talvez uma salada. Uma salada impecável.

Tibby teria mandado vir algo que representasse um desafio, como polvo.

Desafiaria o seu par com polvo, mas não encomendaria algo que acabasse por se lhe meter nos dentes e causar verdadeiro incómodo.

— Peito de frango *sautée* — disse Carmen para o empregado salpicado de sardas, recusando reconhecer que ele era aluno do segundo ano da aula de cerâmica de Tibby. Frango era seguro e chato. Fora por uma unha negra que não mandara vir *quesadilla,* mas percebera que isso podia ter levantado questões étnicas aborrecidas. Sentiu-se momentaneamente assaltada pelo receio de que Porter mandasse vir qualquer coisa Tex-Mex para a pôr à vontade.

— Eu quero um hambúrguer. Médio. — Devolveu a lista dele. — Obrigado.

Muito «nada de disparates» e masculino. Ela teria provavelmente ficado aborrecida se ele encomendasse qualquer coisa feminina e em voga como um crepe.

Apertou o guardanapo nas mãos e sorriu-lhe. Ele era muito atraente. Era alto. De facto, parecia particularmente alto, sentado diante dela. Hum. Isso significaria que tinha as pernas curtas? Carmen sentia um medo irracional de pernas curtas desde que desconfiara que ela própria as tinha. A sua mente divagou. E se ela se apaixonasse por ele e viessem a casar e tivessem filhos de pernas muito, muito curtas?

— Queres outra *Coca Diet?* — perguntou ele delicadamente.

Ela abanou a cabeça.

— Não, obrigada.

Se bebesse outra *Coca* teria de ir imediatamente à casa de banho e isso era dar-lhe oportunidade para reparar nas suas pernas curtas.

— Então... já pensaste para que universidade vais?

A pergunta ficou a pairar no ar e Carmen desejou poder engoli--la. Aquele era o género de pergunta que a mãe dela lhe teria feito se não estivesse ao telefone quando ele chegara. Não se pergunta isso a um companheiro de sofrimento. O problema é que já tinham esgotado todos os básicos do tipo «quantos irmãos é que tens» ainda antes de terem encomendado.

Gabriella, a prima mundana de Carmen, dissera-lhe que se podia avaliar o êxito de um encontro pela rapidez com que este progredia. Talvez ficar sem nada para dizer antes de ter encomendado a refeição fosse mau sinal.

Carmen deitou um olhar ao relógio. E sentiu-se gelar. Oh oh. Seria má educação? Apressou-se a erguer os olhos.

Porter não parecia ofendido.

— Provavelmente vou para Maryland — respondeu ele. Carmen acenou com ar interessado. — E tu?

Isto era bom. Isto proporcionaria pelo menos três frases de conversa. — A minha primeira escolha é Williams. Mas é muito difícil ser admitido.

— Óptima universidade — disse Porter.

— Iá — concordou ela. A avó detestava que ela dissesse «iáp» ou «iá» ou «ah-ah» em vez de um correcto «sim» ou «pois».

Porter fez um aceno de cabeça.

— O meu pai andou lá — disse ela, sem conseguir evitar a nota de orgulho na voz. Admitia que introduzia essa pequena informação nas conversas com uma frequência algo excessiva. Quando não temos por perto o pai em pessoa, temos tendência a apoiarmo-nos mais nos factos.

Nesse preciso instante, Kate Barnett entrou no restaurante com Judd Orenstein vestida com a saia mais mini que Carmen já vira. Era de sarja com uma barra verde-lima. Neste caso, a barra praticamente era a saia.

Carmen sentiu vontade de rir. Imensa. Mas ao olhar de relance para Porter, duvidou muito de que lhe apetecesse rir com ela. Cerrou os olhos para não desatar a rir e tirou mentalmente uma foto para depois partilhar com Tibby.

Um encontro era bom. Um encontro era óptimo. Mas se ela dissesse «A Kate Barnett pediu a saia emprestada à irmã de quatro anos», o seu acompanhante acharia que ela estava a ser maliciosa e até mesmo mesquinha.

Um dos problemas do seu acompanhante era ele ser um rapaz, apercebeu-se ela. Carmen não sabia muito a respeito deles. O elenco normal da sua vida consistia na mãe, Bee, Tibby e Lena. Nas franjas desse círculo havia a tia, a prima e a avó. Antigamente, ela convivia com Perry, o irmão de Bee, mas isso fora antes de ele chegar à puberdade, portanto não contava inteiramente. Havia o Paul. Mas Paul era diferente. Paul era tão resoluto e responsável como qualquer homem de quarenta anos. Esse achava-se num plano mais elevado.

A verdade é que Carmen gostava de rapazes. Gostava do seu aspecto, do seu perfume, do seu riso. Lera revistas suficientes para conhecer as regras e complexidades de um encontro. Mas quando se chegava a vias de facto, jantar com um rapaz era quase como jantar com um pinguim. De que se havia de falar?

Caro Kostos,
Como estás? Como está o teu Bapi? E como vai a equipa de futebol?
Adivinha. Arranjei emprego. Numa loja de modas a cerca de quilómetro e meio de minha casa. Pagam-me 6,75 dólares por hora mais as comissões. Nada mal, hem?
A Effie está a ajudar a servir à mesa no Olive Vine, não sei se te contei. Seduziu-os com o uso das sete palavras de grego que

sabe (a maior parte relacionadas com namoricos). A noite passada ouvi-a no chuveiro a praticar a serenata de aniversário do Olive Vine.

Dá abraços meus aos velhotes todos.

Desde Fevereiro, desde que rompera com Kostos, Lena escrevia--lhe aquelas cartas curtas, de camarada, uma vez por mês ou coisa assim. Na realidade, não sabia por que é que continuava sequer a escrever-lhe. Talvez fosse aquela coisa de as raparigas quererem ficar amigas dos antigos namorados para eles não andarem por aí a dizer mal delas. (Não que ela acreditasse que Kostos fosse capaz disso.) Ou talvez fosse para eles não nos poderem esquecer completamente.

As suas antigas cartas eram diferentes — frequentes e agonizantes. Escrevia a lápis antes da tinta. Encostava o papel ao pescoço para ele poder absorver um pouco dela. Metia-as no sobrescrito mas não o fechava durante umas horas. Fechava-o mas não o selava durante um dia. Hesitava sempre junto ao marco do correio, indecisa antes de levantar a tampa, indecisa antes de a baixar, como se o seu futuro se encontrasse em jogo.

Lena pensara que visto ter terminado tudo deixaria de pensar nele e de ter tantas saudades. Pensara que seria livre. Mas as coisas não tinham funcionado assim.

Bem, ironicamente, talvez tivessem funcionado assim para Kostos. Aparentemente, ele tinha deixado de pensar nela e de sentir saudades dela. (Ainda bem.) Há meses que não lhe escrevia uma carta.

Estudou o final da folha de papel, perguntando-se como assinar.

Se não tivesse realmente receio de amar Kostos, teria escrito «Beijos, Lena», sem problemas. Escrevia «beijos» no fim de todas as notas e cartas para pessoas de quem nem sequer gostava. Assinava as notas de agradecimento para a Tia Estelle (a causticante ex-mulher do tio) «Beijos, Lena». Pensando bem, havia, em geral, nas cartas uma tremenda inflação de amor. Era fácil escrever «beijos» quando isso não significava nada.

Ela ainda amaria Kostos?

Como Tibby costumava dizer, dêem a escolher a Lena entre A e B e ela escolherá sempre C.

Ela amava-o?

A: Não.

B: Sim.

C: Bom, poderia desconfiar-se de que sim, dado pensar imenso nele. Mas talvez tivesse sido apenas atracção no Verão passado. Como é que se distinguia atracção de amor? E como é que se podia pensar que se amava alguém que mal se conhecia e não se via há quase nove meses e muito possivelmente não voltaria a ver?

Naquelas últimas horas em Santorini, Lena acreditara realmente que o amava. Mas que idiota lunática iria basear toda a sua vida em algumas horas? E além disso, ela não era tão parva que fosse confiar na sua memória carregada de desejo. O Kostos que recordava tinha provavelmente cada vez menos em comum com o Kostos actual à medida que os meses iam passando.

Imaginou os dois Kostos como o pedaço de filme de mitose que vira no nono ano de biologia. Começava com uma célula que se espalhava e expandia, esticando-se e repuxando até que — *pop* — duas células, relacionadas mas diferentes. E quanto mais tempo essas duas células passavam separadas (uma partindo para ir ajudar a fazer um cérebro, talvez, e a outra partindo para ajudar a fazer um coração, digamos) mais diferentes ficavam...

Sim, a sua resposta era um retumbante C.

Assinou a carta com «Lena», dobrou-a cuidadosamente e enfiou-a no sobrescrito.

Enquanto percorria o corredor, Carmen revia os pontos principais da noite para poder responder às mais que certas milhentas perguntas da mãe.

— Olá — disse ela baixo ao entrarem a porta.

Ali estava ela, Carmen Lucille, dezasseis anos quase nos dezassete, no seu apartamento às escuras com um acompanhante. Esperou que a mãe surgisse da esquina, toda preocupada em os apanhar a beijarem-se.

Carmen esperou. O que se passava? Teria a mãe voltado a adormecer em frente de mais uma reposição de «Amigos»?

— Mamã? — Consultou o relógio. Passava das onze.

— Senta-te — apontou o sofá a Porter, a convidá-lo. — Eu volto já.

Foi ver ao quarto da mãe. Para surpresa sua, não estava lá. Carmen começava a sentir-se levemente assustada quando acendeu a luz da cozinha. A mãe não estava lá, mas estava uma nota no meio da mesa.

Carmen,
Fui jantar com um amigo do escritório. Espero que tenhas passado uma noite fabulosa.

Mamã

Um amigo do escritório? *Fabulosa?* Será que a mãe tinha por engano trocado de corpo com outra pessoa? Christina não dizia fabulosa. Christina não tinha amigos no escritório.

Atónita, Carmen regressou à sala.

— Não está ninguém — disse ela, sem reconhecer as possíveis implicações das suas palavras até olhar para Porter.

Ele não estava exactamente com um olhar lúbrico, mas estava provavelmente a perguntar-se o que significaria aquilo. Afinal de contas, ela convidara-o a subir.

A mãe tinha deixado o apartamento só para Carmen na noite do seu primeiro encontro real e oficial? Em que diabo estava ela a pensar?

Carmen podia enfiar Porter no seu quarto e ir até ao fim se lhe apetecesse. Sim, não há dúvida de que podia.

Olhou para Porter. O cabelo espetava um bocadinho na nuca. As solas dos ténis eram estranhamente grandes e chatas. Olhou para além da porta aberta do seu quarto. Sentiu-se vagamente embaraçada ao pensar que Porter podia ver a cama dela do sítio do sofá em que se encontrava. Hum. Se o facto de um fulano ver a nossa cama nos fazia sentir embaraçadas, provavelmente era sinal de que não estávamos prontas para nos enfiarmos nela com ele.

— Olha — disse ela. — Amanhã tenho de me levantar cedo para ir à missa. — Bocejou para dar ênfase. Começou sendo fingido mas acabou por se tornar real a meio.

Porter levantou-se imediatamente. A combinação de Deus com o bocejo resultou.

— OK. Claro. É melhor ir andando.

Parecia levemente desapontado. Não, talvez parecesse aliviado. Seria possível que ela não conseguisse ver a diferença entre desapontado e aliviado? Talvez ele não tivesse gostado dela. Talvez estivesse feliz da vida por se pôr a andar. Talvez pensasse que as Calças escritas das suas pernas curtas eram a coisa mais esquisita que já vira.

Tinha um nariz muito, muito bonito, observou Carmen enquanto ele se lhe dirigia. Ele ficou muito perto dela e um pouco curvado quando pararam à entrada da porta.

— Obrigadíssimo, Carmen. Diverti-me imenso. — Deu-lhe um beijo nos lábios. Foi rápido, mas não foi de desapontamento nem de alívio. Foi agradável.

Ter-se-ia divertido imenso? interrogou-se ela, ruminando para a porta fechada, ou tinha dito aquilo só por dizer? Seria a noção dele de divertir-se imenso diferente da noção dela? Às vezes Carmen meditava no imenso volume de pensamentos que lhe atulhavam a cabeça. Será que as outras pessoas pensavam assim tanto?

Na realidade, o êxito de um encontro dependia das expectativas, e Carmen tinha um jeito especial para empilhar as dela até chegarem ao céu.

Virou-se para enfrentar o apartamento vazio. Onde raio andava Christina? Em que diabo estava a mãe a pensar? Como é que Carmen ia transformar uma experiência corriqueira numa boa história sem a mãe aqui para ela lha contar? Qual era a dela?

Foi para a cozinha e sentou-se à mesinha de fórmica, sem sono. Quando os pais ainda estavam juntos tinham vivido numa pequena casa com jardim. Desde então, ela e a mãe tinham vivido neste apartamento. A mãe acreditava seriamente que não se podia ter um relvado sem um homem para o tratar. A janela da cozinha dava para três outras janelas de cozinha. Era aquilo a que os agentes imobiliários chamavam «pátio interior» mas as pessoas normais chamavam um logradouro. Há muito que Carmen se habituara a não meter o dedo no nariz nem nada do género quando se sentava na cozinha.

Isto não estava certo. Ela não podia pura e simplesmente ir deitar-se. Esta noite exigia uma narração. Não podia telefonar a Bee para Alabama. Tentou o dormitório de Tibby, com a sensação de estar a telefonar para um universo diferente, um universo futuro. Tocou, tocou, tocou. Ao que parecia, nesse universo futuro, não estava ninguém para atender o telefone às onze e meia. Hesitou em telefonar a Lena a essa hora, não fosse acordar o pai dela ao mesmo tempo que o seu mau génio, mas resolveu experimentar na mesma.

Preparou-se para dois longos toques.

— Está? — Era o sussurro de Lena.

— Olá.

— Olá. — Lena parecia sonolenta. — Olá. *Olá.* Que tal foi o teu encontro?

— Foi... bom — proferiu Carmen.

— Belo — disse Lena. — Então... e gostas dele?

— Se gosto dele? — Carmen repetiu aquilo como se a questão não fosse inteiramente relevante. Tinha pensado em muitas coisas no decorrer da noite, mas não tinha realmente pensado naquilo.

— Achas que ele tem as pernas curtas? — perguntou Carmen.

— O quê? Não. Que queres tu dizer?

— Achas que *eu* tenho as pernas curtas? — Esta era evidentemente a pergunta mais delicada.

— *Não,* Carma.

Carmen ficou um instante pensativa.

— Len, alguma vez ficaste sem saber o que dizer a Kostos?

Lena riu-se.

— Não. Comigo o problema era mais não ser capaz de me calar. Mas nós só começámos a andar juntos mesmo no fim do Verão passado depois de uma data de confusões.

Em geral, Carmen falava com Lena tão abertamente como consigo própria, mas por qualquer razão sentia-se acanhada em admitir que a sua famosa língua comprida ficara paralisada na presença de um rapaz a sério. Preferiu lançar-se em longas considerações sobre o paradeiro e os motivos da mãe.

Lena ficou calada tanto tempo que Carmen desconfiou que ela havia adormecido.

— Len? Len? Então o que achas?

Lena bocejou.

— Acho que é agradável saber que a tua mãe anda a divertir-se. Tu devias ir para a cama.

— Pois — disse Carmen amuada. — É obvio quem é que precisa de ir para a cama.

Depois disso Carmen continuou a não conseguir adormecer, por isso mandou um *e-mail* a Paul. Paul era tão avaro de palavras que escrever-lhe era quase como não escrever a ninguém, mas ainda assim ela fazia-o frequentemente.

Depois decidiu mandar um *e-mail* a Tibby. Começou por descrever Porter. Ia dizer qualquer coisa acerca da cor dos seus olhos, mas quando se deteve para tentar visualizar os olhos de Porter, apercebeu-se de que não tinha chegado a olhar bem para eles.

Por outro lado, tu tens dedos diferentes.

JACK HANDEY

— Tomko-Rollins, Tabitha.

Tibby estremeceu. Silêncio. Quem lhe dera poder modificar a sua certidão de nascimento. E o registo escolar e o cartão da segurança social.

— É só, hum, Rollins. Tibby Rollins — disse ela para a professora de escrita de guiões, Ms. Bagley.

— E Tomko é o quê?

— O meu... segundo nome.

Ms. Bagley voltou a consultar a lista.

— Então Anastásia é o quê?

Tibby afundou-se no lugar.

— Uma tipologia? — Ouviu risos à sua volta.

— OK. Tibby, não foi o que disseste? Bom. Tibby Rollins.

— Bagley escreveu uma pequena nota na lista.

Era uma das muitas ironias da sua vida que Tibby fosse o único membro da sua família de cinco pessoas que ainda carregava com o nome Tomko. Era o apelido de solteira da mãe. Quando os pais eram *hippies* e comunistas e feministas e tudo isso, a mãe zombava das mulheres que mudavam de apelido quando casavam. Nessa altura ela era Alice Tomko, e espetara a Tibby não só o apelido mas também o hífen. Treze anos mais tarde, quando surgira Nicky, até a mãe já deixara de usar o apelido Tomko. «Torna tudo muito

45

complicado», resmungara ela, transformando-se em Alice Rollins. Fazia de conta que o Tomko também já não existia para Tibby. Mas a certidão de nascimento não mentia.

Tibby levou um bocado a recobrar a dignidade suficiente para erguer os olhos da escrivaninha e deitar um relance à volta da sala. Dois lugares à frente reconheceu uma rapariga do sexto andar. Alguns garotos que conhecera no jantar e festa de orientação da noite anterior. Muitos tinham uma expressão ávida. Precisavam de fazer amigos depressa; não interessava muito quem fossem.

Havia dois garotos sem a expressão ávida. Um era um rapaz francamente giro. Tinha o cabelo comprido à frente, despenteado e meio caído para os olhos, como se tivesse acabado de sair da cama. Estava todo enterrado na cadeira, de forma que as pernas ficavam espetadas pela sala. O outro era uma rapariga ao lado dele. Tinha o cabelo curtinho, preto e castanho, e usava óculos cor-de-rosa sem aro. A *T-shirt* parecia um XL. Era evidente que já se conheciam antes.

Sophie, a rapariga do 6B3, já tinha convidado Tibby para almoçar hoje. As companheiras de quarto, Jess e uma outra também começada por J de algures em 6D, mostravam-se ansiosas por que Tibby aparecesse nessa noite. Mas Tibby deu por si a evitar todos os garotos que se sentiam desesperados e sem amigos tal como ela.

Observou o Cabeça de Cama e a Óculos Rosa. Óculos Rosa segredou qualquer coisa a Cabeça de Cama, e ele riu-se. Parecia estar de ressaca. Deixou-se escorregar mais na cadeira. Os ouvidos de Tibby ardiam de desejo de saber o que a rapariga dissera.

Tibby queria aqueles dois, que não precisavam de fazer amigos.

— OK, pessoal. — Bagley terminara por fim a sua lista. — Vamos lá a um pequeno jogo para nos ficarmos a conhecer e ajudar a lembrar dos nomes uns dos outros.

Óculos Rosa alçou uma sobrancelha para o amigo e deixou-se escorregar para ficar ao nível dele. Tibby sentiu-se a escorregar um bocadinho também.

— Prontos? Então é assim. Digam-nos o vosso nome e duas das vossas coisas preferidas que comecem com a mesma letra do nome. Principio eu. — Bagley estudou o tecto um momento. Devia andar pelos trinta anos, calculou Tibby. As sobrancelhas negras estendiam-se rumo ao nariz. Estilo Frida Kahlo. Sabe-se lá porquê, Tibby desconfiou que isso significava que ela não tinha um marido. — Carolina. Hum, camarões e... Caravaggio.

Tibby viu Óculos Rosa segredar algo mais para o amigo enquanto Shawna dizia a todos que gostava de *scones* e de Shaquille O'Neal. Óculos Rosa ergueu os olhos surpreendida ao perceber que era a sua vez. Era óbvio que não estivera a ouvir o que os outros tinham dito.

— Oh, hum, eu chamo-me Maura e... tenho de dizer duas coisas preferidas? — perguntou ela. Bagley acenou. — OK, hum, *mousse* e, hum... *pochettes*.

Ouviram-se alguns risinhos. Tibby abanou a cabeça. Se Maura tivesse dito apenas «malas» como uma pessoa normal, teria acertado.

O Cabeça de Cama chamava-se Alex, e gostava de abelhões e de acrobatas. Engolia o som do A. Tibby desconfiou que ele procurava fazer sentirem-se idiotas tanto Maura como a professora. Mas tinha uma voz agradável, meio rosnada, e dirigiu a Maura um meio sorriso fascinante.

Também quero um daqueles, deu ela por si a pensar.

Ele não usava peúgas com os seus Pumas. Tibby perguntou-se se cheiraria mal dos pés.

Era a vez dela.

— Chamo-me Tibby — disse. — Gosto de Tater Tots e... tesouras. — Não sabia o que lhe dera na gana para dizer aquilo. Girou lentamente quarenta e cinco graus e viu Alex a olhar para ela debaixo do cabelo. Ele sorriu-lhe.

Por outro lado, sabia o que lhe dera na gana. Ou, pelo menos, quem.

Bridget avançou mais uma série de passos pelo passeio diante da casa de tijolos com dois pisos. Havia pequenos formigueiros de um dos lados. A erva irrompia triunfante pelo cimento em muitos sítios. Um tapete à entrada dizia O LAR É ONDE O CORAÇÃO ESTÁ em grandes letras decoradas com flores cor-de-rosa e amarelas. Bridget recordava-se daquele tapete e recordava-se igualmente do batente da porta em forma de rola. Ou pomba. Talvez fosse uma pomba.

Bateu à porta com um pouco mais de força do que pretendera. Precisava de manter as coisas em andamento. «Vamos lá, vamos lá», murmurou para consigo. Ouviu passos. Sacudiu as mãos para manter a circulação.

Cá vai, pensou ela quando a maçaneta girou e a porta se abriu. E ali estava ela.

A mulher idosa tinha a idade certa para poder ser Greta, embora Bridget de facto não a reconhecesse.

— Sim? — disse a senhora, franzindo os olhos à luz intensa do sol.

— Olá — disse Bridget. Estendeu a mão. — Chamo-me Gilda e mudei-me para cá há uns dias. Por acaso é Greta Randolph?

A senhora acenou afirmativamente. Pronto, já estava.

— Queres entrar? — convidou-a a senhora. Parecia um tanto ou quanto desconfiada.

— Aceito, obrigada.

Bridget seguiu-a por cima de uma alcatifa branca, admirada com o cheiro da casa. Era característico de uma forma indeterminada... ou talvez fosse familiar. Deixou-a por um instante sem respiração.

A senhora convidou-a a sentar-se no sofá de xadrez da sala.

— Posso oferecer-te um copo de chá gelado?

— Agora não, muito obrigada.

A mulher acenou com a cabeça e sentou-se na poltrona em frente dela.

Bridget não tinha a certeza do que esperara, mas aquilo não era. Greta Randolph tinha peso a mais, e a gordura encontrava-se distribuída desajeitadamente pela parte superior do corpo. O cabelo era grisalho e curto e parecia ter recebido uma permanente. Os dentes eram amarelados. A roupa parecia saída directamente de uns grandes armazéns Wal-Mart.

— Então em que posso ser-te útil? — perguntou ela, observando Bridget com atenção, provavelmente para se certificar de que ela não fanava nenhuma das peças de cristal da estante.

— Ouvi dizer na vizinhança que a senhora talvez precisasse de ajuda para trabalhos domésticos — coisas diversas, percebe. Eu ando à procura de trabalho — explicou Bridget. A mentira saiu--lhe naturalmente.

Greta pareceu confusa.

— Qual vizinhança?

Bridget apontou arbitrariamente para a direita. Mentir era mais fácil do que a maioria das pessoas pensava, concluiu ela. O que era capital, porque os mentirosos alimentavam-se da sinceridade geral de todos os outros. Se todos mentissem, deixaria de ser fácil.

— Os Armstrongs?

Bridget fez um gesto afirmativo.

A mulher abanou a cabeça, perplexa com a ideia.

— Bem, todos nós precisamos de um pouco de ajuda, acho eu, não é?

— Definitivamente — concordou Bridget.

Greta pensou um instante.

— Há realmente um projecto que tenho andado a tencionar levar por diante.

— O que é?

— Gostava de limpar o sótão, e depois talvez transformá-lo num estúdio e alugá-lo no Outono. Fazia-me jeito o dinheiro extra.

Bridget acenou.

— Eu podia ajudá-la nisso.

— Previno-te de que há imensa tralha lá em cima. Caixas e caixas de velharias. Os meus filhos deixaram as suas coisas todas nesta casa.

Bridget encolheu-se. Não pensara que aquilo surgisse tão depressa, ainda que indirectamente. De facto, ali sentada, quase esquecera o seu parentesco com aquela mulher.

— A senhora diz-me o que quer que faça e eu faço.

Greta anuiu. Franziu os olhos para estudar a cara de Bridget durante um longo momento.

— Tu não és daqui?

Bridget encolheu os dedos dentro dos ténis.

— Não. Só cá estou durante, hum, as férias de Verão.

— Andas no liceu?

— Ando.

— E a tua família?

— Está... — Isto eram respostas que Bridget devia ter preparado com antecedência. — A viajar. Eu queria ganhar algum dinheiro extra. Para a universidade, no ano que vem.

Levantou-se e esticou um pouco as pernas, esperando evitar mais perguntas. Olhou através do vestíbulo para o alpendre das traseiras, a memória estimulada pelo grande abrunheiro rosa do jardim com belos ramos baixos para trepar.

Virou-se para olhar para a cornija da lareira. Uma fotografia emoldurada com versões dela e Perry aos seis anos devolveu-lhe o olhar. Sentiu faltar-lhe a respiração. Talvez afinal isto não fosse lá grande ideia. Voltou a sentar-se.

Greta afastou os olhos de Bridget e observou os nós dos dedos durante um bocado.

— Bom. Pago-te cinco dólares por hora. Achas bem?

Bridget esforçou-se por evitar uma careta. Talvez aquela fosse a escala em Burgess, Alabama, mas em Washington nem um ham-búrguer se virava na chapa por aquilo.

— Uh, OK.

— Quando podes começar?

— Depois de amanhã?

— Bom.

Ergueu-se e Bridget seguiu-a até à porta de entrada. — Muito obrigada, Mrs. Randolph.

— Chama-me Greta.

— OK. Greta.

— Então vemo-nos depois de amanhã às... que tal oito?

— Está... óptimo. Até depois. — Bridget gemeu interior-mente. Tinha-se tornado péssima a levantar de manhã.

— Como disseste que era o teu apelido?

— Ah. É... Tomko. — Ali estava um nome perdido a quem faria jeito um novo dono, mesmo temporariamente. Além disso, ela gostava de pensar em Tibby.

— Quantos anos tens, se não levas a mal a pergunta?

— Vou fazer dezassete — disse Bridget.

Greta acenou com a cabeça.

— Tenho uma neta da tua idade. Faz dezassete anos em Se-tembro.

Bridget sentiu um sobressalto.

— Sério? — a voz tremeu-lhe.

— Vive em Washington. Já lá estiveste?

Bridget sacudiu a cabeça. Era fácil mentir a estranhos. Era mais difícil quando eles sabiam a data do nosso aniversário.

— E tu de onde és?

— Norfolk. — Bridget não fazia a menor ideia por que dissera tal.

— Vieste de longe.

Bridget acenou.

— Bom, gostei muito de te conhecer, Gilda — disse, aquela que era a sua avó, quando Bridget se voltou.

— O restaurante era realmente fabuloso. Eu julgava que íamos apenas a qualquer sítio aqui perto, mas ele tinha feito reserva no Josephine. Imaginas? Senti receio de não estar suficientemente bem vestida, mas ele disse que eu estava perfeita. Foram as suas palavras exactas. «Estás perfeita.» Imaginas? Demorei imenso tempo a tentar descobrir o que havia de encomendar para não acabar com molho *béarnaise* na blusa nem salada nos dentes.

Christina riu tão espontaneamente que foi como se nunca ninguém tivesse enfrentado tal dilema antes.

Carmen baixou os olhos para a sua *waffle* torrada. Os quatro quadrados do meio encontravam-se cheios de melaço e os outros absolutamente secos. As coisas que a mãe estava a dizer eram as coisas que Carmen deveria estar a dizer. Não pôde deixar de notar a ironia com um certo azedume. Carmen não as estava a dizer porque a mãe as estava a dizer, a dizer, a dizer, e nunca mais se calava.

Christina arregalou teatralmente os olhos.

— Carmen, gostava que tivesses provado aquela sobremesa. Era de *morrer*. Chamava-se *tarte tatin*.

O sotaque francês demasiado acentuado com o toque subjacente de porto-riquenho fez que Carmen não conseguisse sentir-se tão irritada com a mãe como lhe apetecia.

— Iam — entaramelou ela melancolicamente.

— Ele foi *tão* amoroso. Tão cavalheiresco. Abriu a porta do carro para eu entrar. Quando foi a última vez que isso aconteceu?

— Christina fitou-a como se pretendesse de facto uma resposta.

Carmen encolheu os ombros.

— Nunca?

— É licenciado pela Universidade de Stanford. Já te tinha dito?

Carmen acenou com a cabeça. Christina parecia tão pateticamente orgulhosa que ela não pôde deixar de recordar envergonhada o seu próprio orgulho na noite anterior ao dizer que o pai tinha andado na Williams.

Inclinou cuidadosamente a garrafa de melaço, tentando encher cada um dos quadradinhos da *waffle* com a sua pequena porção.

— Diz lá outra vez como é que ele se chama?

— David. — Christina parecia apreciar o gosto da palavra mais ainda do que a *tarte tatin*.

— Que idade disseste que ele tinha?

Christina desinchou um bocado.

— Trinta e quatro. Mas isso é só uma diferença de quatro anos.

— Mais perto de cinco — corrigiu Carmen. Mesmo mascarada de verdade, era uma coisa mesquinha para dizer. A mãe ia fazer trinta e nove daí a menos de um mês. — Mas ele parece francamente simpático — acrescentou Carmen para compensar.

Era só do que a mãe precisava.

— E é. É de facto. — E continuou a tagarelar a respeito de como ele era simpático durante a ingestão de mais duas *waffles*. Como ele lhe levara café algumas vezes no escritório e a ajudara quando o computador dela parara.

— Tem uma especialização de três anos — informou Christina como se Carmen se interessasse minimamente. — Não foi logo para a faculdade de direito. Trabalhou para um jornal em Memphis. Acho que é isso que o torna tão *interessante*. — Christina pronunciou a palavra como se ela só tivesse merecido ser usada apenas desta vez.

Carmen serviu-se de um copo de leite. Desde os treze anos que não bebia um copo de leite. Perguntou-se, com uma espécie de curiosidade científica, durante quanto tempo continuaria a mãe a falar se ela própria não dissesse *absolutamente nada?*

— Ele tem sido sempre muito simpático e prestável, mas nunca pensei que quisesse convidar-me para sair. Nunca! — Christina aproveitou a oportunidade para descrever alguns círculos em volta da pequena divisão. Os sapatos de ir à igreja fizeram *claque claque* no linóleo cor de pêssego. — Sei que provavelmente não é boa ideia sair com uma pessoa do escritório mas, por outro lado, nós não trabalhamos no mesmo departamento, nem sequer no mesmo andar. — Fez um gesto com o braço, aprovando liberalmente o conceito de um romance de escritório ainda antes de acabar de o desaprovar. — Quer dizer, ontem à noite, ao ver-te sair, senti-me tão velha e solitária ao pensar como seria quando cá não estivesses para o ano. E depois isto! A sincronização vem direitinha de Deus, acho eu.

Carmen teve de se esforçar para não dizer que Deus tinha montes de coisas mais importantes em que pensar.

— Não quero precipitar-me. E se isto não der nada? Se ele não anda à procura de uma relação estável? Se está num espaço diferente do meu?

Primeiro que tudo, Carmen detestava quando a mãe empregava a palavra espaço como se fosse uma importante metafísica. E depois, desde quando é que a mãe procurava uma relação estável? Ela não saía com um tipo desde que Carmen andava na quarta classe.

Não responder não resultou. Mesmo ir à casa de banho não cortou o fluxo de palavras da mãe. Carmen perguntou-se se sair do apartamento faria a mãe parar de falar.

Por fim, consultou o relógio de cozinha. Nunca estava do lado dela. Pela primeira vez na história de Carmen-Christina dizia-lhe que não se achavam atrasadas para a igreja.

— Devíamos ir andando — sugeriu ela de qualquer forma.

A mãe acenou e seguiu-a amenamente para fora da cozinha, sempre sem deixar de falar. Não fez uma pausa até entrarem no parque de estacionamento da igreja.

— Conta lá, *nena* — perguntou Christina enfiando as chaves na carteira e dirigindo-se com Carmen para a igreja. — Que tal foi a *tua* noite?

Lenny,
Sei que estás apenas a alguns quarteirões de distância e que te vou meter as Calças nos braços daqui a cinco (ok, dez) minutos quando te for buscar (ok, atrasada) para o trabalho.

Mas senti-me um bocado triste por não estar a escrever uma carta de algum lugar longínquo, e depois pensei, bom, ei, lá porque podemos mandar *e-mails* e telefonar e ver-nos sempre que quisermos este Verão, isso não quer dizer que não possa escrever uma carta de um lugar próximo, pois não? Não é propriamente crime, pois não?

Portanto, Lenny, sei que não é como no Verão passado. Tu não tens saudades minhas porque me viste várias vezes ontem e eu quase te fiz entrar em coma com a minha tagarelice a noite passada. Mas apesar de estares prestes a ver-me e possivelmente a gritar comigo por eu chegar atrasada (outra vez), posso aproveitar esta oportunidade para te dizer que tu és a melhor, a maior, a mais espantosa Lenny de sempre e que gosto muito de ti. Portanto vai pintar a manta com estas Calças, garota.

Carmen Electrizada

Os homens tropeçam ocasionalmente
Na verdade, mas a maior parte deles
Levanta-se e afasta-se rapidamente
Como se nada tivesse acontecido.

WINSTON CHURCHILL

Lena não pintou a manta com as Calças. No primeiro dia deixou-as em casa, no seu quarto, em cima da pilha de cartas de Kostos. No segundo dia levou-as para o trabalho, foi repreendida por Mrs. Duffers, e teve de as despir antes da hora do almoço. Deixou-as na cadeira ao fundo da loja, onde uma cliente as viu e tentou comprá-las.

Ainda tinha o coração aos pulos do horror da experiência quando Effie entrou por ali dentro. Estava na hora de fechar, e Lena ainda não acabara de esvaziar os gabinetes de provas.

— Adivinha quem telefonou hoje... — perguntou Effie.

— Quem? — Lena detestava os jogos de adivinha de Effie, principalmente quando estava cansada.

— Adivinha. — Effie seguiu-a até aos gabinetes de provas.

— *Não!*

Effie ficou carrancuda.

— Pronto. *Pronto.* — Ergueu os olhos ao céu a pedir paciência.

— A Avó. Falei com ela.

— Falaste? — Lena parou de pegar em fatos. — Como está ela? Como está o Bapi?

— Estão óptimos. Deram uma grande festa de aniversário no velho restaurante o mês passado. Esteve lá a cidade toda.

55

— Ohhh. — Lena estava a ver a cena. A sua mente deslocou-se lentamente até Fira, até à vista da Caldera do terraço do restaurante que os avós tinham possuído. — Que bom — disse ela, distante. Visualizar o porto levou-a, obviamente, a visualizar Kostos. E visualizar Kostos provocou-lhe aquela sensação aguda no baixo ventre.

Pigarreou e voltou a reunir peças de roupa.

— Como estão os Dounases? — perguntou com ar sereno.

— Bem.

— Sim? — Lena não queria perguntar directamente por Kostos.

— Claro. A Avó disse que o Kostos levou uma rapariga de Ammoudi à festa.

Lena esforçou-se ao máximo por não alterar um milímetro a expressão da cara.

Effie franziu o sobrolho.

— Lenny, por que é que estás com esse ar?

— Que ar?

— Esse... ar. — Effie apontou para o rosto tenso e infeliz de Lena. — Foste tu que acabaste com *ele*.

— Eu sei. — Lena bateu ritmadamente com o pé no espelho. — E queres dizer com isso... — Precisava de se armar em estúpida. Se não, era capaz de chorar.

— Que não te percebo. Se é isso que sentes, por que é que acabaste com ele? — perguntou Effie, sem parecer importar-se por não estarem a ter a mesma conversa.

— Sinto o quê? Como é que sabes o que eu sinto ou não sinto? — perguntou Lena. Começou a separar as calças por tamanhos.

Effie abanou a cabeça como se a irmã fosse uma irremediável idiota digna de piedade.

— Se isto te faz sentir melhor, a Avó não gostou da rapariga que ele levou. — Lena tentou fingir que isso não lhe interessava. — E ela disse também, e passo a citar: «Eza rapariga não tem metade da buleza de Lena.» Lena continuou a fingir. — Isso melhora as coisas? — lisonjeou Effie. Lena encolheu os ombros, impassível. — E eu disse: «Avó, essa rapariga provavelmente não acabou com ele sem qualquer espécie de razão.»

Lena atirou a roupa ao chão.

— Esquece — declarou ela. — Não tens boleia para o trabalho.

— Lenny! Tu prometeste! — repontou Effie. — Além disso, o que é que te interessa? Pensei que tinhas dito que não te interessava.

Effie ganhava sempre. Sempre.

— E *não* interessa — balbuciou Lena infantilmente.

— Então leva-me ao trabalho como prometeste. — Effie era um génio a transformar um favor numa obrigação.

O céu escurecera tanto que Lena mal acreditava que ainda não fosse noite. Com as Calças num dos braços, trancou a porta de entrada e fechou o portão. Lá fora, salpicos pesados e quentes de chuva aterraram-lhe no cabelo e escorreram-lhe pela testa. Effie correu para o carro mas ela caminhou devagar, protegendo as Calças debaixo da camisola. Gostava de chuva.

O Olive Vine era a menos de três quilómetros da loja. Effie entrou no restaurante com um par de passadas de gigante.

Lena prosseguiu. A chuva tamborilava e os limpa-pára-brisas rangiam. Gostava de estar sozinha ao volante quando ninguém a esperava em lado algum. No decorrer dos últimos meses passara para a fase da condução em que já não tinha de pensar conscientemente na forma de o fazer. Já não tinha de pensar *OK, pisca-pisca. Travões. Virar.* Limitava-se a conduzir. O que lhe deixava a mente livre para divagar.

Deu por si a passar pelo marco de correio onde costumava pôr as antigas cartas, antes de ter deixado de se interessar tanto. Ou antes de ter começado a fingir que tinha deixado de se interessar tanto.

Ainda conservava as Calças junto ao corpo. Tinha-as vestidas quando Kostos e ela se haviam beijado tão intensamente mesmo no final do Verão. Respirou fundo. Talvez ainda houvesse algumas células dele agarradas a elas. Talvez.

Ter consigo as Calças nessa noite chuvosa, muito longe de Kostos, provocava-lhe uma profunda e melancólica sensação de perda.

Então era assim que as coisas estavam. Kostos tinha uma nova namorada. Lena tinha uma irmã perversa e um emprego a vender roupa bege.

Exactamente, quem saíra a ganhar?

* * *

A princípio Bridget pensara que não se recordava de nada em Burgess. Depois, à medida que deambulava pela cidade, algumas pequenas coisas avivaram-lhe a memória. Uma foi a máquina de vender amendoins no lado de fora da loja de ferragens. Já aos seis anos, ela tinha achado esquisito e antiquado que a máquina de gomas distribuísse amendoins. E todavia, ainda ali se encontrava. Bridget desconfiava vivamente que os amendoins tinham a mesma idade que ela.

Outra coisa foi o ferrugento canhão preto da Guerra Civil no pedaço de relvado em frente do tribunal. Junto à sua base encontrava-se uma pirâmide de balas de canhão coladas umas às outras. Ela lembrava-se de andar por ali a brincar — enfiar a cabeça na boca do canhão como se fosse uma personagem dos desenhos animados para fazer rir Perry.

Lembrava-se também de trepar o muro alto a seguir ao banco, e de a avó lhe gritar para descer. Fora um verdadeiro diabinho em pequena. Fora quem melhor trepava às arvores na vizinhança, mesmo de entre os rapazes e garotos mais velhos. Sentia-se tão leve e elástica em comparação com agora.

Deixou-se guiar pelos pés, uma vez que eles pareciam possuir melhor memória do que a cabeça. Avançou mais por Market Street até a terra se estender um pouco para o exterior. Havia hortênsias em flor diante de cada casa — grandes bolas purpúreas.

Para lá da igreja metodista, estendia-se um vasto campo, verde e viçoso. Prolongava-se durante três quarteirões, rodeado de velhos carvalhos enormes e bonitos bancos de ferro. Na ponta de lá reparou em balizas de futebol delimitando um belo campo verde. Sentiu faltar-lhe a respiração ao vê-lo. Houve uma sensação de ribombar e ranger na sua mente enquanto esta procurava nos seus muitos arquivos poeirentos e ignorados.

Bridget sentou-se num dos bancos e cerrou os olhos. Lembrou-se de correr e lembrou-se de uma bola de futebol, e depois, de um jacto, começou a lembrar-se de muitas, muitas coisas. Lembrou-se do avô a ensinar-lhe a ela e a Perry como bater a bola quando eles não tinham mais de três ou quatro anos. Perry detestara e tropeçara nos pés, mas Bridget adorara. Lembrou-se de apertar as mãos atrás das costas para se recordar que em futebol só entravam pés.

Lembrou-se de ultrapassar o avô e de ele gritar orgulhosamente atrás dela: «Pessoal, acho que temos aqui um talento nato!» apesar de não haver mais ninguém no campo.

No Verão em que fizera cinco anos, o avô tinha-a metido na Limestone County Boys' League, por entre ruidosos protestos dos outros pais. Bridget lembrava-se de ter obrigado a avó a cortar-lhe o cabelo curto, como o de um rapaz, e lembrava-se também de a mãe ter chorado quando a vira no fim do Verão. Bridget levara os Burgess Honey Bees a conquistar a taça dois verões seguidos, e os pais tinham deixado de protestar.

Céus, tinha-se esquecido daquela equipa até este minuto. E significara tanto para ela na altura — a coincidência da sua alcunha com o nome da equipa. «Ela é a Bee total! Ela é os Joelhos dos Bees», costumava o avô gritar da linha lateral, achando-se muita graça. O pai dela nunca se interessara por desportos, mas o avô adorava-os.

O pai teria sabido quando o avô morrera?

Deixou a mente divagar. Nunca se detivera a pensar como é que o futebol surgira na sua vida, mas fora ali. Fora ali o começo.

Havia algo de estranho na sua memória e ela já anteriormente reparara nisso. Quando tinha doze anos e acontecera aquela coisa horrível, o seu cérebro parecia ter passado uma esponja. Tudo o que dizia respeito a essa época ou lhe era anterior ela havia esquecido completamente ou recordava como se tivesse acontecido a outra pessoa. Tinham-na obrigado a ir a um psiquiatra durante alguns meses após a morte da mãe, e ele dissera que o seu cérebro formara um tecido cicatrizado. Bridget nunca gostara muito dessa imagem.

Ficou ali sentada, descansando a cabeça sulcada de cicatrizes nas costas do banco durante muito tempo, até que, como num sonho, ouviu passos e gritos e o adorado *tump* de um pé contra uma bola de futebol. Abriu os olhos e observou, atónita, um grupo de rapazes a ocupar o campo. Eram uns quinze ou vinte, e pareciam ser da sua idade, talvez um pouco mais velhos.

Quando um dos rapazes passou perto, ela não resistiu a acenar-lhe.

— Fazes parte da equipa? — perguntou.

Ele anuiu.

— Os Burgess Mavericks — disse ele.

— Ainda há uma liga de Verão? — perguntou ela.

— Claro. — Ele segurava uma bola de futebol. Apesar de não tocar numa há mais de nove meses, Bridget fitou a dele cobiçosamente.

— Tens treino agora? — inquiriu.

— Terças e quintas à tarde — respondeu ele com o seu acento nasalado do Alabama. Ali, as pessoas pareciam falar com mais sílabas.

Bridget lembrava-se de adorar aquele acento, de o ouvir inserir-se como que por magia nas suas próprias vogais e consoantes por meados de Agosto. E depois, quando voltava para o norte, os amigos riam-se da maneira dela falar e em Outubro já desaparecera outra vez.

O rapaz ia virando a cabeça para observar os exercícios que já haviam começado no campo. Era educado, mas não desejava falar mais com ela.

— E têm jogos ao sábado? — perguntou ela.

— Iá. Durante todo o Verão. Tenho de ir.

— OK. Obrigada — atirou-lhe ela enquanto ele ia juntar-se aos amigos no campo.

Ainda não estava familiarizada com a maneira como se relacionava com o mundo agora. Há um ano atrás, aquele mesmo rapaz teria olhado para o cabelo dela e tido todo o prazer em lhe dar todas as informações que ela quisesse. Ter-se-ia exibido e falaria alto para os amigos verem que ele estava a falar com ela.

Entre os treze e os dezasseis anos Bridget perdera a conta aos assobios e números de telefone e frases de engate pirosas que atraíra. Não era por ela ser — ter sido — bonita. Lena era bonita, de uma forma real e única, e quando ela passava os rapazes pareciam essencialmente receosos. Mas Bridget tinha sido esbelta e notável e extrovertida e, é claro, tinha aquele cabelo.

Ficou a vê-los pontapear um bocado e fazer alguns exercícios. Quando iniciaram um jogo de treino, ela aproximou-se um pouco da linha lateral. Haviam já aparecido algumas raparigas — provavelmente namoradas. Enquanto analisava as caras dos jogadores, alguns foram passando de desconhecidos a antigos companheiros de equipa diante dos seus olhos. Espantoso. Havia um açambarcador da bola que ela reconhecia definitivamente, como é que ele se chamava? Corey qualquer coisa. E o médio de cabelo ruivo. O seu aspecto e a sua maneira de jogar eram exactamente os mesmos de quando tinha sete anos. Tinha a certeza de reconhecer um dos guarda-redes, e além estava... *Meu Deus.* Bridget levou as mãos ao peito. O nome saltou--lhe na cabeça: Billy Kline. *Oh, céus!* Ele tinha sido o segundo melhor jogador da equipa e o seu melhor amigo fora de campo. Agora lembrava-se distintamente dele. Provavelmente até tinha uma ou duas cartas dele guardadas algures em casa.

Incrível.

Não pôde deixar de reparar que ele se tinha tornado muito atraente. Era simultaneamente magro e musculado, o seu tipo preferido. Tinha o cabelo mais escuro e mais ondulado, mas a cara era a mesma. Ela adorava a cara dele quando era garotinha.

Observou-o com o coração aos saltos e o cérebro em turbilhão. A casa dele ficava lá para baixo, junto ao rio. Tinham passado horas e horas a coleccionar pedras juntos, certos de que cada uma delas era uma ponta de flecha antiga e de que poderiam vendê-la por uma data de massa ao Indian Mound Museum no centro de Florença.

Billy chutou a bola da lateral. Bridget desviou-se rapidamente do seu caminho. Ele olhou para ela e através dela.

Não tinha receio de que ele a reconhecesse. Nessa época ela era magra, de cabelo dourado e cheia de alegria. Agora estava pesada, de cabelo acastanhado e cheia de preocupações. Era como se fosse uma pessoa diferente.

De certo modo, era um alívio. Às vezes ser invisível era um alívio.

Tibby estava sentada nas bordas de um grupo de miúdos no programa de cinema. Havia montes de roupa preta e botas pesadas, e bastantes *piercings* reluzindo ao sol. Tinham-na convidado a sentar-se com eles enquanto acabavam todos os almoços antes do seminário sobre filmes. Tibby sabia que a tinham convidado essencialmente porque ela usava uma argola no nariz. Isso chateava-a quase tanto como quando as pessoas a excluíam porque ela usava uma argola no nariz.

Uma rapariga chamada Katie queixou-se da companheira de quarto enquanto Tibby mastigava distraidamente uma salada de massa. Tinha tanto sabor como a sua manga. Mastigava e acenava, acenava e mastigava. Ainda bem que ela tinha nascido já com as suas amigas, percebeu Tibby, porque não possuía o menor jeito para as arranjar.

Minutos mais tarde seguiu o grupo pela escadaria do edifício de arte até à sala de aula. Sentou-se numa ponta de maneira a haver lugares vagos a seu lado. Em parte porque queria aliviar o seu compromisso com este grupo específico. Mas principalmente porque estava à espera de Alex.

O coração bateu-lhe mais depressa quando ele chegou com Maura e se sentou a seu lado. Maura sentou-se do outro lado dele. É certo que eram os dois únicos lugares seguidos em toda a sala.

O professor, Mr. Russell, organizou a sua papelada.

— Ora bem. — Levantou as mãos. — Como sabem, este seminário diz respeito ao vosso projecto. Nesta aula não se trata de ouvir mas de fazer.

Alex ia tomando notas no seu bloco. Tibby não resistiu a deitar--lhes uma olhadela.

Aula que trata de fazer.

Estaria a gozar? Ele fitou Tibby de relance. É, estava a gozar.

— Cada um de vocês vai fazer um filme este Verão, e terão praticamente todo o período para o fazer. Irão passar muito tempo lá por fora e pouco tempo nesta aula.

Alex desenhava agora um retrato. Era Mr. Russell, só que tinha a cabeça muito pequena e as mãos muito grandes. Era um retrato muito bom. Alex saberia que Tibby o estava a espreitar? Importar--se-ia?

— A tarefa — prosseguiu Mr. Russell — é fazer uma peça biográfica. Centrem o filme em alguém que tenha desempenhado um papel importante na vossa vida. Estão à vontade para usar guião e actores ou para fazer um documentário. Escolham.

Tibby tinha uma ideia do que queria fazer. Acabara de lhe surgir na cabeça. Surgira sob a forma de Bailey. Bailey sentada contra as persianas da janela do quarto de Tibby com o sol a infiltrar-se por elas no último mês dos seus doze anos de vida. Sentiu os olhos a arder. Olhou para a esquerda.

Escolham, escrevera Alex em letra floreada sob o retrato de Mr. Russell.

Tibby esfregou os olhos. Não, não queria fazer aquela ideia. Não podia fazer aquela ideia. Não se permitia sequer pôr uma etiqueta àquela ideia no seu cérebro. Deixou-a esvair-se para o sítio de onde viera.

Durante o resto da aula sentiu-se assombrada pela sensação da ideia embora esta em si tivesse desaparecido. Esqueceu Alex e as suas notas. Os seus olhos pareciam focar apenas alguns centímetros diante da sua cara.

Esqueceu-se dele até ele estar a falar mesmo junto ao seu ouvido. Demorou um momento a perceber que ele estava a falar para o ouvido dela. Ou melhor, para ela.

— Queres ir tomar um café? — parecia estar a perguntar.

Maura fitava-a, também na expectativa.

— Oh... — Quando as palavras de Alex se dispuseram na devida ordem, Tibby descobriu que lhe agradavam. — Agora?

— Claro. — Maura parecia ter-se apoderado do planeamento. — Tens mais alguma aula?

Tibby encolheu os ombros. Tinha? E isso interessava? Levantou--se e atirou a mala por cima do ombro.

Sentaram-se ao fundo do café no edifício da associação de es-tudantes. Descobriu que tanto Alex como Maura eram de Nova Iorque, como ela poderia ter adivinhado. Descobriu também que o quarto de Maura ficava no sétimo andar do seu dormitório. Maura encontrava-se particularmente interessada em Vanessa, a AR.

— Viste o quarto dela?

A atenção de Tibby começava a desviar-se para Alex. Maura não estava disposta a deixá-la ir.

— A sério, viste?

— Não — respondeu Tibby.

— Está atulhado de brinquedos e animais de pelúcia. Palavra de honra. A rapariga é *passaaada.*

63

Tibby anuiu. Não duvidava, mas sentia-se muito mais interessada em ouvir Alex falar do seu projecto.

— É niilismo puro. Imagina Kafka, mas com montes de explosões — estava ele a explicar.

Tibby riu em tom apreciativo apesar de não saber o significado de *niilismo* nem poder dizer o título de um único livro de Kafka. Era um escritor, não era?

Alex tinha um sorriso ambíguo.

— Kafka encontra o Schwarzenegger dos primeiros tempos, e a acção decorre toda numa Pizza Hut.

Ele é esperto, pensou Tibby.

— E como é que isso é biográfico? — perguntou ela.

Ele encolheu os ombros e dirigiu-lhe um sorriso de grau inferior.

— Não sei — disse como se isso não lhe interessasse minimamente.

— E o que vai ser o teu projecto? Já sabes? — perguntou-lhe Maura.

Tibby nem sequer se permitiu pensar na sua primeira ideia, embora a sombra dela pairasse por cima da sua cabeça.

— Não sei... estou a pensar em fazer provavelmente...

Não fazia a menor ideia de como iria terminar a frase. Baixou os olhos para os Pumas de Alex. Queria que o seu filme fosse divertido. Queria que Alex lhe sorrisse como fizera na aula de Bagley.

Pensou nas coisas que já filmara nesse Verão. Apanhara um bocado hilariante da mãe atarefada na cozinha, ignorando que tinha o chupa-chupa de Nicky pegado à parte de trás da cabeça. Era um *gag* mudo, mas era divertido.

— Estou a pensar em fazer provavelmente uma coisa cómica... sobre a minha mãe.

Carmen gostaria que o percurso até casa dos Morgans fosse mais longo para poder queixar-se mais tempo. Mas percebia que Lena achava que o percurso fora suficientemente longo.

— Eu compreendo, palavra — disse Lena simpaticamente mas com a paciência a esgotar-se quando estacionaram em frente da grande casa de madeira branca. — Só estou a dizer que a tua mãe não tinha um encontro há imenso tempo. É excitante para ela. Deitou um olhar de relance ao rosto amuado de Carmen. — Mas também, ela não é a minha mãe. Se fosse, talvez eu pensasse exactamente da mesma maneira que tu.

Carmen observou-a desconfiada.

— Não. Não pensavas nada.

Lena encolheu os ombros.

— Bom, eu acho que a minha mãe nunca beijou outro tipo além do meu pai, por isso é bastante difícil imaginar a cena — alegou ela diplomaticamente. — Mas se o fizesse...

— Tu serias simpática para com ela — concluiu Carmen.

— Ninguém é simpático para com a própria mãe — disse Lena.

— Tu és — acusou Carmen.

— Oh, não, não sou não — proferiu Lena com sinceridade.

— Tu ficas aborrecida e às vezes talvez te irrites, Len, mas não és abertamente embirrenta.

— Aborrecido e irritado pode ser pior do que embirrento — argumentou Lena.

A porta da frente, vermelho-brilhante, abriu-se e Jesse Morgan acenou-lhes do primeiro degrau.

— Tenho de ir — disse Carmen. — Podes-me vir buscar? Amanhã conduzo eu.

— Não podes conduzir amanhã. Se o fizeres, chego outra vez atrasada — retorquiu Lena.

— Não chegas nada. Palavra. Eu levanto-me cedo. Prometo.

Carmen fazia com frequência essa promessa mas nunca a cumpria.

— Pronto, está bem. — Lena dava-lhe sempre mais uma oportunidade. Era um pequeno jogo que faziam.

— Ôi, Jesse — saudou Carmen subindo apressada o caminho de acesso. Abraçou-o agarrando-o pelo pescoço ao entrar a porta. Jesse tinha quatro anos e gostava de saber quem ia e vinha em Quincy Street. E gostava igualmente de gritar coisas intrigantes da janela do seu quarto no primeiro andar às pessoas que iam no passeio.

Foi direita à cozinha, onde Mrs. Morgan estava a limpar *Rice Krispies* do chão com uma mão e a segurar Joe, o bebé de nove meses, com a outra.

Carmen já aprendera a não dar aos miúdos *Rice Krispies* porque eram mais difíceis de limpar do que, por exemplo, *Kix*. Isso era algo que um estranho descobria num dia e em que uma mãe nunca pensaria. *Rice Krispies* húmidos e espezinhados faziam parte do fardo indiscutível de Mrs. Morgan.

— Olá a todos — cumprimentou ela. Estendeu os braços a Joe, mas ele agarrou-se à mãe. Joe gostava realmente de Carmen, mas só quando a mãe não estava em casa.

— Olá, Carmen. Como estás? — Mrs. Morgan atirou alguns objectos envoltos em papel de alumínio do frigorífico para o caixote de lixo. — Vou sair para dar umas voltas. Regresso pelo meio-dia. Se precisares de mim, tenho o telemóvel.

Prolongando o inevitável, Joe estudava Carmen do ombro da mãe onde apoiara a cabeça. Lembrou-se do que Lena tinha dito sobre não se ser simpático com a nossa mãe. Joe era simpático com a mãe. Adorava-a. Teria Carmen sido simpática com a mãe quando era bebé? Talvez só fôssemos simpáticos quando éramos muito jovens ou muito velhos.

Recebeu de Mrs. Morgan um Joe que se contorcia e protestava.

Assim que ela o instalou no chão com copos de empilhar, ele descalçou a meia e começou a mascá-la. A meia tinha um padrão de borracha em forma de jogo de galo na planta do pé. Para ajudar ao andar, calculou Carmen.

— Não, Joe. Não comas as meias.

Jesse estava a observar os carros que passavam por um pequeno painel de vidro mesmo à altura da sua cara do lado da porta de entrada. — Ei, Jesse. O que é que vês?

Jesse não respondeu. Carmen gostava do facto de apesar de os adultos sentirem necessidade de controlar as crianças com montes de perguntas ou afirmações inúteis, as crianças raramente sentiam necessidade de lhes responder.

— Tenho de ir fazer chichi — disse ele após um bocado. Carmen pegou em Joe e seguiu Jesse até lá acima. Por qualquer razão, Jesse só gostava de utilizar a casa de banho lá de cima. Resolveu mudar a fralda a Joe enquanto ali estava. Deitou-o no plástico de mudar fraldas e deixou-o morder o tubo de creme. Será que o óxido de zinco poderia ser prejudicial se ingerido?

Abriu a gaveta de cima da cómoda dele e admirou a variedade de meias, todas meticulosamente emparelhadas, todas em cores primárias, todas com as borrachas antiderrapantes na sola. Mrs. Morgan parecia uma mulher inteligente para despender tanta energia em meias. Ela não frequentara Direito? Poderia ser-se excessivamente qualificado para este trabalho?

Recordou a mãe sentada na mesa de cozinha da casa antiga, a raspar com um garfo as solas dos sapatos de festa novos de Carmen para ela não cair nos soalhos reluzentes da casa de Lena.

Lá em baixo, Carmen telefonou para o escritório da mãe.

— Ói — disse ela quando a mãe atendeu. Era realmente tudo o que desejava dizer.

— *Nena,* ainda bem que telefonaste. — Christina estava ofegante. — Vou jantar com o David esta noite. Se está tudo bem. Há *lasagna* no congelador. — A mãe parecia distraída. Não distraída como se estivesse à procura de um agrafador, mas profundamente distraída.

— Sério? Outra vez? — Carmen fez uma pequena pausa, esperando que a mãe lhe captasse a disposição.

— Não chego tarde — assegurou a mãe. — Esta semana está de loucos.

— Tudo bem. OK. — A voz de Carmen era suave. — Chau.

Houvera definitivamente tempos, talvez tão recentes como o dia anterior, em que Carmen teria adorado a ideia de uma noite com o apartamento só para ela. Mas neste momento preciso, não.

Cerca de uma hora depois foi ouvir as suas mensagens. Havia uma de Paul, em resposta a um telefonema dela. Havia uma de Porter. O famoso telefonema pós-encontro. Se o tipo telefonava dentro de três dias, gostava de nós. Se esperava uma semana, queria dizer que não tinha melhores opções e provavelmente estava só a ver se pegava. Se não telefonasse de todo, bom, aí era óbvio.

A chamada de Porter estava dentro da marca dos três dias. E uma hora antes, também isso teria tido importância para ela.

Tibby,
Bom, aqui vão as Calças. Confesso que não peguei propriamente fogo ao mundo. Fui repreendida pela minha chefe e vi

uma cinquentona modernaça tentar comprá-las. Espero que te corra melhor.

Seja como for, não sei o que a Carmen te contou, mas sinto-me completamente ok a respeito de Kostos e da sua nova namorada. Fui eu que acabei com ele, lembram-se?

Diverte-te com as Calças. Tenho saudades tuas. Telefona-me hoje à noite se não estiveres fora a mostrar-te *cool* e sofisticada com os teus novos amigos cineastas *cool* e sofisticados.

Beijos,
Lena

Só conseguimos ver até onde os
faróis alcançam,
mas podemos fazer a viagem
toda assim.

E. L. DOCTOROW

Lena adorava a cozinha de Carmen. Dava uma sensação de segurança e contenção, ao contrário da renovação alastrante de sua casa com todo aquele branco reluzente e aço prateado e lâmpadas de halogéneo demasiado fortes. Além disso, Lena adorava a comida que lá havia. Eram pêras abacate e batatas com baixo teor de gordura e infusões — coisas femininas. Nada das gigantescas embalagens de doze cervejas e intermináveis costeletas de porco que entulhavam o frigorífico de sua casa. Havia muito menos cedências num apartamento para duas pessoas do que numa casa para quatro.

— Querida, queres um copo de chá gelado?

Olhou para a mãe de Carmen. Aparentemente estava a arrumar os frascos dos armários de baixo. Tinha o cabelo preso num rabo--de-cavalo e parecia andar na casa dos vinte anos. Christina fora sempre bonita, mas Lena nunca a havia visto tão animada e alegre como se apresentava hoje.

— Adorava — disse Lena.

Carmen perscrutava a secção de cinema do jornal.

— Eu também bebo — disse ela sem erguer os olhos.

69

— Como vai a tua mãe? — perguntou Christina acima do barulho do lava-louças. Perguntava sempre aquilo a Lena com um certo ar culposo, como se estivesse a tentar receber a roupa da lavandaria sem o talão.

— Está boa.

— E o teu namorado? Como é que ele se chama?

— Kostos — disse Lena relutante, dado nunca gostar de discutir a sua vida amorosa. — Mas já não é meu namorado. Acabámos.

— Ohhh. Que pena. A distância foi demasiado difícil?

Lena gostou dessa explicação. Era sucinta e não a fazia necessariamente parecer lunática.

— Exacto.

Christina tirou um jarro cheio do frigorífico.

— Faz-me lembrar a tua mãe. Ela deve saber aquilo por que estás a passar.

Lena ficou perplexa.

— Na realidade, não falámos acerca disso.

Christina não parecia compreender que nem todas as mães conversavam constantemente com as filhas sobre todos os assuntos.

— De qualquer maneira, não creio que ela saiba nada acerca de relacionamentos a longa distância — disse Lena.

Christina alinhou três copos.

— Claro que sabe. Ela esteve com o Eugene pelo menos quatro a cinco anos.

Lena fitou Christina, duvidosa.

Christina e a mãe dela já não eram íntimas há muito tempo. A memória de Christina parecia baralhada, talvez por causa do seu romance.

— Quem é o Eugene?

Carmen despegara-se já da secção de cinemas e olhava de Lena para Christina alternadamente.

— Quem é o Eugene? — repetiu Christina. A sua expressão passou lentamente de surpresa a incerteza e a ansiedade.

— Uh... — Virou costas às pequenas e serviu o chá.

— *Mama*? Ôi? Ôooooi?

Christina levou imenso tempo a mexer o açúcar. Quando se voltou de novo, a cara já não apresentava o seu ar franco.

— Não interessa. Talvez eu esteja confundida. Foi tudo há imenso tempo.

Christina era uma pessoa amorosa, generosa, muitíssimo querida, mas era má actriz e mentia terrivelmente. Lena *tinha* acreditado que ela estava confundida antes. Agora tinha a certeza de que não estava.

Os olhos de Carmen perscrutavam a cara da mãe como se fossem raios laser.

— Não interessa? *Não interessa?* Está a brincar?

Christina deitou um olhar ansioso à porta.

— Tenho de telefonar à Mimmy, querida. Já passa do meio-dia.

— E não nos vai contar? — Carmen parecia prestes a explodir. Os olhos de Christina dardejavam em volta nervosamente.

— Não há nada para contar. Eu estava engana. Estava a pensar noutra pessoa. Não é importante. — Cerrou os lábios e saiu da cozinha apressadamente. Sabia melhor do que ninguém que Carmen não deixava uma pessoa escapar do anzol com facilidade.

— Não é importante? — repetiu Lena em voz débil.

Carmen fitou-a com ar entendido.

— O que obviamente significa que é.

— Quem é o Eugene?

Deixou cair aquilo serenamente entre o jantar e a sobremesa enquanto a mãe carregava a máquina de lavar louça. Lena estava a levantar a mesa. Encontravam-se apenas elas duas na cozinha. Effie estava em casa de uma amiga, e o pai lia o jornal na casa de jantar.

— O quê? — Ari deu meia volta.

— Quem é o Eugene?

Lena percebeu imediatamente que estava a provocar distúrbios.

— Por que me perguntas isso? — A mãe segurava um prato em cada mão.

— Quero apenas... saber.

— Quem te falou dele?

— Ninguém — disse Lena. Se a mãe não lhe dava qualquer informação, então pagava-lhe na mesma moeda. Além disso, não queria arranjar sarilhos à mãe de Carmen.

O rosto de Ari adquiriu uma expressão frustrada, nada refinada. Parecia estar a fazer cálculos apressados.

— Bem, não faço a menor ideia do que estás a falar.

— Então por que é que está a sussurrar?

Lena não pretendia torturar a mãe, mas era o que estava a acontecer.

— Não estou nada — contrapôs ela ainda num sussurro.

Lena deteve-se. Aquilo estava a ficar um bocado fora de controlo. Ela queria informações, desesperadamente. Quanto mais difíceis de obter, mais vital lhe parecia. Mas, por outro lado, a expressão da mãe assustava-a um pouco.

O pai surgiu na cozinha.

— Que tal se viesse o *cheesecake?* — perguntou ele sorridente.

A mãe de Lena deitou-lhe um olhar que dizia, sem margem para dúvidas: *Não abres a boca ou dou cabo de ti.*

— Eu vou para cima — comunicou Lena à bancada de granito.

— Nada de doce? — perguntou o pai. Tinham em comum o amor à sobremesa.

— Esta noite não — disse ela.

— Achas que a mamã teve algum namorado antes do papá? — perguntou Lena a Effie quando esta lhe apareceu no quarto um pouco mais tarde.

— Não. Ninguém de importante.

— Por que é que tens tanta certeza? — insistiu Lena.

— Porque ela nos teria contado — argumentou Effie.

— Talvez não. Ela não nos conta tudo.

Effie revirou os olhos.

— A mamã tem uma vida de tédio. Talvez não haja nada para contar.

Lena meditou um bocado naquilo.

— Eu acho que a mamã teve um namorado chamado Eugene. Acho que ela vivia aqui e ele vivia na Grécia, e acho que ela pode tê-lo amado de verdade.

Effie alçou as sobrancelhas.

— Ai achas? Lena anuiu. — Bem, e eu acho que deves ficar-te pela tua própria trágica história de amor.

* * *

— David quer levar-nos às duas a jantar fora — anunciou Christina nessa noite, como se Ed McMahon tivesse acabado de chegar com o seu cheque gigante.

— Porquê?

— *Carmen!* — Christina estava demasiado feliz para se zangar.

— Porque te quer conhecer!

Christina tinha o livro de *Receitas para Manter o Peso* aberto na bancada e cebolas a alourar num tacho.

— Quando?

— Amanhã à noite? — sugeriu Christina.

— Vou ao cinema com a Lena.

— Quinta?

— *Baby-sitting.*

— Sexta?

Carmen observou a mãe com irritação. Em geral, as pessoas percebiam à terceira tentativa.

— Vou... sair com o Porter — disse ela, satisfeita com a resposta, apesar de ser mentira. A mãe não era a única pessoa do mundo a ter namorado.

Os olhos de Christina passaram de desapontados a satisfeitos.

— Trá-lo! Saímos os quatro!

— O David quer levar-nos a jantar fora — anunciou Carmen ao telefone uma hora mais tarde. O seu tom era algo diferente do da mãe.

Tibby respirou fundo.

— Parece que isso está a ficar sério. Percebes, chegou a altura de conhecer os pais. Só que é ao contrário.

— Eu disse-lhe que ia sair com o Porter e ela quer que ele também vá.

— Um encontro a quatro com a tua mãe? — comentou Tibby, apreciando pelo menos parcialmente o absurdo da situação.

— Eu sei — gemeu Carmen. — Mas talvez seja melhor assim. Eu terei alguma coisa mais a que dar atenção. E talvez eles possam falar de jantes ou coisas assim.

— Talvez. — Tibby parecia duvidar.

— O mal é que eu não tenho realmente planos para sair com Porter. Inventei aquilo.

— Oh, Carmen.

— Pois é, por isso agora tenho de o convidar.

Tibby riu-se, mas Carmen percebeu que ela compreendia.

— Gostas dele? — perguntou ela.

— De quem?

— Porter!

— Oh. Uh, acho que sim.

— *Achas* que sim?

— Ele é muito atraente. Não achas?

— É atraente que chegue — disse Tibby levemente impaciente. — Mas tu não deves convidá-lo para sair se não gostas dele, Carmen. Isso é enviar uma mensagem falsa.

— Quem disse que não gosto dele? Talvez eu goste dele — ripostou Carmen.

— Céus. Dás um ar tão romântico à coisa.

Carmen soltou uma gargalhada. Mordiscou uma pele solta junto do polegar.

— Já te contei que a minha mãe nos pôs a dieta?

— Não.

— Sim.

— Pobrezinha.

— Mas eu fui até ao Giant e comprei três sabores de Ben and Jerry's.

Tibby riu de novo.

— É assim mesmo!

Ei Bee Bee,

Estou numa de perder peso, mas isso não é novidade. O grande acontecimento do meu calendário social é um encontro a quatro com a minha mãe. Estou a falar a sério.

Como é que isto aconteceu? Há uma semana atrás o programa mais importante da minha mãe era uma marcação para o dentista. Agora faz uma coisa ou outra com o David dia sim dia não.

Não me digas que ficas satisfeita por ela. Já disseste isso da outra vez. Não és tu que andas a comer piza congelada.

A noite passada ela saiu com uma blusa curta. Juro que se lhe via o umbigo. Não é bonito, Bee.

Hoje de manhã telefonei-lhe para o escritório a saber se podia ir ver um filme às dez horas e ela disse «Usa o teu critério»!!! Por que é que o meu critério nunca foi suficiente antes de surgir o David?

Estarei apenas a ser uma fedelha egoísta? Sê franca.

Mas não demasiado franca.

Escreve depressa e conta-me tudo a respeito da Gilda Tomko. Tenho imensas saudades tuas.

Beijos,
Carmen «a fedelha» Lowell

— Vem ter connosco para o pequeno-almoço, se quiseres — disse Maura no fim da noite quando as portas do elevador se fecharam. — Vamos pela auto-estrada até ao IHOP*.

— Tá bom — disse Tibby através da porta. Como nova-iorquinos, Maura e Alex gostavam de troçar dos outros sítios que não tinham passeios, só auto-estradas. Tibby ia concordando como se também fosse de Nova Iorque e não um produto de puro subúrbio.

Saudou-a a luz pulsante do seu iBook em *sleeping*.

— Ôi — disse ela para o computador.

— Ôi — respondeu ele.

Tibby deu um salto. Sentiu arrepios pelo corpo todo.

O computador riu. Tinha a voz de Brian. Tibby acendeu a luz do tecto.

— Oh, céus! Brian! Pregaste-me um susto do caraças!

Ele aproximou-se e pegou-lhe no braço.

— Ei, Tibby. — Arvorava um sorriso desmedido.

O sorriso dela também era desmedido, e autónomo. Tinha sentido saudades dele.

— Que fazes tu aqui?

— Tive saudades tuas.

— Eu também tive saudades tuas — disse ela sem pensar.

— E além disso, pensei que te podia levar para casa.

— Para passar o fim-de-semana?

— Iáp — confirmou ele.

---

* Cadeia de restaurantes. (NT)

— Mas isso é só daqui a três dias.

— É facto. — Encolheu os ombros. — Tive saudades tuas.

— Como é que chegaste aqui?

— Alguém me abriu a porta lá em baixo. — Apontou para a porta dela. — E essa fechadura abre-se com qualquer coisa.

— Sério? Que conforto. — Sentia saudades de Bee quando pensava em abrir fechaduras.

— Não há crise se eu... — Apontou para um saco-cama verde escuro enrolado no chão.

— Dormires aqui? — perguntou ela.

Ele acenou afirmativamente.

— Iáp. Claro. Aliás, para onde é que irias?

Brian pareceu levemente incerto.

— Tens a certeza de que não há crise?

Pensando melhor, Tibby apercebeu-se do alcance de deixar um rapaz ficar toda a noite no seu quarto. Era realmente como se estivesse na faculdade.

Mas a verdade é que Brian não era um rapaz. Quer dizer, era, tecnicamente falando. Mas Tibby não agia nem se sentia perto dele da maneira que acontecia com qualquer outro rapaz que já conhecera. Por muito que gostasse dele, Brian era tão *sexy* como uma meia tubular.

Observou-o durante um bocado. Era engraçado como ele mudara desde o dia em que ela o conhecera. Estava muito mais alto. (O facto de andar a jantar em casa dela duas a três vezes por semana ajudara.) Lavava o cabelo algumas vezes. (Tibby andava sempre a tomar duches; desconfiava que ele aprendera com o exemplo.) Usava um cinto. (OK, talvez ela lho tivesse comprado.) Mas continuava a ser Brian.

— Mas posso arranjar sarilhos — disse Tibby. — Se a AR ou alguém te vir.

Brian anuiu solenemente.

— Também pensei nisso. Ninguém me verá.

— OK. — Ela sabia que os pais não se zangariam. A questão não era essa.

Ele sentou-se na mesa-de-cabeceira dela.

— Vi ontem o Nicky e a Katherine — contou-lhe ele.

— Sério?

— A Katherine caiu das escadas abaixo. Queria que tu a consolasses.

— Ela queria-me a mim?

— Uh-hum.

Tibby sentiu as faces escaldar. A maior parte do tempo mantinha essas duas pequenas criaturas à distância. Sabia quanto os pais gostariam que ela interagisse com elas. Sempre que Tibby deixava Katherine trepar-lhe para o colo, sentia o oportunismo da mãe, o seu constante desejo de *baby-sitting* à borla. Quando Bugs Bunny olhava para Duffy Duck na ilha deserta, via um pato assado, enorme e suculento. Quando Alice olhava para Tibby, via uma competente *baby-sitter* adolescente.

— Joguei o *Dragon Spots* com o Nicky.

— Ele deve ter adorado. — Brian andava a incutir em Nicky um amor precoce por jogos de vídeo.

Sentia-se pouco à vontade com o facto de Brian continuar a ir a casa dela quando ela lá não estava. Seria realmente de Tibby que ele gostava ou era dos catraios dos Rollins?

— Como vai isto por aqui? — perguntou Brian. Olhou para os esboços e notas espalhados pela secretária.

— Bastante bem.

— Como vai o teu filme? Já decidiste sobre o que é que vai ser?

Tibby tinha falado com Brian muitas vezes desde que havia decidido e começado a trabalhar no filme. Mas por qualquer razão ainda não lhe falara dele. Agarrou os esboços e arrumou-os numa pilha.

— Acho que sim.

— O quê?

— Talvez sobre a minha mãe. — Não lhe apetecia dar mais explicações.

O rosto dele animou-se.

— Sério? Que óptima ideia.

Brian tinha uma tendência chata para gostar de Alice.

— Iáp.

— Como são os teus amigos? — perguntou Brian. — Quer dizer, esses novos que conheceste. — As sobrancelhas juntavam-se-lhe sobre o nariz naquela expressão interessada que ele fazia.

— São... — Ia dizer *simpáticos,* mas não era a palavra adequada. *Fantásticos* também não tinha a conotação certa. — ... OK.

— Espero conhecê-los amanhã. — Brian começou a desenrolar o saco-cama.

— Claro — disse ela. Não estava bem certa disso.

Ele tinha a escova de dentes e a pasta num saco de plástico amarrotado do Wallman's. O estojo de casa de banho dela era de plástico azul, grosso mas transparente, com fecho. — Podes ir primeiro — ofereceu ela. Espreitou da porta. A casa de banho ficava poucos metros corredor abaixo. — Avança — disse ela.

Enquanto esperava por ele, resolveu ir buscar o seu cobertor sobresselente à prateleira do roupeiro para proporcionar a Brian um pouco mais de conforto no chão duro. Um grande sobrescrito com a letra de Lena veio com o cobertor.

O sobrescrito parecia fitá-la criticamente. Ela sabia que as Calças estavam ali, e no entanto nem sequer o abrira ainda. Por que não?

Na verdade, sabia porquê. Quando abrisse as Calças, lembrar-se-ia do Verão passado e de Bailey e de Mimi e de tudo o resto. Teria de ver o coração vermelho torcido que bordara ao lado do joelho esquerdo. Teria de recordar aqueles dias estranhos e longos a seguir ao funeral de Bailey em que se sentara sozinha no alpendre das traseiras dando intermináveis pontos raivosos. Talvez não estivesse preparada para pensar nisso nesta altura.

Alguns minutos depois o quarto encontrava-se às escuras e Tibby e Brian estavam ambos deitados de costas a olhar para o tecto. A primeira vez que dormia uma noite com um rapaz.

— Saíste da Travel Zone? — perguntou Tibby.

— Iáp.

Brian passava a vida a mudar de emprego. Era um Webmaster perito e um barra em tecnologia. Conseguia ser contratado por vinte dólares à hora independentemente do que fizesse.

Estavam calados. Ela ouvia-lhe a respiração. Percebia que ele não estava a dormir. Sentia um nó na garganta.

Durante os primeiros meses da sua amizade, houvera momentos de silêncio, profundos, entre eles, e Brian abordava o assunto de Bailey. Era muito duro para Tibby sempre que ele o fazia. Ao fim de algum tempo, pedira-lhe para não fazer isso. Dissera que quando estavam calados juntos, ambos saberiam em quem estavam a pensar.

Esta noite nesse pequeno quarto de dormitório desse lugar estranho, ambos sabiam em quem estavam a pensar.

Só os amantes se vestem de sol.

E. E. CUMMINGS

David não tinha qualquer deformidade física visível. Possuía os dentes todos. Tinha bastante cabelo. Carmen observou o fato de David num rápido relance. Aceitável. Vestia uma camisa *Star Trek* ou coisa assim. Estudou-lhe os pés à procura de sapatos ortopédicos.

— Este é o Porter — apresentou ela. — Porter, a minha mãe, Christina. — Voltou-se outra vez para David. — E este é David.

Observou Porter e David a apertarem as mãos, tentando disfarçar o facto de estarem metidos no mais esquisito encontro das suas vidas.

— Porter será finalista dentro de dois anos — disse Christina para David, como se fossem velhos amigos íntimos. — Ele e Carmen são amigos do liceu. — Carmen retraiu-se intimamente. Christina parecia sentir necessidade de servir o mundo de bandeja a David.

A empregada conduziu-os à mesa deles. Era um compartimento aberto. Carmen deu por si a desejar que não fosse um compartimento. Christina e David sentaram-se de um lado e Carmen e Porter do outro. David chegou-se para Christina e passou-lhe despreocupadamente o braço pela cintura. Carmen sentiu-se ficar hirta.

Fitou a mãe, perguntando-se o que poderia aquele homem não--deformado ver nela. David não se aperceberia de que a mãe era velha? Que usava cuecas em vez de biquínis? Que cantava ao som

80

de canções dos Carpenters e ainda por cima desafinada? Seria ele algum maníaco com uma fixação em secretárias especializadas em Direito e de origem hispânica?

Mas a verdade, compreendeu ela ao fixar a cara animada da mãe, é que Christina era bonita. O cabelo farto encaracolava aprazivelmente nos ombros. Ela nem precisava de o pintar. Não era uma supermodelo, mas também não era exactamente obesa. As suas gargalhadas eram agradáveis, francas e cristalinas, e ela soltava-as com frequência. Especialmente quando David abria a boca.

— Carmen?

Porter olhava para ela com o ar expectante de alguém que acaba de fazer uma pergunta, possivelmente mais do que uma vez.

Carmen abriu a boca.

— Uhhhh.

— Ou não? — insistiu ele delicadamente.

— Uhhhh?

Agora estavam os três a olhar para ela da mesma maneira. Carmen pigarreou.

— Desculpa. O que é?

— Queres dividir a entrada de talharim com sementes de sésamo? — perguntou Porter, provavelmente lamentando a ideia agora que tivera de perguntar várias vezes.

— Hum. Claro — disse ela sem jeito. Parecia a caricatura de um encontro a quatro aquilo de comer do mesmo prato. Mas não seria mesquinho recusar depois de já o ter ignorado?

— É capaz de nos trazer mais um prato? — pediu ela à empregada enquanto encomendavam, sentindo-se tão convencional como Lois, a avó de oitenta e um anos.

Sentia-se tão romântica como a Avó Lois enquanto dividia o talharim e cortava o dela com o garfo.

A sua mãe não estava minimamente parecida com a Avó Lois. Estava inclinada para David, rindo de algo que ele dissera. Tinha as faces ruborizadas. Comeu um *gnochi* do prato de David sem qualquer sinal de constrangimento.

— Vês, bom, não é? — perguntou-lhe ele. A voz e os olhos de David estavam a perguntar a Christina e apenas a Christina. Podia perfeitamente estar a perguntar-lhe se ela o amava. E ela podia perfeitamente estar a responder que sim. Tinham os olhos presos um no outro de uma forma que teria sido embaraçosa se algum deles se sentisse minimamente embaraçado.

Eles eram a caricatura. *A tua felicidade é genérica,* pensou Carmen mesquinhamente.

— Carmen?

Porter tinha de novo aquele ar.

— Desculpa — pediu ela. — O que é que disseste?

Ele não tinha ainda à-vontade suficiente com ela para a subtrair às suas viagens mentais, ou melhor ainda, para troçar delas. Limitava-se a ficar com um ar perplexo. Assim como o marido da Avó Lois. O falecido marido.

— Nada. Não te preocupes.

Carmen cortou mais talharim, com a estranha sensação de estar a ver aquele jantar avançar sem de facto tomar parte nele.

A dada altura percebeu que o murmúrio de conversa cessara. David estava a olhar para ela.

— A tua mãe diz que estás a fazer *baby-sitting* para os Morgans este Verão.

David dirigia-lhe um dos seus olhares olhos-nos-olhos. Um olhar directo, resoluto, do género: «Eu venho em paz.» Os olhos de Carmen adejaram pelo restaurante.

— Uh-huh. Iáp. Conhece-os?

— Jack Morgan é sócio da firma. Miúdos giros, hem? O garotinho, como é que ele se chama?

Carmen encolheu os ombros.

— Jesse.

— Isso, Jesse. É uma boa prenda. No piquenique da firma ele contou os cubos de gelo todos.

Christina e Porter riram-se. Carmen esqueceu-se.

— Chamou-me animal selvagem da janela do quarto quando eu fui buscar a Carmen ontem. — Era admirável a maneira como Christina ria por lhe terem chamado animal selvagem, pensou Carmen. Ela não tinha a certeza se teria confessado aquilo em frente de um namorado.

Observou, num semitranse, David a beijar o cabelo da mãe. Depois Porter disse qualquer coisa, mas ela não ouviu o quê.

82

Quando por fim chegou a conta, David pagou de forma decidida mas não exibicionista.

— Para a próxima — disse ele delicadamente para Porter enquanto Porter abria a carteira.

Com toda a galanteria, David levantou-se e foi buscar o casaco de Christina ao cabide. Carmen deitou-lhe um olhar a ver se ele tinha as pernas curtas. Não tinha.

Lena levantou-se da cama e pôs o CD de Lucinda Williams que Kostos lhe mandara em Janeiro. Tibby não estava cá, Bee não estava cá, Carmen estava no seu louco jantar a pares. A música fez Lena ansiar por um sentimento que possuíra em Santorini e perdera. Mal o chegara a possuir. Talvez apenas o tivesse avistado. Não sabia dar-lhe um nome. Era duro e áspero e perigoso, mas também elevado e maravilhoso.

Sabia que tinha passado demasiado tempo da sua vida num estado de temor passivo, simplesmente à espera de que acontecesse qualquer coisa má. Numa vida dessas, sentir alívio era o mais próximo que se chegava da felicidade.

Interrogou-se sobre o seu temor. De onde viera aquilo? O que receava ela? Nada de terrível lhe acontecera. Seria um caso de vidas passadas? Não sendo isso, ela ainda não vivera o suficiente para o explicar. A menos que vivesse em anos de cão. Viveria ela em anos de cão? Viveria sequer?

Foi ao armário e tirou de lá o seu puído saco de sapatos. Despejou as cartas em cima da cama. Tentava não fazer aquilo com demasiada frequência, principalmente desde que soubera da namorada, mas esta noite não conseguira evitar.

Costumava ler as cartas de Kostos tantas vezes que assimilara todas os matizes possíveis, todos os significados, todas as gotas de emoção. Espremera-as até ficarem tão secas que se admirava como não se desfaziam em pó. Recordou a alegria que era quando chegava uma carta nova — plena de potencial, ainda por ler. Lembrava-se de pensar que a multiplicidade de sentimentos frescos, ainda não experimentados, tornavam pesado o novo sobrescrito nas suas mãos.

Empoleirou-se de pernas cruzadas, abrindo-as uma a uma como que hipnotizada. A princípio sentira-se frequentemente espantada com o formalismo da escrita de Kostos, que lhe recordava constantemente que ele não era americano nem adolescente. Depois tudo isso desaparecera e ele era simplesmente ele.

A primeira era do início de Setembro passado, pouco depois de ela o ter deixado e a Santorini para regressar a casa.

As recordações são tão vivas que sinto a tua presença em toda a parte. E prevejo tão nítida e pesarosamente uma altura em que as recordações serão distantes. Não serei capaz de ver as tuas coisas de pintura espalhadas no rochedo liso em Ammoudi nem os teus pés nus absorvendo o sol no muro do jardim de Valia. Agora vejo-os. Em breve recordá-los-ei. Muito depois disso recordar-me-ei de recordar. Não quero que passem mais horas para me separarem de ti. Esta noite estive a fazer as malas para ir para Londres, detestando partir deste lugar onde estivemos juntos.

A seguinte, enviada mais para o fim do mês, trazia carimbo de Inglaterra, para onde Kostos se mudara a fim de estudar na London School of Economics.

Somos cinco num apartamento com três quartos. Karl da Noruega, Yusef da Jordânia, e dois ingleses do norte que acabaram de se mudar. Londres é ruidosa, brilhante e excitante. Há muito que esperava por isto, e apesar disso é espantoso estar aqui. As aulas começam na terça-feira. A noite passada bebi um par de canecas de cerveja (par é o termo — não importa quantas se bebem) com Yusef num pub *da nossa rua. Não pude deixar de lhe falar de ti. Ele compreendeu. Deixou uma namorada na terra dele.*

A carta seguinte era de Outubro. Ela lembrava-se da sua surpresa ao ver o carimbo da Grécia. Fora escrita logo depois de o avô de Kostos ter tido o ataque cardíaco. Kostos achara ser seu dever voltar para Santorini. Em vez de estudar macroeconomia com professores mundialmente famosos, estava a fazer acessórios para barcos na arcaica forja da família. Kostos era esse tipo de pessoa.

Lena, por favor não te preocupes comigo. Foi escolha minha regressar. Palavra. A LSE vai continuar no mesmo sítio. Já obtive um adiamento. Foi fácil encontrar um rapaz para ficar no apartamento. Não lamento nada. O meu bapi está agora a recuperar rapidamente. Hoje esteve sentado comigo na forja enquanto eu trabalhava. Afirma que estará completamente refeito pelo Natal e eu voltarei à Escola para o ano que vem, mas não preciso de me apressar. Primeiro ocupar-me-ei do negócio do bapi.

Na noite em que regressei fui nadar para o nosso olival. Pensei arrebatadamente em ti.

Originalmente ele tinha escrito *fazer amor contigo*, e depois riscara-o dezenas de vezes. Mas quando Lena lera a carta pela parte de trás contra a luz, conseguira ler as palavras censuradas. E por muitas vezes que as lesse, o seu impacte nunca esmorecia. Cada palavra explodia na sua mente como fogo-de-artifício. Anseio. Agonia. Felicidade. Dor.

Teria ele feito amor com esta nova namorada? A ideia queimou-lhe o cérebro como carvão incandescente, e ela descartou-a o mais depressa possível.

A carta seguinte que tirou da pilha era de Dezembro. As cartas desse período ainda faziam o peito de Lena palpitar de vergonha. Ainda bem que não estava de posse das suas próprias cartas.

A tua última carta parecia tão distante, Lena. Tentei telefonar-te na segunda-feira. Ouviste a mensagem? Sentes-te bem? Como estão as tuas amigas? A Bee?

Digo a mim próprio que estavas em baixo no dia em que escreveste. Está tudo bem contigo e está tudo bem connosco. Espero que seja verdade.

Depois vinha o fatídico Janeiro. A pouca coragem que florescera dentro dela em Agosto murchara com o Inverno gelado. Ela enroscara-se e tornara-se de novo impermeável. Escrevera uma carta cobarde e ele respondera.

Talvez seja simplesmente demasiado longe. O oceano Atlântico parecia pequeno em Setembro. Agora, até a Caldera me surge como a berma de uma distância inultrapassável. Tenho sonhos em que nado, nado e acabo sempre numa praia diferente desta ilha. Talvez estejamos separados há demasiado tempo.

E depois ela rompera totalmente, prometendo a si própria que se sentiria outra vez completa. Mas não se sentia outra vez completa. Continuava a sentir a falta dele.

Claro que compreendo, Lena. Eu sabia que isto podia acontecer. Se estivesse em Londres, a trabalhar duro na faculdade, tudo seria diferente para mim. Mas estar aqui nesta ilha, ansiando por estar noutro lado... Vais-me fazer falta.

Em longas noites, durante muitos meses, ela imaginava que ele sentia realmente a falta dela. Lentamente, parando e voltando atrás e parando de novo, ela imaginava cenários retumbantes, inebriantes, por vezes classificados para Adultos, do que poderia acontecer quando duas pessoas que sentiam tanto a falta uma da outra se encontrassem finalmente. Não interessava que Lena fosse acanhada, pouco informada, e mais que virgem. Uma rapariga podia sonhar.

Mas agora Kostos tinha uma namorada. Tinha-se esquecido dela. Nunca mais se encontrariam.

Os sonhos não eram tão agradáveis quando não tinham hipóteses de se realizar.

Brian estava vestido e pacientemente sentado à secretária quando ela acordou na manhã seguinte.

Tibby sabia muito bem que o seu cabelo estava todo em pé quando se levantava da cama. Achatou-o com as duas mãos.

— Tens fome? — perguntou-lhe ele amigavelmente.

Ela recordou-se do pequeno-almoço. Recordou-se do IHOP e de irem pela auto-estrada. Tencionara falar do plano a Brian e convidá-lo a ir com eles. Tencionara, mas não o fez.

— Tenho uma aula muito cedo — disse ela.

— Oh. — Brian não se deu ao trabalho de ocultar o seu desapontamento. Não entrava nesses jogos em que se tenta agir como se nos importássemos menos do que na realidade nos importamos.

— Podes encontrar-te comigo para o almoço? — perguntou ela. — Eu compro sanduíches na cafeteria e podemos comê-las ao pé do lago.

Ele gostou da ideia. Foi à casa de banho enquanto ela se vestia. Desceram juntos. Ela planeou a maneira de escapar. Não que fosse muito difícil. Brian nunca desconfiaria que ela era a garota odiosa que era.

Apontou para o edifício da Associação de Estudantes.

— Eles têm o *Dragon Master* na cave.

— Sério? — Brian pareceu mais interessado na faculdade do que se havia mostrado até aí.

— Iá. Vou lá ter contigo ao meio-dia. — Sabia que Brian era capaz de jogar durante horas só com um dólar.

Correu em direcção ao edifício central. O quarto de Alex ficava no primeiro piso. Era aí que em geral se encontravam. Ele estava sentado ao computador com os *headphones* postos. Maura estava estendida na cama a ler uma das revistas dele sobre hip-hop. Nenhum deles levantou os olhos nem disse nada.

Tibby foi-se deixando ficar junto à porta, sabendo que eles viriam quando estivessem prontos. Sentia-se satisfeita com a maneira como aprendera o seu código.

Alex estava a organizar a sua banda sonora, calculava ela. Havia pilhas de CDs em cima da secretária. Na sua maioria coisas caseiras e etiquetas obscuras de que ela apenas fingia já ter ouvido falar. Ele tirou os *headphones* para ela e Maura poderem ouvir o final. Havia reverberações agudas e desagradáveis e uma espécie de rangido surdo por baixo. Tibby não tinha a certeza se aquilo pretendia ser música ou não. Alex parecia satisfeito. Tibby acenou, desejando que aquilo fizesse sentido para ela.

— Ôi, Tomko. Preciso de cafeína — disse ele, erguendo-se e saindo à frente delas. Tibby perguntou-se se ele teria ficado a pé toda a noite.

Sempre que saíam do *campus* deviam assinar, mas Tibby já deixara de falar nisso.

Andaram pouco mais de um quilómetro pela berma da estrada enquanto os carros e camiões passavam sibilando.

Ela sentiu-se um pouco triste quando a empregada, de cabelo grisalho e viseira, lhe trouxe uma enorme pilha de panquecas. Brian adorava panquecas.

Alex estava a falar do miúdo cheio de borbulhas, que jogava xadrez, do quarto ao lado do seu, um dos seus alvos de troça preferidos.

Tibby lembrou-se de Brian, com a sua *T-shirt Dragon Master* e os seus óculos grossos e manchados com as suas pesadas armações douradas.

Riu de qualquer coisa que Alex disse. A risada soou a falso aos seus próprios ouvidos.

Interrogou-se. Não tinha trazido Brian por recear como ele pareceria aos olhos de Alex e Maura? Ou seria por recear como ela, Tibby, pareceria aos olhos de Brian?

Bee,
Não me estou a sair muito bem com as Calças neste momento, por isso achei que podia mandar-tas já.

Aliás, penso em ti constantemente. Fiquei tão satisfeita por teres telefonado ontem à noite. Teres encontrado Greta logo de seguida, dá-me a certeza de que vai correr tudo bem.

Calminha no grande estado do Alabama, Bee, e lembra-te de que gostamos muito de ti.

Tibby

A vida não é racional.
É apenas mais racional
Do que a morte, e é tudo.

WILLIAM GOLDMAN, *The Princess Bride*

Os primeiros dias no sótão de Greta foram de puro trabalho braçal. Tirar caixas de pilhas gigantescas e levar peças de mobiliário e carradas de livros para a cave.

Na manhã do quinto dia, as Calças Viajantes apareceram na caixa postal que Bridget alugara nos correios. A princípio ficou satisfeita, porque a parte mais difícil do trabalho do sótão ia começar, e precisava delas. Mas quando voltou ao seu quarto sentiu uma vaga de apreensão.

Foi-se deslocando pela carpete enquanto abria o embrulho. Sustendo a respiração e encolhendo o máximo de si que conseguia, começou a enfiá-las. Encontrou resistência ao chegar às coxas. Teve de parar. Não conseguiu continuar. E se as rasgasse? Seria horrível!

Despiu-as rapidamente e enfiou os calções, ofegante. Não queria atribuir demasiado significado a isto. Não precisava de querer dizer coisa alguma. Pronto, precisava de perder uns quilos. Sentou-se na cama, encostou a cabeça à parede e esforçou-se por não chorar.

Pegou nas Calças. Não podia simplesmente deixá-las ali e ignorá-las. Talvez as Calças não precisassem de se encontrar mesmo na nossa pessoa para produzirem a sua magia. Certo? Talvez?

Saiu do quarto entorpecida, agarrada a elas. Levou-as até casa de Greta, e entrou pela porta lateral como fora indicado. Greta estava na cozinha, a picar o dedo para obter uma gota de sangue. Desviou rapidamente os olhos. Já tinha desconfiado de que Greta era diabética. Vira por ali material conhecido. Bridget encontrava-se familiarizada com os diabetes porque eles haviam aparecido à mãe nos seus últimos anos de vida.

— Bom dia, Greta — cumprimentou ela, mantendo os olhos baixos.

— Bom dia — correspondeu Greta. — Queres tomar o pequeno-almoço?

— Não, obrigada — disse Bridget.

— Sumo de laranja?

— Não. Levo água lá para cima, se não se importa. — Foi ela própria tirá-la do frigorífico.

Greta estava a observar as Calças.

— São tuas? — perguntou.

Bridget anuiu.

— Queres que tas lave? Um bocadinho de lixívia limpa essa barafunda toda.

Bridget fez um ar de pânico.

— Não! Não, muito obrigada. — Embalou-as protectoramente. — Gosto delas como estão.

Greta soltou uma risadinha e abanou a cabeça.

— O seu a seu dono — murmurou ela.

Não tens ponta de magia, pensou Bridget.

Estava calor dentro de casa, e no sótão pelo menos mais uns dez graus. Bridget já se encontrava alagada em suor quando chegou ao topo das escadas.

Deixara no canto uma pilha de caixas que tinham escrito MARLY a marcador preto. Era aqui que as coisas se complicavam. Era simultaneamente a parte que ela desejava e a parte que ela receava. Pousou as Calças numa prateleira e atirou-se ao trabalho. Pôs as mãos na primeira caixa e sem se dar tempo a pensar muito, abriu-a.

Tirou cuidadosamente alguns livros de composição. Eram da primária. Sentiu um aperto no peito ao ver a letra desenhada da mãe. *Estudos Sociais, Inglês, Matemática.* Por baixo havia um sobrescrito cheio de fotografias. Eram festas de anos, grupos a comer gelados, uma feira da escola. A mãe de Bridget parecia atrair-lhe o olhar em todas as fotografias. O cabelo dela brilhava e a cara nunca estava estática. Bridget sempre soubera que tinha o cabelo da mãe.

A caixa continha muitas peças de trabalhos manuais, a maioria em aglomerado e papel de construções a desfazer-se. Salvou o que pôde e deitou o resto para um saco resistente.

A caixa seguinte parecia datar dos tempos de liceu. Bridget percorreu livros de estudo e cadernos de apontamentos antes de chegar às fotografias. Marly a dançar, Marly como chefe de claque, Marly fazendo poses estapafúrdias em fato-de-banho, Marly a namoriscar, Marly a passar de festa em festa com um par todo inchado em cada uma delas. Havia quatro anuários, todos com fotografias do mesmo género. Marly encontrava-se excessivamente representada em todos eles. Catorze edições amareladas do *Hunstville Times* continham fotografias de Marly. Havia dezenas mais de fotografias dela recortadas dos semanários locais. Em todas elas, Marly estava esplendorosa. Parecia uma estrela de cinema a sorrir, a rir, a gritar, a exibir-se. Bridget não pôde deixar de se sentir orgulhosa. Não era apenas a sua beleza — embora ela fosse deslumbrante, meditou Bridget — mas a sua exuberância em cada fotografia.

Sentiu-se profundamente tocada por aquela rapariga, mas não sentiu que a tivesse conhecido pessoalmente. Aquela Marly não tinha qualquer relação óbvia com a mulher que ela conhecera como sua mãe. Por um breve segundo Bridget recordou a sua imagem da mãe, mais recente, no quarto escurecido onde ela jazera dia após dia.

— Gilda!

Era meio-dia. Greta estava a chamá-la para almoçar.

Desceu as escadas entorpecida. Observou Greta a servir as sanduíches de salsichão e as batatas fritas, com os seus dedos nodosos e artríticos a demorarem tempo excessivo a dobrar um guardanapo de papel.

Como é que ela *pôde sair de* ti? descobriu-se Bridget a perguntar.

Carmen passou a tarde em casa de Lena a fazer bolinhos de chocolates e nozes e biscoitos e a metê-los em caixas para enviar a Bee e Tibby. Agora que eram horas de jantar, sentia-se particularmente satisfeita por estar em casa de Lena. Não que gostasse especialmente dos cozinhados do pai de Lena nem das lâmpadas de halogéneo excessivamente brilhantes por cima da mesa, nem do cheiro do verniz de secagem rápida de Effie que acampara no seu nariz. Mas sentia-se satisfeita por não estar na sua casa vazia pela terceira noite a fio.

Esta noite a mãe e David tinham ido a um jogo de basebol. A mãe prendera o cabelo num rabo de cavalo e pusera um boné dos Orioles, o que Carmen achara francamente embaraçoso.

— Isto está delicioso, Mr. Kaligaris — disse Carmen enfiando o garfo em algo que metia espinafres.

— Obrigado — disse ele com um gesto de cabeça.

— Então, Carmen — disse Effie, pegando cuidadosamente no garfo para não esborratar as unhas. — Constou-me que a tua mãe está loucamente apaixonada.

Carmen engoliu em seco.

— É, parece. — Deitou um olhar fulminante a Lena, procurando sinais de deslealdade.

— Não foi a Lena que me contou — esclareceu Effie, captando a vibração. — Foi a Melanie Foster. Sabes quem é? É empregada de mesa no Ruby Grill. Viu a tua mãe e o namorado a beijarem-se à mesa.

— Temos de ouvir isto? — interrompeu Lena.

Carmen sentiu a mistura de espinafres a voltar para cima.

— Não gostas do fulano? — perguntou Effie.

— É fixe — disse Carmen sucintamente.

Mrs. Kaligaris parecia estar simultaneamente interessada, constrangida e levemente chocada.

— É agradável a tua mãe ter encontrado alguém de quem gosta realmente.

— Suponho que sim — concordou Carmen após um silêncio. Franziu a testa.

Effie, que não era parva, abandonou o assunto.

Carmen consultou o relógio.

— Por falar nela... deve vir buscar-me daqui a minutos. — Olhou em volta para ter a certeza de que toda a gente terminara já mais ou menos de jantar. — Se calhar devia ir buscar as minhas coisas. — Pegou no prato. — Desculpem... sabem... comer e andar.

— Tudo bem, querida — sossegou-a Mrs. Kaligaris. — Lamento termos comido tão tarde esta noite.

Os Kaligaris comiam sempre tarde. Carmen achava que seria hábito grego.

Durante os cinquenta e cinco minutos seguintes Lena ficou sentada na sala com Carmen, à espera de Christina.

— Ela podia ao menos telefonar — disse Carmen. Já dissera aquilo várias vezes. De súbito, ocorreu-lhe que era o mesmo género de coisa que a mãe costumava dizer dela.

Lena bocejou.

— É uma eternidade para sair do estádio. Tenho a certeza de que ela está num engarrafamento no parque ou algo assim.

— Ela é demasiado velha para ir a um jogo de basebol — murmurou Carmen.

Mrs. Kaligaris desceu de robe para ir buscar qualquer coisa à cozinha. Quase todas as luzes da casa se encontravam apagadas.

— Carmen, sabes que se quiseres temos muito gosto em que durmas cá.

Carmen inclinou a cabeça. Apetecia-lhe chorar.

Às dez e quarenta e quatro parou um carro lá fora. O carro de David.

Lena, que se levantava sempre cedo, estava praticamente a dormir no sofá. Despertou e tocou no cotovelo de Carmen enquanto esta se dirigia furiosa para a porta.

— Tudo bem — disse ela suavemente.

— *Nena*, foi de *loucos* — exclamou Christina assim que Carmen abriu a porta do carro. — Lamento imenso.

Christina ostentava um rosto demasiado feliz e excitado para parecer que lamentava imenso ou se importava sequer.

— Carmen, sinto muito. Desculpa — disse David em tom sincero.

Então por que estás a sorrir assim? apeteceu a Carmen perguntar.

Bateu com a porta do carro e sentou-se em silêncio.

Christina e David segredaram coisas um ao outro quando encostaram diante do prédio de apartamentos. Carmen não se esforçou por ouvir o que diziam. Saltou do carro para não ter de ver o beijo de despedida.

Não tentou manter as portas do elevador abertas, de maneira que a mãe teve de correr para o apanhar. No espaço confinado do elevador, Carmen sentiu enojada que o hálito da mãe cheirava a cerveja.

— Querida, francamente — disse Christina. — Sei que nos atrasámos, mas se tivesses visto o trânsito... O jogo esgotou, e... bem, tu nunca te importaste de passar um pouco mais de tempo em casa de Lena...

Os olhos dela tinham um brilho vivo e algo tocado. Ansiava por que Carmen deixasse passar aquilo e lhe permitisse continuar no seu mundo feliz.

Carmen caminhou à frente da mãe pelo corredor e abriu a porta com a sua chave. Ela não ia deixar passar aquilo.

— Odeio-te — disse ela para a mãe, sufocada de vergonha e desespero ao dirigir-se para a cama.

Nessa noite Tibby ficou com Brian. Podia tê-lo enfiado disfarçadamente na cafeteria, mas rejeitou a ideia. Em vez disso, encomendaram uma piza e mandaram entregá-la no quarto.

Depois sentaram-se ambos no chão com papel, canetas e lápis. Brian tinha o rádio ligado para uma estação de música clássica.

— O que é isso? — perguntou olhando para a série de quadrados que ela estava a fazer em duas grandes folhas de papel.

— É uma espécie de... prancha, acho eu.

Ele acenou, interessado.

Brian também trabalhava com afinco. Tibby achava que ele estava a fazer uma banda desenhada infantil. As suas figuras tinham cabeças e olhos grandes. Não eram muito boas. Recordavam-lhe aqueles quadros de má qualidade, representando crianças de olhos brilhantes e ar triste. Mordia o interior da cara quando se concentrava. E ia movendo os lábios enquanto fazia as sombras a lápis.

Tibby estava a analisar as suas pranchas quando reparou na música. Era uma sinfonia qualquer, possivelmente. Apercebeu-se de que Brian assobiava. O mais espantoso é que ele assobiava a par da música. Centenas de notas e ele parecia acertar em todas.

Deteve-se e olhou para ele. Ele não reparou nela. Estava a sombrear e a assobiar.

A música era bela, fosse lá o que fosse. Como é que Brian a sabia tão bem? Como é que a sabia nota a nota? Tibby levantou as mãos dos seus papéis. Apoiou o queixo na mão. Teria ele assobiado sempre tão afinado?

Não quis dizer nada. Teve medo de que ele parasse se ela o fizesse, e não queria isso.

Deitou a cabeça no chão. Fechou os olhos. Sentiu um arrepio no couro cabeludo. Apeteceu-lhe chorar sem saber porquê. Os papéis amarrotavam-se debaixo da sua face.

A sombrear e a assobiar. Os violinos gemeram e elevaram-se. Os violoncelos contraíram-lhe o estômago. O piano martelou durante um bocado com o assobio como único acompanhamento.

Depois acabou. Tibby sentiu-se inexplicavelmente triste. Era como se tivesse vivido no mundo da música, caloroso e exultante, e agora tivesse sido expulsa de lá. Estava frio cá fora.

Fitou Brian. Continuava a desenhar serenamente. Ainda não tinha levantado os olhos.

— O que era aquilo? — perguntou ela por fim.

— O quê?

— Aquela música.

— Hum... Beethoven, acho eu.

— Sabes como é que se chama?

— É um concerto para piano. Talvez o quinto.

— Quantos há?

Brian ergueu os olhos para ela, algo surpreendido pela sua intensidade.

— Concertos para piano? Compostos por Beethoven? Uh, não tenho a certeza. Talvez só cinco.

— Como é que o conheces?

Ele encolheu os ombros.

— Ouvi-o montes de vezes. Dão na rádio de vez em quando.

Os olhos de Tibby perfuravam os dele com tanta força que Brian sentiu que ela queria algo mais.

— E também porque o meu pai costumava tocá-lo. — Tibby engoliu em seco. Baixou os olhos, mas Brian não. — O meu pai era músico... pianista. Sabias? Morreu.

Ela ficou sem fala. Não, não sabia disso. Não sabia nada a respeito da vida de Brian, e era mau tema para começar. Voltou a engolir, e espetou o lápis na ponta do dedo.

— Sim? Quer dizer, era?

— Iá. — Brian tirou os óculos e ela ficou admirada ao ver como os seus olhos eram profundos. Ele esfregou meticulosamente os óculos na bainha da sua *T-shirt*.

— Ele tocava aquilo?

— Tocava.

— Oh.

Mordeu com força o interior da bochecha. Que espécie de amiga era ela que nem sequer sabia aquela coisa importantíssima? Sabia que Brian tinha tido uma vida triste e solitária até aí. Sabia isso e, no entanto, nunca se preocupara em descobrir porquê. Tinha evitado o assunto como evitava tantas coisas.

E Tibby soube, daquela maneira por que sabemos coisas às vezes, que Bailey soubera. Bailey soubera que o pai de Brian fora músico e que estava morto. Bailey soubera provavelmente de que morrera ele. Provavelmente soubera no decorrer da primeira hora em que conhecera Brian.

Tibby, por outro lado, tinha passado centenas de horas com Brian empenhando-se no conforto de não saber.

*Há coisas em que temos de
acreditar para as podermos ver.*

RALPH HODGSON

— Rusty está a demarcar-se.

Billy Kline voltou-se e deu dois passos na direcção de Bridget.

— Como?

— Ali o Rusty. O teu colega de equipa? É mais rápido do que tu pensas. — A especialidade de Bridget nunca fora ficar calada num campo de futebol.

Ele abanou a cabeça como que a confirmar a realidade daquela rapariga desconhecida sentada na lateral a dar-lhe palpites.

Ela encolheu os ombros. Estava sentada ao sol a mascar um pedaço de relva como costumava fazer quando era garotinha neste mesmo campo. Tinha-se esquecido do muito que gostava de assistir ao jogo, mesmo sendo um grupo de amadores.

— É só uma ideia — disse ela.

Ele ficava giro quando franzia a testa.

— Eu conheço-te?

Bridget sorriu do sotaque dele, da sua voz de crescido. Não conseguiu evitar. Encolheu de novo os ombros.

— Não sei. Conheces?

A atitude dela pareceu desarmá-lo.

— Acho que já te vi algumas vezes por aqui.

— Isso é por eu ser fã — disse ela.

Ele acenou-lhe como se o mais provável fosse ela ser uma espia, e regressou ao campo.

Se ela ainda fosse o que era antigamente, ele teria percebido que ela estava a flirtar com ele, e nesta altura muito possivelmente já a teria convidado para sair. Assim, não o fez.

Durante os minutos finais, Rusty demarcou-se e Billy, após um instante, passou-lhe a bola. Praticamente livre de defesas, Rusty marcou.

Bridget aplaudiu. Billy olhou para ela, e não pôde deixar de sorrir.

Carmabelle: Ei, Len. Falei finalmente com a Tibby. Disse-lhe que estaríamos lá quando ela chegasse a casa, pelas sete. O Brian foi visitá-la e vem trazê-la.

Lennyk162: Eu também falei com ela. Ela tem piada. Ainda não faz a menor ideia de que o Brian gosta dela.

Carmabelle: Achas que o Brian gosta dela dessa maneira?

Lennyk162: Acho que ele gosta dela de todas as maneiras.

— Tibby, desliga isso. *Por favor?*

— Belo. Vou filmar outra pessoa — respondeu Tibby.

Embora se sentisse feliz por ver Tibby, Lena não se sentia feliz por ver a sua máquina de filmar. Ficava sempre tremendamente constrangida diante dela.

— Queres fazer mais uma dúzia ou ficar por aqui? — perguntou a mãe de Tibby, segurando um saco de papel de embrulho cheio de milho. — É contigo.

Lena consultou o seu relógio. Meia hora até ter de se apresentar no emprego.

— Eu faço — ofereceu-se ela. Realmente gostava de descascar milho. Estava sentada à mesa redonda da cozinha dos Rollins. A mãe de Tibby estava a fazer uma salada qualquer para a festa do Quatro de Julho no dia seguinte, e Loretta, a empregada, estava a vigiar Nicky e Katherine que se salpicavam um ao outro na piscina insuflável lá fora no relvado.

Lena tirou uma maçaroca do saco e puxou a casca com cautela. Nunca se sabia quando se ia encontrar uma gorda lagarta bege ou um buraco negro cheio de criaturas atarantadas. Mas esta parecia perfeita. Gostava daquele aspecto sedoso porque lhe lembrava o cabelo de Bridget. Como era dantes, claro.

— Então, Lena, como vai o teu namorado? — perguntou a mãe de Tibby. Moveu as sobrancelhas como que a indicar que o assunto era picante, e ela era fixe por estar ao corrente.

Lena tentou não estremecer abertamente. Não se sentia à vontade com o termo *namorado* mesmo quando o tinha, e odiava que toda a gente estivesse ao corrente das suas questões particulares.

— Acabámos — disse ela casualmente. — Sabe, a distância e tudo isso.

— Que pena — disse Alice.

— Pois é — concordou Lena. Não podia deixar de pensar que as mães se mostravam um bocado ansiosas demais no que tocava a namorados, como se a vida começasse realmente quando havia namorados em causa. Aquilo irritava-a. Esperou um bocado em silêncio até o assunto morrer antes de introduzir um novo.

— Hum... Alice? — Assim que as pequenas tinham começado a falar, a mãe de Tibby insistira que a tratassem pelo nome próprio.

— Sim?

Lena tivera aquela ideia pela primeira vez uns dias antes. A princípio ignorara-a achando-a demasiado diabólica. A verdade é que aquilo não era nada o seu género. Mas agora que se lhe apresentava a oportunidade perfeita, não via que mal poderia fazer.

Respirou fundo. Queria ter a certeza de que a voz lhe saía casual e inocente.

— A minha mãe falou-lhe alguma vez no Eugene? — perguntou ela.

As mãos de Alice detiveram-se sobre as batatas. Na sala cheia de sol, Lena via as sardas de Alice — sardas por toda a parte como as de Tibby mas mais ténues.

— Eugene? — O olhar tornou-se vidrado, levemente nostálgico. — Claro. O rapaz grego por quem a tua mãe era louca, certo?

Lena susteve a respiração. Tinha acertado na informação mais depressa do que esperara.

— Certo — disse ela, sentindo-se desonesta por fingir que era ela quem possuía informações.

Alice continuava com aquela expressão distante.

— Ele despedaçou-lhe o coração, não foi?

Lena olhou para a espiga de milho. O sangue subiu-lhe à cabeça e ruborizou-lhe as faces. Não esperara ouvir aquilo.

— Iáp, acho que sim.

Alice pousou a faca e fitou o tecto. Parecia estar a apreciar o seu passeio pelas alamedas da memória.

— Céus. Lembro-me de quando ele veio visitá-la eras tu bebé. — Olhou para Lena. — Com certeza que ela te contou.

Lena mordeu o interior da bochecha.

— Hum... é capaz. — Começava a sentir-se constrangida. Descobrira mais tesouros do que estava preparada para levar para casa. Tesouros em tão grande quantidade deixavam de ser preciosos.

Não conseguia deixar de fitar Alice. Tinha a sensação de que Alice não estava a ser suficientemente cautelosa, que não tinha cuidado suficiente com os segredos das outras pessoas.

— Bem, tenho a certeza de que um dia te conta — disse Alice calmamente. Parecia pensar que dissera mais do que era aconselhável. Voltou-se de novo para as batatas. — Olha lá, por que é que perguntas por ele?

Era uma boa pergunta. Lena esforçou-se por encontrar rapidamente uma boa resposta.

Felizmente Katherine irrompeu pelas portas giratórias a chorar e a escorregar e a tentar explicar qualquer coisa acerca de Nicky e do balde dela. Deixou um rasto de água, sujidade e pedaços de relva no chão imaculado da cozinha. Lena sentiu-se grata tanto a Nicky como a Katherine, porque a mãe de Tibby correu imediatamente com a bebé da cozinha e começou a limpar o chão, mandando de volta à memória distante todos os pensamentos acerca de Eugene, o destroçador de corações.

Bridget acordou coberta de transpiração. Estava calor, era por isso, mas era também por causa dos seus sonhos. Durante o dia, analisava e tocava nas coisas da mãe, e de noite, sonhava com elas. Os sonhos davam-lhe uma visão tão fragmentada de Marly como as caixas do sótão. Havia milhares de episódios dramáticos, mas poucas sensações da pessoa que os ligava.

Tinha-se habituado a tomar duches demorados no ano anterior, mas ali, no segundo andar da Royal Street Arms, naquela casa de banho que partilhava com dois operários grisalhos, tomava-os muito depressa. Consolava-se com a ideia de que a água castanha que escorria pelo ralo era da tinta do cabelo, mas mesmo assim tinha a sensação desagradável de ficar mais suja e não mais limpa depois daquele duche.

Greta tinha o pequeno-almoço à sua espera. Sumo e torrada integral com manteiga e compota, exactamente como ela gostava. Mencionara isso de passagem uns dias antes e no dia seguinte Greta tinha tudo arranjado.

Bridget comeu e bebeu depressa. Não lhe apetecia ficar à conversa com Greta. Queria voltar para a mãe.

Lá em cima, encontrou um formulário de admissão em Shepherd's Hill numa das caixas. A data era do ano seguinte a Marly ter terminado o liceu. A princípio Bridget presumira que seria um curso de Verão ou um acampamento ou algo assim, mas não era. Percebera, com o coração aos saltos, que era uma instituição mental. Pela papelada, vira que Marly tinha lá estado um pouco menos de três meses. Haviam-lhe receitado um medicamento chamado lítio. Um médico registara que Marly tinha falado em suicídio. Bridget ficou a ver as alinhadas letras pretas curvarem-se e dobrarem-se enquanto os olhos se lhe enchiam de lágrimas.

Pousou os papéis e sentou-se à janela, a ver a carrinha dos correios descer a rua. Não se achava capaz de fazer mais nada nesse dia.

Havia ficado tão excitada e ofuscada pelas imagens da jovem Marly, beleza da cidade, que quase se permitira esquecer como a história acabava realmente.

Sentiu-se aliviada quando Greta a chamou para almoçar. Bridget mencionara no dia anterior que ultimamente não andava a comer vegetais, e sentiu-se comovida ao ver as cenouras cuidadosamente raspadas no seu prato.

— Obrigada, Greta — agradeceu ela.

— Ora, de nada, querida.

Desde a primeira semana, Greta deixara de lhe chamar Gilda e começara a chamar-lhe querida.

Comeram as suas sanduíches em silêncio mas quando acabaram Greta não se levantou da mesa. Parecia mais disposta a apreciar a companhia de Bridget do que o seu trabalho árduo.

— Eu tive dois filhos, sabias? Provavelmente calculaste pela tralha lá de cima.

Bridget anuiu. Isto era outra coisa que ela desejava e receava simultaneamente.

— A minha filha morreu há seis anos e meio.

Bridget inclinou a cabeça, fitando as mãos.

— Lamento imenso ouvir isso.

Greta inclinou também a cabeça, lentamente e com todo o corpo.

— Era uma bonita rapariga. Chamava-se Marlene, mas toda a gente lhe chamava Marly.

Bridget ainda não conseguia levantar os olhos.

— Era famosa em Limestone County quando tinha a tua idade. As pessoas diziam que se ela concorresse a Miss Alabama teria vencido.

— Palavra? — O absurdo do comentário deu oportunidade a Bridget de se recompor.

— Claro. — Greta sorriu. — Mas ela andava demasiado ocupada a sair com rapazes. Não quis aprender a fazer girar o bastão ou lá o que era que essas raparigas tinham de fazer. Bridget sorriu também. — Foi a rainha do baile dos caloiros *e* do baile dos finalistas. Posso dizer-te que isso nunca acontecera antes nem depois.

Bridget acenou com a cabeça, tentando parecer suficientemente impressionada para condizer com o orgulho de Greta.

— Queres mais chá gelado? — ofereceu Greta.

— Não, estou bem assim. Obrigada. — Levantou-se. — Tenho de voltar ao trabalho.

Greta fez um gesto com a mão.

— Lá em cima está um forno. Por que não ficas aqui mais um bocadinho?

— OK — concordou Bridget.

Greta serviu mais chá gelado às duas. Apesar de Bridget ter dito que não queria, de facto queria.

— Querida?

— Sim?

— Os teus pais sabem onde tu estás?

Bridget sentiu a face escaldar.

— Claro. — Era verdade. O pai que tinha, pelo menos.

— Sabes que podes usar o meu telefone se alguma vez precisares.

— OK. Obrigada.

— Andam a viajar, disseste tu?

Bridget acenou, fitando o chá gelado. Não queria que Greta fizesse mais perguntas. É certo que mentir era fácil, mas ela já não estava a achar piada. Gostaria que as suas mentiras se evaporassem quando deixassem de lhe servir.

Pigarreou.

— Marly frequentou uma universidade por aqui? — perguntou ela.

Greta parecia gostar de falar da filha.

— Foi para Tuscaloosa. Foi onde andou também o pai dela.

— E gostou de lá estar?

— Bem... — Greta considerou a pergunta. Bridget soube que ela ia ser sincera, ainda antes de ela ter aberto a boca.

— Ela teve alguns problemas por lá. — Bridget saboreou o seu chá. — Marly era de fases. Uma semana não havia quem a segurasse, e na semana seguinte nem queria sair da cama.

Bridget acenou de novo e assentou bem os pés no chão da cozinha. Era-lhe difícil ouvir aquilo. Era-lhe demasiado familiar.

— Foi-se abaixo no primeiro ano de faculdade — não tenho a certeza dos pormenores todos. Um médico diagnosticou-lhe uma doença mental e meteu-a num hospital durante alguns meses. Penso que isso a ajudou, embora na altura ela tenha detestado.

Bridget sabia que aquela era a parte de Shepherd's Hill.

— No ano seguinte da faculdade, ela apaixonou-se pelo professor de História — um jovem vindo da Europa. Era uma atitude louca para uma rapariga de dezanove anos, mas diabos me levem se ela não casou com ele.

Bee ficou surpreendida. Sabia que o pai ensinara em Alabama, e que os caminhos dos pais se tinham cruzado ali pela primeira vez, mas não fazia ideia de que fora assim.

— Foi uma pena, realmente, porque Franz — era o marido dela — perdeu o lugar por causa disso.

Bridget acenou. Isso explicava por que razão o pai passara do ensino universitário para um lugar num colégio particular.

— Ele arranjou emprego em Washington, por isso eles foram para lá.

— Oh.

Greta observou-a pensativamente.

— Pareces cansada, querida. Por que é que não tomas um bom duche na casa de banho dos hóspedes e te deitas a dormir uma pequena sesta?

Bridget levantou-se, sentindo-se tão agradecida que lhe apeteceu dar um beijo na cabeça de Greta. Porque uma sesta e um duche eram mesmo, mesmo aquilo de que ela estava a precisar.

Bee,
Gostava de te poder telefonar. Detesto não poder mandar-te *e-mails* ou telefonar-te cinquenta vezes ao dia. Não tenho paciência para cartas. Mas vou escrevendo na mesma, porque tenho de estar contigo de qualquer maneira.

Adorei saber da tua avó e de Billy. Mas podias ter referido que a tua avó ainda não sabe quem tu és. (A propósito, soube pela Tibby.) Quando é que lhe contas? Como é que isso vai ajudar se ela não souber?

Não sou capaz de te chatear agora com histórias sobre o meu mau comportamento com a minha mãe, ou o falhanço da minha vida amorosa. Talvez depois.

Telefona-me esta semana. Se não, acabaram-se os bolinhos de chocolate, topas?

Beijos,
Carma

*Tempo é aquilo que impede as coisas de
acontecerem todas ao mesmo tempo.*

GRAFFITI

Agora era Lena quem tentava arranjar tempo para estar com a
mãe em vez de ser ao contrário. Durante dias tinha esperado por
um pedido para aguardar no carro enquanto a mãe devolvia vídeos
ou fosse lá o que fosse. Nesta altura já percebera que a mãe a
andava a evitar.

O que poderia ser? interrogava-se ela. O que significaria Eugene
para a mãe? Por que precisava ela de fazer tanto mistério a respeito
dele?

Prosseguiu com a sua temporada de comportamento diabólico
quando terminou o seu turno de trabalho nessa tarde e telefonou à
mãe a pedir boleia. A verdade é que ela não tinha efectivamente
carro e estava, de facto, a chover. E havia, ainda, uma atraente
blusa — bege, claro — que ela achou que a mãe gostaria de ver.

Já no carro, a caminho de casa, Lena arremeteu.

— Mamã?

— Sim?

— Eu sei que por qualquer motivo isto te constrange, mas és
capaz de me contar quem é o Eugene? Só a mim. Eu não vou
estampar isso nos *Sessenta Minutos* nem algo assim. Não digo nada
a ninguém — nem sequer ao papá — se não quiseres.

A mãe comprimiu os lábios. Não era um bom começo.

105

— Lena. — Pelo tom via-se que estava a tentar ter paciência, mas que não era fácil.

— Sim — disse Lena timidamente.

— Eu não quero falar no assunto. Acho que deixei isso bem claro.

— Mas *porquêêêê?* — Lena sabia que só conseguia ser assim lamurienta com a mãe. Intencionalmente, não chamou Kostos nem a sua nova namorada para a acompanharem nessa altura.

— Porque não quero. O assunto é meu, e não me apetece partilhá-lo. Entendido?

— Sim — disse Lena derrotada. Que mais poderia dizer?

— Não quero que me voltes a falar nisso.

— OK.

A chuva começou a fustigar o pára-brisas. Os relâmpagos riscavam o céu. Estava a preparar-se uma violenta trovoada de Verão. Lena adorava-as.

— Então e da próxima vez que não me apetecer partilhar contigo alguma coisa da minha vida? — inquiriu Lena. Não pôde deixar de acrescentar aquilo. Não queria afastar-se de mãos completamente vazias.

Ari suspirou.

— Depende do que for. Mas só para que fique bem claro, eu sou a mãe, tu és a filha.

— Eu sei — resmungou Lena.

— Nem sempre é justo.

Nunca é justo, sentiu Lena vontade de dizer, mas por uma vez conseguiu manter a boca fechada.

A mãe entrou no caminho de acesso dos carros. Desligou o motor, mas não fez qualquer gesto para sair.

— Lena, posso perguntar-te uma coisa?

— Podes — respondeu ela, desejando e esperando que a mãe tivesse decidido de repente mudar de ideias.

— Quem te falou do Eugene?

Não era daquilo que ela estava à espera. Entrelaçou as mãos e pigarreou.

— Não creio que me apeteça partilhar isso contigo.

* * *

Joe, o bebé, estava a brincar com automóveis no chão, e Jesse estava a ver um programa de TV com gatos que falavam inglês com sotaque chinês. Carmen sentia-se um pouco culpada por não fazer mais para merecer o que ganhava, mas Jesse gostava imenso daquele programa e era no canal 20, o que significava que era bom para ele, certo?

Além disso, tinha montes de coisas com que se preocupar, e fazia-o melhor quando os miúdos estavam sossegados. Apetecia-lhe telefonar a Bee porque há oito dias que não lhe ouvia a voz, mas como não podia, telefonou a Lena para o emprego.

— O meu trabalho é muito mais difícil do que o teu — disse Lena acusadoramente ao atender.

— Estás muito enganada. Já passaste algum tempo com um garoto de quatro anos? — perguntou Carmen. Aquilo fazia parte de uma discussão permanente.

— Então, se é assim tão difícil, por que é que estás sempre a telefonar-me?

— Porque gosto muito de ti.

Lena riu.

— Agora a sério, a Idiota está a fazer-me mirrar a alma com os olhos neste preciso momento. Não posso falar.

— Tiveste notícias da Bee? — perguntou Carmen.

— Não.

De súbito um berro encheu a sala. Depois outros dois mais altos. Jesse estava a tirar os automóveis a Joe.

— Estás a ver? — comentou Carmen com presunção antes de desligar.

— Jesse! — intrometeu-se ela. — Deixa o Joe brincar com os carrinhos!

— *Nãoooo!* Eles são *meeeeus!*

— Vá lá, Jesse. Dá-lhe lá os carros. Não queres que ele esteja calado para poderes ouvir a TV? — Carmen sentiu-se perversa, como se lhe estivesse a oferecer um cigarro.

— Não! — gritou Jesse. Arrancou o carrinho da mão gorducha de Joe. O choro de Joe era tão sentido que nem tinha som. A cara tornou-se-lhe purpúrea, à excepção das pregas em volta do nariz e na testa que ficaram esverdeadas.

— Jesse, não podes partilhar? — pediu Carmen.

Quando o choro de Joe adquiriu finalmente som, quase fez saltar o telhado.

Carmen apanhou Joe do chão e passeou-o em volta da sala.

— Queres brincar com o meu telemóvel? — perguntou ela, em desespero de causa.

Era o passatempo preferido de Joe de entre os proibidos. Uma vez ligara para o escritório do pai de Carmen.

Estendeu o telemóvel ao bebé, estremecendo quando ele acedeu ao menu de ligação rápida. A cara de Joe voltou instantaneamente à sua cor normal.

— Cuidado, querido, tenho os minutos contados — suplicou ela enquanto ele carregava em todos os botões.

Jesse avançou para eles em passo decidido e estendeu a mão.

— Quero o telefone — declarou ele.

Carmen suspirou. Sentia-se às aranhas. Que sabia ela de partilhar? Era filha única. Nunca tinha partilhado coisa alguma. Perdera essa aula.

Estava disposta a perder toda a esperança quando Joe entregou magnanimamente o telemóvel a Jesse. Jesse não queria realmente o telemóvel se Joe o não quisesse também, por isso largou-o no chão. Depois, amavelmente, Jesse entregou o carro amarelo a Joe e guardou o azul para si.

Cinco minutos depois, os dois garotos gatinhavam alegres pelo chão cada um com um carrinho. Carmen sentou-se no sofá a ver os rapazes brincarem, interrogando-se se essa aula que perdera não teria, de facto, contido algo valioso.

— A esquerda dele não presta para nada — disse Bridget para Billy.

Billy, embora ainda a receasse, habituara-se um pouco a ela.

Burgess estava a disputar o seu terceiro jogo da temporada, e ainda não tinha ganho um. Era o primeiro a que Bridget assistia, e via-o tão avidamente como se fosse a Taça do Mundo.

Billy aproximou-se ligeiramente dela. A camisola verde-escura da equipa condizia com os seus olhos. Bridget baixou a voz e inclinou-se para ele.

— O guarda-redes de Mooresville. Não tem esquerda.

Sabia que Billy desejava ignorá-la, mas que o não conseguia totalmente.

Dois passes depois, Billy chutou forte para a esquerda do guarda-redes. A bola entrou na rede sem luta.

Toda a gente gritou na lateral. Billy virou-se e ergueu os polegares em direcção a Bridget. Era um gesto estúpido, mas ela sorriu-lhe.

Burgess ganhou por um-zero. Os rapazes da equipa e os amigos e todas as suas bonitas fãs foram celebrar, e Bridget foi para a pensão sozinha. Mas estava demasiado agitada para ficar no quarto, portanto foi desenterrar as sapatilhas de corrida ao fundo da mala. Há meses que não as usava. Calçou-as e saiu.

Desceu Market Street e correu até ao rio. Lembrava-se do bonito caminho, algo abandonado, que acompanhava o seu curso. O lugar onde havia viburnos. Na ponta mais distante do rio viu os antigos carvalhos abatidos que davam abrigo a ervas resistentes e trepadeiras na falta dos seus próprios ramos.

Tinha corrido tantos quilómetros na vida que o seu corpo pareceu acolher o exercício de braços abertos. Por outro lado, começou a refilar após apenas cerca de dois quilómetros sob o calor de Julho. Bridget sentiu cada grama do peso extra que tinha nas coxas, nos ombros e nos braços. Arruinava-lhe a passada e arruinava-lhe a respiração.

A mente voou-lhe até às Calças Viajantes. Ainda nessa manhã as pusera a caminho. Nem sequer as vestira. Sentiu-se irritada consigo própria, o que a levou a correr mais depressa e mais tempo. E quanto mais corria, mais lhe parecia que estava a transportar um fardo, e queria libertar-se dele.

Lena lembrava-se perfeitamente da última vez que os Rollins tinham feito o seu churrasco do Quatro de Julho, porque tinha vomitado por cima da toalha de quadrados vermelhos e brancos. Sempre culpara a melancia, mas não se podia ter a certeza. Tinham dez anos nesse Verão.

O churrasco era uma tradição anual de quando elas eram bebés, mas no ano em que fizeram onze anos entrou num hiato a longo prazo. Embora nunca ninguém o tivesse dito, Lena sabia que fora por causa da mãe de Bee. As relações entre os adultos nunca mais tinham sido fáceis depois disso.

Não sabia bem por que é que aquilo havia sido ressuscitado agora, seis anos depois. Durante um breve instante receou que fosse por Bee estar ausente nesse Verão, mas percebeu que a mãe de Tibby tinha feito os convites antes de Bee ter impulsivamente resolvido partir.

Ocorreu-lhe outro pensamento perturbador: Teria aquela festa levado Bee a querer sair da cidade?

Mas Lena não acreditava nisso. Bee suportara voluntariamente — intencionalmente — reuniões mais difíceis do que esta. Em Maio resolvera inexplicavelmente assistir ao jantar desportivo anual de mães e filhas, apesar de todos os esforços delas para lhe arranjarem outros planos para essa noite.

Quando estacionaram diante da casa e do jardim impecavelmente cuidados dos Rollins, com os Kaligaris todos juntos para uma rara aparição em família, Lena prometeu a si mesma não abusar da melancia.

— Então quem foi que debulhou este belo milho? — perguntou a mãe de Tibby à laia de saudação enquanto Lena e a família se dirigiam para o jardim das traseiras. Lena viu que o milho, salpicado de amarelo-claro e escuro, se encontrava disposto em pirâmide num prato azul.

— Acho que fui eu — disse ela com modéstia.

Viu as mães abraçarem-se e beijarem-se, uma palmadinha no ombro, um beijo na face. Lena reparou que a sua mãe parecia particularmente hirta. Os pais apertaram as mãos e conversaram em vozes mais graves do que costumavam empregar em casa.

Avistou Carmen a alguns metros da mãe dela. Trazia uma saia curta de ganga, um *top* branco, e um lenço vermelho a atar atrás o cabelo comprido. Lena ficava sempre impressionada. Hoje Carmen conseguira ter simultaneamente um ar *sexy* e patriótico.

Tibby andava sorrateiramente pela periferia do jardim com a câmara de vídeo. Vestia uma blusa verde de camuflagem do exército e uns velhos calções de caqui. Não tinha um ar *sexy* nem patriótico.

As três raparigas depressa se encontraram, como pedaços separados de mercúrio, e reuniram-se na extremidade do toldo. Daí observaram Christina e Ari a repetir os gestos hirtos de abraços e beijos.

— Que é que há com a tua mãe? — perguntou Carmen.

— Não parece feliz, pois não? — comentou Lena.

— Ainda está brava contigo por causa daquilo do Eugene? — quis saber Carmen.

— Acho que sim — disse Lena. — Tem andado esquisita.

Carmen olhou para o céu.

— Tenho saudades da Bee.

— Eu também — proferiu Tibby.

Lena sentia-se triste. Agarrou numa das mãos de Tibby e numa das de Carmen. Apertou-as e largou-as antes de ficarem pegajosas. Faziam aquilo às vezes, quando faltava uma delas.

— Ainda assim ela tem as Calças — reflectiu Carmen.

— Espero que ela esteja bem — disse Lena.

Em silêncio, consideraram as diversas maneiras pelas quais Bee andaria a provocar estardalhaço pelo Alabama, armada com as Calças.

— Tenho de ir — Tibby ergueu a câmara. — Estou a trabalhar este fim-de-semana.

— Sempre vamos àquela coisa no Mall esta noite?

— Claro — anuiu Lena sem entusiasmo. Todos os anos no dia Quatro, um grande grupo de malta do liceu delas juntava-se junto ao espelho de água para ouvir as bandas e assistir ao fogo-de-artifício. Lena achava que, como adolescente, era seu dever ir, mas não gostava de multidões e não gostava de festas.

Effie surgiu com dois hambúrgueres, uma montanha de salada de batata, e duas espigas de milho.

— Isso é tudo fome? — perguntou Lena.

Effie ignorou-a.

— Quero essa saia — disse ela para Carmen.

— Empresto-ta quando quiseres — ofereceu Carmen magnânima. Sendo filha única, Carmen apreciava a novidade constituída por Effie.

Lena observou a festa. Nos velhos tempos aquilo estava cheio de tipos contestatários do *establishement*. Os jovens, os *cool,* eram os pais de Tibby. Alguém puxava sempre de uma guitarra e tocava canções *folk* e uma ou outra canção de Led Zeppelin, que os pais dela nunca sabiam muito bem por serem gregos. Olhando para trás, Lena desconfiava que muitos dos adultos teriam estado na cave a fumar charros enquanto os garotos brincavam à apanhada no jardim. Seis anos mais tarde, os amigos dos Rollins eram um grupo menos desleixado. A maioria tinha bebés e crianças a darem os primeiros passos.

De repente, Lena percebeu por que fora aquela festa ressuscitada. Os Setembros e os pais eram vestígios da primeira fase de paternidade dos Rollins. A mãe de Tibby tinha-os convidado em memória dos velhos tempos, mas esta festa era realmente para os amigos da sua segunda fase, os pais de todos os amigos de Nicky e Katherine. De facto, Lena tinha fortes suspeitas de que ia ser cravada para *baby-sitter* antes de a noite terminar.

Aquilo fê-la sentir-se um bocadinho triste. Compreendeu melhor como as coisas eram para Tibby. Ponderou como teria descrito essa sensação a Kostos quando ainda lhe escrevia cartas a sério. Talvez fosse apenas a tristeza da passagem do tempo. Talvez fosse o tipo de mágoa vulgar na vida.

Lena, Effie e Carmen comeram na relva, observando os bebés a correr por ali. Depois, quando vieram os pratos de sobremesa, Lena viu com certa apreensão os garotinhos empanturrarem-se com quilos de melancia rosada e sumarenta.

O Sol mal principiara a descer quando a mãe de Lena surgiu a seu lado parecendo perturbada.

— Lena, nós vamos embora. Podes ficar se conseguires arranjar boleia para casa.

Lena ergueu os olhos para ela, surpreendida.

— Já vão? É muito cedo.

Ari deitou-lhe o seu olhar de «não quero falar disto». Ultimamente, Lena andava a receber muitos desses olhares.

— Eu também vou — disse ela. Quando se encontrava em festas, ansiava muitas vezes estar em casa no seu quarto. Até Effie resolveu sair com eles. Lena calculava que isso se devia ao facto de os únicos rapazes disponíveis terem menos de quatro anos.

Pelo canto do olho, Lena viu a mãe de Carmen a chamá-la por gestos. Christina tinha a sua própria versão da expressão de Ari. Que diabo se passava?

Ari foi directamente para o carro sem quaisquer despedidas visíveis. Lena deslizou ao lado de Carmen.

— O que há? — murmurou ela.

— Não faço a mínima. — Carmen parecia igualmente perplexa. Abateram-se ambas sobre Tibby na cozinha vazia. — O que há? — perguntaram-lhe.

— Céus, não sei. — Tibby parecia em choque. — Elas estiveram fechadas na sala de jantar, as três. A tua mãe pensa que a minha mãe e a mãe de Carmen te contaram algum grande segredo a respeito de Eugene. Estavam a sussurrar, mas via-se bem que estavam chateadas.

Lena soltou um gemido. Ouviu as rotações do motor aumentarem lá fora.

— Telefono-lhes mais tarde. A minha mãe vai pôr-se a andar. — Abraçaram-se rapidamente, separando-se como amigas, enquanto as respectivas mães partiam zangadas.

Foi sentada no banco de trás sentindo um género de tristeza totalmente novo. Tivera algumas esperanças não verbalizadas a respeito daquela coisa. Até certo ponto, tivera a fantasia de que as suas mães se recordariam do muito que amavam as filhas e umas às outras e reiniciassem sem qualquer esforço a sua velha amizade.

Agora, Lena sentia que compreendia o que se passava com Carmen, cujos pais eram divorciados. Era um instinto humano básico desejar que as pessoas que amamos se amem umas às outras.

Lena analisava a face tensa da mãe pelo espelho retrovisor. Effie deitava a Lena olhares interrogativos. O pai, aparentemente distraído, acabava a fatia de melancia que trouxera com ele. Pelo menos, Lena não tinha vomitado.

Carma,

Pára de te preocupares, ok? Não disseste isso ontem ao telefone, mas eu percebi. Portanto, pára com isso. Eu estou óptima. Preciso de estar aqui, e em breve talvez descubra mesmo porquê. Já falei no Billy? Oh, acho que sim. Pr'aí umas quinze vezes.

Então aqui vão as Calças de volta para ti. Parece que deram a volta mais depressa desta vez, ou é só ideia minha? Não sou capaz de te dizer o que me aconteceu com as Calças. Não

113

sou capaz de falar nisso. Vais ter de esperar até ao fim do Verão e nessa altura vou ter muitas coisas importantes para contar. Tenho a certeza.

Ei, diverte-te na velha farra dos Rollins. Faz umas coceguinhas por mim ao Nicky e à Katherine. E diz à Lena que não se atire à melancia.

Beijos, beijos, beijos. Muitos e sempre, Carmabelle.

Bee

*Às vezes, há necessidade de fazer uma
bagunçada.*

LORETTA, empregada doméstica dos Rollins

Tibby sentiu o calor do corpo de Alex quando ele se inclinou para
ela. Tinha o queixo a menos de cinco centímetros do queixo dela.
— Gosto disto — disse ele.
Não, eu é que gosto disto, pensou ela.
Era uma série de clipes rápidos da mãe dela a correr contra o
tempo. Na realidade, fora uma montagem. Tibby dissera à mãe
que pretendia fazer uma entrevista, e Alice passara a maior parte
do fim-de-semana a protelar. Primeiro com uma toalha na cabeça e
o verniz das unhas dos pés a secar. «Querida, podemos fazer isso
mais tarde?» Depois com a cabeça esticada para fora da casa de
banho. «Amor, agora não tenho tempo.» Depois frustrada e enter-
rada até aos cotovelos em carne picada, a fazer hambúrgueres para
o churrasco. «Podemos só esperar até eu ter acabado isto?»
Tibby fora tornando os clipes mais curtos e mais rápidos. Gradualmente aumentara a velocidade do vídeo, de maneira que a voz
da mãe ia ficando mais aguda e os movimentos mais desastrados à
medida que o documentário avançava.
— Por que é que não metes também isto? — perguntou ele.
Era um *close-up* de sumo vermelho de *Popsicle* a escorrer do braço de
Nicky.
— Porquê? — perguntara ela.

— Porque é uma tomada muito *cool*. E também porque não queres que isso se torne previsível.

Tibby virou ligeiramente a cara, de maneira a poder vê-lo melhor. Sentia-se simultaneamente impressionada e corrigida. Ele era tão bom naquilo. Ao passo que as ideias dela eram previsíveis.

Subtilmente, ele estava a empurrá-la para lá do humor de pura palhaçada com que ela começara, para um retrato mais negro, mais caótico. Tibby sabia que aquilo representava mais cortes e reorganização de cenas, mas representava também um desafio maior.

Como extra, Tibby incluiu uma tomada aleatória de uma mancha de relva amarela no seu jardim muito verde.

— Brilhante — comentou Alex acenando.

Ele era bom professor. Ela era boa aluna. E Tibby sentia um leve prazer perverso no facto de Alex se ter interessado tanto pelo filme dela, enquanto Maura ainda mal começara a filmar.

Tibby foi a deslizar na palavra *brilhante* até ao seu dormitório.

Ao chegar ao quarto, encontrou lá Brian.

— Ei — saudou ela, surpreendida.

— Voltei. Está OK?

Tibby acenou afirmativamente. Parte dela não estava assim tão certa.

— Queria ver como estava a correr o teu filme.

— Obrigada — disse ela. Sabia que da última vez que viera, ele se tornara indispensável numa loja de cópias local cuja ligação do computador à *net* não funcionava. Pelo menos ele estivera a trabalhar.

Analisou a roupa descuidada de Brian. Como seria a sua casa, para ele parecer querer passar tão pouco tempo nela? Interrogava-se, e contudo não lhe fazia perguntas, pois não? Durante anos, a vida dele tinha sido um jogo de vídeo em frente de um Sete-Onze. Agora, ao que parecia, era Tibby.

— Tenho de trabalhar imenso — disse ela. — Tenho de mostrar a primeira montagem no domingo. Vamos apresentar um pequeno festival do filme no Dia dos Pais — explicou ela.

— Tudo bem. Eu também tenho o que fazer. — Brian instalou-se no chão com os seus blocos de apontamentos e lápis à laia de demonstração.

Tibby colocou o computador na secretária. Precisava de inserir a banda sonora esta noite. Pensara saber que canções queria, mas agora que vira aquilo em que Alex estava a trabalhar, receava que as suas fossem demasiado... previsíveis. Recordou todas as suas caixas de CDs rotuladas à mão. Era provável que ele conhecesse pessoalmente todos os músicos. O facto de ela comprar os seus CDs no Sam Goody fê-la sentir-se uma adolescente pateta seguidora das últimas modas.

Dedicou-se a descobrir algumas canções menos conhecidas de grupos menos conhecidos. Podia criar uma miscelânea e variar a velocidade de forma a que as canções originais ficassem quase irreconhecíveis.

Passou a sequência em que ela e Alex tinham estado a trabalhar. Voltou a passá-la. Inseriu a canção que pretendia e acelerou para uma velocidade aos arrancos. Achava-se profundamente concentrada quando percebeu que Brian estava a olhar por cima do seu ombro. Voltou-se, tentando bloquear-lhe a visão do ecrã com a cabeça.

— O que é?

— É isso?

— Parte — disse ela, um pouco na defensiva.

O olhar dele apresentava uma expressão perturbada. — Não achas que a tua mãe vai ficar chateada se a mostrares na casa de banho com uma toalha enrolada à cabeça? — Era uma pergunta autêntica, não era uma acusação.

Ela fitou-o como se ele fosse idiota.

— É um *filme*. Não se trata aqui dos sentimentos dela. É suposto ser... arte, 'tás a ver.

Brian não recuava, arte ou não arte.

— Mas se ela vir, pode ficar triste — disse ele simplesmente.

— Para já, ela não vai ver. Acreditas seriamente que a minha mãe apareça cá no Dia dos Pais? Ela nem tem tempo para ler o meu boletim escolar.

— Mas tu não te sentes mal, a fazer um filme sobre ela que não a deixavas ver?

— Eu não disse que não a deixava ver! — ripostou Tibby. — Tudo bem se ela o vir. Estou-me nas tintas. Eu só disse que ela não vem ao festival nem morta, portanto isto é irrelevante.

Brian não disse mais nada, e não continuou a ver o filme. Ficou a desenhar calado enquanto ela tocava uma parte ruidosa de uma canção vezes seguidas a diferentes rotações. Nessa noite não houve assobios.

— Acho que ela continua zangada. Não tenho a certeza. Ela não me fala — disse Lena, apertando o telefone contra o ombro a fim de poder usar as duas mãos para pendurar blusas.

Havia sempre tanta roupa para arrumar. Por cada vinte peças que uma cliente provava, em geral comprava uma. E quando Lena tinha algo a ver com o assunto, não comprava nenhuma. Lena não tinha dedo para vender.

— Que festa surreal. Pelo menos eu filmei uma grande parte — disse Tibby.

Lena notou a música de fundo desarticulada. Tibby era demasiado progressista para gostar de alguma coisa que soasse apenas bem.

— Filmaste o argumento? — perguntou Lena em tom cansado. Não sabia bem por que é que a discórdia das mães a perturbava tanto. Bom, a menos que considerássemos que era tudo culpa dela. Havia esse pequeno pormenor.

— Uma parte. Mas enganei-me e filmei por cima do final, quando estava a filmar a minha mãe a correr pela casa com uma toalhita *Dodot* agarrada ao salto.

Lena soltou uma risada anémica.

— Oh.

— A minha mãe é uma aberração. Quando parti, ainda ela estava a resmungar e a murmurar que a tua mãe devia ser mais aberta contigo. Como se ela gastasse dez segundos para me contar alguma coisa.

Lena prendeu um molho de cabides debaixo do braço.

— Iáp — disse ela distraída.

Fez-se silêncio no outro extremo.

Lena apercebeu-se de súbito de que quebrara uma regra básica. Uma pessoa podia queixar-se da sua mãe. Podia escutar pacientemente enquanto uma amiga se queixava da mãe dela. Mas nunca podia queixar-se da mãe da amiga nem concordar com as queixas previamente citadas.

Lena não o fizera propositadamente, mas agora era demasiado tarde.

— Acontece que ela não é a única aberração — disse Tibby, demasiado serena.

— Pois. Não. Isto é, não. — Lena estava a tentar enfiar uma blusa escorregadia num cabide. Nunca tivera jeito para fazer duas coisas ao mesmo tempo.

— E talvez tu não devesses tê-la enrolado para a levar a falar-te desse fulano.

— Tibby. Eu não a enrolei. — Lena deteve-se. Enrolara, sim. — Quer dizer, lamento se a enrolei, mas ainda assim ela não precisava de... — carregou por engano num número com a cara. *Biiip*.

— Não precisava de quê? — retorquiu Tibby combativa. — De te contar tudo aquilo que tu estavas a tentar que ela te contasse?

— Não, isto é...

— Faz favor. Uh, alguém? — Uma mulher acenava a Lena de um gabinete de provas. Lena ouvia-lhe a voz e via-lhe o braço.

Com a ansiedade, Lena deixou as blusas caírem-lhe aos pés. Pisou a manga de uma. — Tibby, eu... eu não posso...

— O que é triste é que a minha mãe estava a tentar ser camarada para ti.

A frustração de Lena explodiu.

— Tibby! Eu não estou a criticar a tua mãe! Tu é que estás a fazer um filme dela a arrastar uma toalhita pela casa!

Tibby ficou calada. Lena sentiu-se pessimamente.

— Tib, desculpa — pediu ela em tom suave.

— Tenho de ir. Adeus — disse Tibby, e desligou.

Elas quatro seguiam uma política de nunca desligarem umas às outras por muito furiosas que estivessem. Tibby quase passara a linha.

— Faz favor? — chamou de novo a cliente.

Lena sentia vontade de chorar. Arrastou-se até ao gabinete de provas.

— Sim. Em que posso ajudar?

— Tem isto no número acima? — A mulher agitou umas calças por cima da cortina.

Lena pegou-lhes e dirigiu-se aos expositores. Parecia que as mulheres levavam sempre para o gabinete de provas o número que desejariam vestir e não aquele que realmente lhes assentaria bem. Procurou as calças no quarenta e quatro.

— Aqui estão — disse ela.

Um minuto depois a mulher apareceu com o quarenta e quatro vestido. Tinha cabelo ruivo baço e tez pálida.

— O que acha? — perguntou ela a Lena, com ar esperançado.

Lena estava preocupada. Continuava a olhar para o telefone como se ele a tivesse beliscado.

— Bem, eu diria que estão um bocado apertadas. — Lena tinha tendência para preferir a verdade à caridade.

— Oh. Talvez tenha razão. — A senhora afastou-se rapidamente do espelho.

— Creio que devemos tê-las no quarenta e seis — ofereceu Lena.

A mulher não pareceu entusiasmada. Saiu minutos depois sem comprar nada. Era melhor não comprar nada do que enfrentar a vida como tamanho quarenta e seis quando se acredita ser o quarenta e dois.

Lena continuava com o telefone na mão enquanto via a sua única cliente abandonar a loja. Talvez não fosse grande mistério a razão por que ela nunca recebia comissões.

Carmen carregou no número do telemóvel da mãe no seu próprio telemóvel. Carregou com o dedo no ouvido livre para atenuar o barulho da cafeteria.

Não estava disponível. Christina tinha-o desligado. Incrível! E se Carmen tivesse um acidente? E se ela estivesse estendida numa berma de estrada, a esvair-se em sangue? Desejou *estar* numa berma de estrada, a esvair-se em sangue.

— Tudo bem? — perguntou Porter.

Apercebeu-se de que, inadvertidamente, fizera uma cara de quem está estendida numa berma de estrada a esvair-se em sangue.

— Iáp. — Tentou recompor-se. — É só que não consigo apanhar a minha mãe.

— É urgente? Porque podíamos...

Não, não é urgente, sentiu Carmen vontade de lhe gritar. *Não tenho absolutamente nada para lhe dizer. Só quero chateá-la e estragar-lhe o encontro.*

Os lábios de Porter moviam-se e ele parecia estar a sugerir uma atitude possível, mas Carmen não o escutava.

Fez um gesto com a mão.

— Tudo bem. Não é nada. — Fitou sombriamente o seu batido cor-de-rosa.

— OK, bom... — Porter afastou o copo do batido dele. Diga-se em seu abono que não sorvia ruidosamente as últimas gotas. Tirou a carteira. — O filme começa daqui a quinze minutos. Devíamos ir andando.

Carmen acenou inexpressivamente. Já tinha a mente ocupada com outra coisa. A mãe andara a cirandar pela casa durante todo o dia como se fosse Martha Stewart sob a acção de anfetaminas. Forrara as prateleiras da cozinha de novo e dispusera tulipas na cornija da lareira da sala. Carmen achara que Christina estava apenas a libertar felicidade e beleza para todo o mundo, mas agora sentia uma suspeita negra. E se Christina tinha concordado com a sessão de cinema das dez e vinte de Carmen porque secretamente pretendia levar David para o apartamento? E se eles iam...

OK, não. Não podia pôr-se a pensar nisso.

Mas a sério, a mãe acharia que estava certo levar um fulano para o apartamento dela — para o apartamento de *Carmen* e... e...

Agora Carmen estava fula. Aquilo não estava certo.

Levou a mão à cabeça.

— Sabes uma coisa, Porter?

Ele fitou-a desconfiado, com a conta na mão.

— O quê?

— Acho que estou com sinusite. — Podia ter dito apenas dor de cabeça, mas isto parecia mais autêntico. — Estou a pensar que provavelmente não devia ir ao cinema esta noite.

— Oh! Que pena. — Parecia desapontado. E pela primeira vez parecia que lhe ocorrera que o andavam a fazer passar por parvo.

— Lamento imenso — disse ela. Lamentava mesmo. Não queria ser a parva que o andava a fazer passar por parvo.

— Então dou-te boleia para casa — murmurou ele, levantando-se.

— Eu posso ir a pé — murmurou ela.

— Não te vou deixar ir a pé para casa se estás doente — disse ele. Havia nos seus olhos um brilho que a desafiava. Transparecia neles uma espécie de compreensão.

Minutos mais tarde Carmen fazia uma entrada deliberadamente ruidosa no apartamento. Pensara em entrar silenciosamente, mas sabe Deus o que veria se não emitisse alguns sinais de aviso. Bateu com a porta atrás de si. Chocalhou as chaves. Deu vários passos em direcção à sala e voltou a chocalhá-las.

Silêncio.

Eles não estavam nem na cozinha nem na sala. Isso deixava, basicamente, o quarto de Christina, a pior das alternativas. Susteve a respiração e aventurou-se por esse rumo, sem ter bem a certeza do que faria quando lá chegasse.

De coração aos saltos, entrou no pequeno corredor que conduzia ao quarto. Um passo. Dois.

Parou. A porta estava aberta, agora já a via. A cama de Christina estava exactamente como ela a deixara — com uma pilha de roupa rejeitada para a saída dessa noite.

— Olá? — atirou Carmen para o ar. A voz tremia-lhe. Era patética.

Não estava lá ninguém. Embora isso devesse tê-la deixado feliz, deixava-a triste.

Sentou-se muito hirta na cozinha. Após alguns instantes apercebeu-se de que continuava a apertar a carteira e as chaves com toda a força.

O medo é aquele pequeno quarto escuro
Onde são revelados os negativos.

MICHAEL PRITCHARD

O relógio da cozinha tinha literalmente parado. Estava ava-
riado. Só podia. Não se movia desde a meia-noite e quarenta e dois.
Ou... oh, meia-noite e quarenta e três.

Era demasiado tarde para telefonar a quem quer que fosse.
Carmen não queria mandar um *e-mail* a Paul. Não queria ler a
bílis que lhe escorreria dos dedos. Se a pusesse em palavras e as
enviasse realmente, Paul podia levar o tempo que quisesse a
julgá-la à sua maneira silenciosa. Provavelmente guardá-las-ia no
disco rígido. Talvez as enviasse por engano para toda a sua
agenda de endereços.

Teve uma ideia. Ia embrulhar as Calças para mandar a Tibby. Era
uma coisa perfeitamente salutar para ir fazer. Levara o dia inteiro a
pensar fazer isso. Metia lá a carta e endereçava o pacote e tudo.

Dirigiu-se ao seu quarto como se estivesse em transe. Deslocou
coisas de um lado para o outro sem qualquer fito. Esqueceu-se do
que estava à procura até que se lembrou. Procurou melhor. Com
certo esforço concentrou-se na tarefa. As Calças Viajantes. As Calças. Sagradas. Proibitivo perder.

Vasculhou as gavetas mecanicamente. Não estavam nas gavetas.
Nem estavam na enorme pilha de roupa amontoada aos pés da
cama.

123

De súbito visualizou-as na cozinha. Sim, tinha-as levado para a cozinha à tarde. Arrastou-se de novo para a cozinha e perscrutou a pequena divisão.

Não estavam na bancada.

A preocupação a respeito da mãe começou a competir com a preocupação a respeito das Calças. Foi ver a roupa lavada, não fosse qualquer horrível acidente ter levado as Calças ao contacto proibido com a máquina de lavar. Os seus ossos e os seus músculos pareciam estar em aceleração. Foi ver ao cesto de roupa suja da casa de banho. A preocupação/calças estava oficialmente a começar a ultrapassar a preocupação/mãe.

Dirigia-se sem grande esperança para o armário da roupa de casa quando a porta de entrada se escancarou e na sua moldura surgiram as duas preocupações.

Ao ver a mãe, Carmen estacou com uma derrapagem digna de uma personagem de desenhos animados. Ficou de boca aberta.

— Olá, querida. Que fazes tu ainda levantada? — A mãe parecia tímida, não muito preparada para a enfrentar nesse momento.

Carmen sorveu o ar como se fosse um peixe fora de água. Tinha os pulmões vazios. Apontou.

— Que foi? — Christina estava ruborizada. Servia tanto para frivolidade como para vergonha. Neste momento estava a passar da primeira para a segunda.

Carmen espetou o dedo no ar, incapaz de encontrar palavras que pudessem exprimir a sua indignação. — As s-suas...! Essas...!

Christina parecia profundamente insegura. Arrastava ainda farrapos de felicidade. Parte dela ainda estava no carro com David. Ela ainda não entrara completamente no pesadelo doméstico que era Carmen.

— As minhas *calças!* — uivou Carmen como um animal. — A mãe *roubou-as!*

Christina baixou os olhos para as Calças, confusa.

— Eu não as *roubei.* Tu deixaste-as na bancada da cozinha... Pensei...

— Pensou o quê? — trovejou Carmen.

A mãe pareceu minguar. Tinha agora um ar tímido. Fez um gesto em direcção às Calças. Deitou a Carmen um olhar suplicante.

— Pensei que talvez tu as tivesses deixado como...

Carmen fulminava-a com um olhar gelado.

— Como... — Christina parecia magoada. — Como oferta de paz, acho eu — concluiu ela em voz baixa.

Se Carmen tivesse umas réstias de indulgência, teria recuado. Aquilo fora um género de engano melindroso, potencialmente penoso para todos.

— Pensou que eu *queria* que usasse as Calças Viajantes? Pensou realmente isso? — O mau génio de Carmen estava a tornar-se tão portentoso que ela própria se sentia receosa. — Está a gozar? Eu pu-las de fora para as mandar a *Tibby*. Eu nunca nunca nunca...

— Carmen, chega. — Christina levantou as mãos. — Eu compreendo. Cometi um erro.

— Dispa-as já! *Já!* Já já já!

Christina deu meia volta. Tinha as faces congestionadas e os olhos brilhantes.

A vergonha de Carmen aumentou.

O que era pior é que Christina ficava linda com as Calças, esbelta e jovem. Assentavam-lhe como uma luva. As Calças gostavam dela e acreditavam nela tal como haviam gostado de Carmen no Verão anterior, quando Carmen tinha sido digna delas. Este Verão elas esquivavam-se a Carmen. Escolhiam antes a mãe.

Christina havia surgido à entrada da porta momentos antes, com um aspecto descontraído, feliz e optimista que Carmen nunca lhe vira antes. Parecia deslizar numa espécie de magia que Carmen não conseguia encontrar. E nesse instante, Carmen odiou-a por isso.

Christina estendeu a mão, mas Carmen recusou tocar-lhe. Foi Christina que pegou na sua própria mão.

— Querida, eu sei que estás transtornada. Mas... mas... — As lágrimas brilhavam-lhe nos olhos e ela apertava com força as mãos. — Esta... relação com David. Não vai mudar nada.

Carmen cerrou os dentes. Já conhecia aquilo. Quando os pais se preparavam para nos arruinar a vida, empregavam aquela frase.

A mãe talvez fosse sincera no que dizia. Talvez até acreditasse que era verdade. Mas não era. Iria mudar tudo. Já mudara.

Tib,

Não és pior do que eu. Eu sou pior do que tu. Podes crer. Podemos discutir isso melhor quando voltares para casa.

Aqui vão as Calças. Tecnicamente deviam ir para Lena, mas pensámos ambas que elas seriam um par fabuloso para a tua antestreia. Passa-as à Lena depois. Arrasa-os, Tibba-dee.

Beijinhos da tua amiga que já não merece felicidade nem coisas agradáveis,

Carmen

Antes de se dirigir a casa de Greta, Bridget analisou-se ao espelho por cima da cómoda. Era um alívio não ter de ver mais do que a cara, na realidade. Inclinou-se e inspeccionou o cimo da cabeça. As raízes tinham crescido uns bons dois centímetros, e não condiziam com o resto. Até mesmo as partes pintadas estavam a esmorecer nalguns sítios, conferindo-lhe ao cabelo um aspecto estranho, tipo doninha.

Já não se sentia tão entusiasmada com o castanho, mas também não queria arriscar-se a ser desmascarada, por isso foi desenterrar um boné de basquetebol a uma pilha de roupa suja e pô-lo na cabeça. *Voilà.* Como grito de moda, não era grande coisa. *Desculpa lá, Carmen,* pensou ela dirigindo-se para a porta.

O sótão começava a tomar forma. Bridget investira por ali dentro e organizara largas carradas de livros, casacos e revistas, tendo transportado tudo para a cave, excepto as duas últimas caixas de Marly. Agora que a maior parte dos estorvos desaparecera, ela podia ter uma boa ideia do espaço. Eram umas águas-furtadas clássicas à antiga, restritas e com inclinação, mas também românticas. O tecto era alto no meio e descia até cerca de um metro e vinte junto às janelas. Mas havia muitas janelas, três em cada um dos quatro lados, e pareciam captar a luz mais agradável.

Precisava imenso de uma pintura, decidiu Bridget, olhando em volta.

Por agora, resolveu confrontar-se com outra das caixas de Marly. Esta, tal como desconfiara, era onde o pai dela entrava em cena. Havia duas composições escritas por Marly para a aula dele (um A − e um B +. «Ideias fantásticas — necessário desenvolver», escrevera ele na segunda). Havia muitas fotografias dela com os amigos de ambos os sexos, adorável e jovial. Não havia fotografias dela de cama. Não havia fotografias dela em Shepherd's Hill.

Depois havia as fotografias do casamento, a maior parte nos degraus da igreja Baptista da cidade. Bridget analisou-as atentamente, perguntando a si mesma por que possuiriam elas um certo ar furtivo. O pai parecia atordoado de amor, mas surgia principalmente nas pontas das fotografias, com uma postura rígida. A família dele não estava presente. Não tinha colegas nem amigos que Bridget pudesse descortinar. Era de facto um casamento, mas não era o casamento que ela teria esperado da famosa Marly Randolph, uma rapariga que podia ter sido Miss Alabama se tivesse querido.

Bridget tinha a certeza de que a mãe não estava grávida na altura, mas ainda assim ela lançara o opróbio sobre o noivo. Fizera-o descer no mundo. O pai tinha sacrificado tudo para casar com ela, e Bridget perguntou-se se Marly teria perdido o respeito por ele por causa disso. Talvez o Professor Vreeland só constituísse um troféu enquanto ela não o pudera ter.

No fundo dessa caixa encontrava-se o vestido de casamento. Bridget tirou-o para fora, sentindo litros e litros de sangue extra a pulsar-lhe na cabeça e no coração. Estava tão amarrotado e desbotado que custava a acreditar que alguma vez houvesse sido belo. Encostou-o à cara. Teria algum perfume da sua mãe permanecido nele?

Agora estava pronta para descer. Enfiou o boné de basebol apesar de estar demasiado calor para isso. Deparou com a visão de Greta a arranjar as coisas para o almoço, e isso pareceu-lhe extremamente reconfortante.

— É agradável ver-te cá por baixo um bocadinho mais cedo — saudou Greta satisfeita.

Bridget deixou-se cair numa cadeira de cozinha.

— Amanhã começo a pintar, se estiver de acordo.

— Vais pintar aquilo? Tu mesma? Já pintaste alguma coisa?

Bridget sacudiu a cabeça.

— Mas cá me entendo. Não se preocupe. Não há-de ser assim tão difícil.

Greta sorriu-lhe.

127

— És boa rapariga e muito trabalhadora.

O que lhe veio à cabeça foi dizer «obrigada, avó» e isso surpreendeu-a.

Observou Greta a pôr o almoço na mesa com uma sensação de paz. Aquilo tinha evoluído durante o Verão. Agora havia cenouras todos os dias, e às vezes queijo *cheddar* apaladado ou peru em vez de salsichão. Bridget sabia que Greta a observava com atenção, registando mentalmente os seus humores e as suas preferências. Mas apesar de a ementa ir mudando, o almoço era sempre à mesma hora, nos mesmos pratos, com os mesmos guardanapos de papel amarelos. Greta também era assim dantes, recordou Bridget. Era assim que tudo fora naquela casa há muito tempo.

— A minha Marly teve dois filhos, já sabias? — perguntou Greta vendo-a terminar a sua sanduíche.

Bridget engoliu em seco.

— Já me tinha dito que tem uma neta.

— Sim, a filha de Marly. A Marly teve gémeos. Uma rapariga e um rapaz.

Bridget puxou um fio da bainha dos calções para não ter de se mostrar surpreendida com tal informação.

— Acho que os bebés vieram cerca de dois anos e meio depois de eles terem casado. — Bridget fez um aceno de cabeça, ainda a olhar para baixo. — A gravidez assentava bem a Marly. Foi uma época feliz para ela. Mas quando eles chegaram, meu Deus. — Greta abanou a cabeça recordando. — Gémeos. Consegues imaginar? Quando um queria comer, o outro queria dormir. Quando um queria estar dentro, o outro queria estar fora. Fui viver com eles durante os primeiros seis meses.

Bridget levantou os olhos.

— A sério?

— Claro — anuiu Greta. O rosto adquirira uma expressão pensativa. — Mas, olhando para trás, gostava de ter feito menos e ensinado mais. Marly viu-se aflita quando me vim embora.

Independentemente do que tivesse ocorrido depois disso, Bridget sentiu que os primeiros seis meses que passara nesta terra tinham de ter sido confortáveis se Greta lá estivera.

— Eu adorava aquelas crianças — disse Greta, abanando a cabeça. Tinha os olhos rasos de lágrimas, e Bridget receou pelos seus. — Aquela garotinha. Quando veio a este mundo já sabia o que queria, digo-te eu.

Bridget meditou na profunda fraude que era estar ali sentada a ouvir a avó a falar dela. Mas de repente queria saber aquilo. Era uma sensação agradável.

— Tinha uma carita de morrer — disse Greta, parecendo arrepender-se logo da maneira como se expressara. — E tinha igualmente uma personalidade bem vincada. Era teimosa e independente, e conseguia fazer qualquer coisa que quisesse à primeira tentativa. Meu Deus, o avô dela achava que o sol se erguia e se punha com aquela criança.

Bridget limitava-se a ouvir, esperando que desde que não acenasse nem sequer levantasse os olhos não faria mal. Fora isto que ela desejara, fora por isto que para ali viera: conhecimentos com distanciamento. Só que já não sentia o distanciamento.

— Penso que por vezes era duro para o rapazinho. Ele era mais sossegado e mais cauteloso. Sentia-se um bocadinho perdido, com a pujante Bee andando por ali.

Bridget estremeceu à menção do seu nome. Sentiu pena de Perry. Sabia que tinha sido assim durante toda a sua vida.

Os olhos de Greta vaguearam até ao relógio na parede da cozinha.

— Meu Deus. Vejam-me só, conversa, conversa. Provavelmente queres voltar para o trabalho, não?

Ela não queria de todo. Queria continuar ali a escutar Greta. Mas fez um esforço para se erguer.

— Iá, caramba, é tarde, huh?

Deteve-se à saída da porta. Não lhe apetecia voltar para cima nesse momento.

— É melhor eu ir comprar tinta — disse ela.

O olhar de Greta iluminou-se.

— Claro! Que tal se eu te levar de carro até ao Wal-Mart?

Bridget gostou da ideia.

— Perfeito — concordou ela.

* * *

Tibby encontrou uma nota amarela na ranhura da sua caixa de correio no vestíbulo do dormitório. Comunicava-lhe que recebera duas encomendas, que estavam na posse da AR. Tibby não sentia grande entusiasmo em visitar Vanessa, com os seus brinquedos e os seus sinais. O quarto de Vanessa era um dos objectos de desprezo preferidos de Maura. Por outro lado, sentia a sua curiosidade de realizadora incitá-la a dar pelo menos uma olhadela ao local.

— Entra — disse Vanessa quando ela bateu.

Tibby abriu lentamente a porta. Vanessa levantou-se da cadeira da secretária e veio até à porta.

— Viva. Hum... Tibby, certo? Vieste buscar as tuas encomendas?

— Iá — concordou Tibby, tentando espreitar para lá de Vanessa. Vanessa pareceu pressentir isso.

— Queres entrar? — convidou ela delicadamente.

Vestia uma *T-shirt* de Williamston e uns *jeans* de cintura subida, à velhinha. Parecia nervosa quando Tibby a seguiu para o interior do quarto. Tibby não pôde deixar de se interrogar por que é que uma pessoa com tão pouco carisma social se inscrevera para o trabalho de AR.

Vanessa foi procurar os pacotes enquanto Tibby observava o quarto. A luz não era muito forte, por isso os objectos iam surgindo devagar. Havia realmente uma data de animais de pelúcia. Em todas as prateleiras e na cama. Mas, olhando mais atentamente, Tibby percebeu que não eram os usuais ursos Gund ou Bebés Beanie. Eram diferentes de todos os outros animais de pelúcia que ela já vira. Quase sem querer, aproximou-se mais de um tatu empoleirado na estante.

— Posso vê-lo? — perguntou ela.

— Claro — acedeu Vanessa.

— Céus. Tem... tantas partes —, exclamou Tibby atónita, enquanto ia afastando as camadas de tecido espesso e áspero que formavam a carapaça.

— Eu sei. Nunca mais acabava.

Tibby voltou-se para ela e fitou-a incrédula.

— Foste tu que o fizeste?

Vanessa acenou afirmativamente. Corou. Estendeu-lhe os pacotes. Tibby pegou nos pacotes distraidamente e pousou-os em cima da cama.

— Tu *costuraste* isto?

Vanessa acenou.

Tibby sentiu que estava a arregalar os olhos ao observar todas as outras criaturas espalhadas pelo quarto — tucanos de cores vivas, coalas, uma preguiça dípode pendurada na porta do roupeiro.

— Não fizeste isto tudo? — sussurrou ela. Vanessa acenou.

— Palavra?

Vanessa encolheu os ombros. Estava a tentar descobrir se Tibby ficara impressionada ou se a achava psicótica.

— Eles são... incríveis — afirmou Tibby com sinceridade.

— Quer dizer, são fantásticos. São tão bonitos.

Vanessa sorriu, embora mantivesse os braços cruzados sobre o peito à laia de protecção.

Tibby pegou numa rã amarelo-brilhante com manchas pretas. Ouviu-se a dizer sem pensar:

— Céus, o meu irmãozinho adoraria este. Ficava maluco.

Vanessa deixou cair os braços. Riu um pouco.

— Sério? Quantos anos tem ele?

— Quase três e meio — informou Tibby, começando a lembrar-se de onde estava e por que é que ali estava. Voltou a colocar o tatu e a rã nos seus sítios e pegou nos pacotes.

— Obrigadíssima — disse ela, dirigindo-se à porta. Sentia uma sensação desagradável na boca do estômago.

— Tudo bem — retorquiu Vanessa. Os elogios de Tibby haviam feito alterar a sua atitude.

— Hu, Tibby — chamou Vanessa atrás dela.

Tibby virou a cabeça.

— Iá?

— Desculpa não ter aparecido pelo teu quarto nem nada. Eu... não sou propriamente a melhor das AR.

Tibby virou igualmente o corpo. Ao olhar para o rosto franco de Vanessa com a sua leal *T-shirt*, sentiu de súbito vontade de chorar. Não aguentava que Vanessa pensasse que era uma má AR, embora o fosse.

— Não és nada. Sério. És fantástica — mentiu ela. — Se eu precisar de alguma coisa, sei onde ir — acrescentou algo desajeitadamente.

Pela sua expressão, Vanessa percebera que Tibby não estava a ser sincera, mas apreciou a tentativa.

— Ajuda a pagar as propinas — explicou ela.

— Adoro os teus animais, palavra — disse Tibby ao sair a porta.

Enquanto percorria o corredor, sentiu um vazio no peito ao recordar todos os comentários e piadas desagradáveis que Maura fizera acerca dos bonecos de Vanessa. Maura, a artista criativa, que nem conseguia acabar o seu guião, enquanto Vanessa, a nulidade, tinha criado um mundo a partir de pedaços de tecido. E fora Maura que Tibby se esforçara por ter como amiga?

De novo no seu quarto, lembrou-se dos pacotes. Um continha as Calças Viajantes. Tibby sentia-se demasiado envergonhada para olhar agora para elas. O outro era de casa. Abriu-o e encontrou uma série de bolinhos de chocolate embrulhados em papel de alumínio e três desenhos em cartolina. Um eram garatujas assinadas com o nome de Katherine. O segundo eram garatujas assinadas com o de Nicky. O terceiro era um auto-retrato infantil que a mãe desenhara a lápis de cor. Exibia uma ruga na testa e uma lágrima azul na face. *Temos saudades!* dizia.

Também eu, pensou Tibby. A boca tremeu-lhe e ela soltou uma lágrima para condizer com a do desenho.

Paul dissera uma vez a Carmen que se podia distinguir um bêbedo de um bebedor, porque um bebedor era capaz de decidir parar e um bêbedo não.

Carmen era uma bêbeda. O álcool era-lhe indiferente; o seu modo de autodestruição era a cólera. Não era capaz de parar onde as pessoas normais o faziam.

Na noite anterior a sua cólera fora tão intensa que quase se afogara nela. Nessa manhã acordou de ressaca, num mar de transpiração e remorsos. Ainda na cama ouviu a mãe a preparar café, como sempre fazia nas manhãs de domingo. Ouviu a mãe sair do apartamento sem fazer barulho. Christina ia à esquina comprar o *New York Times.* Como sempre fazia.

Momentos depois de a porta se fechar, o telefone tocou. Carmen foi até à cozinha a cambalear, com uma *T-shirt* e a roupa interior. O aparelho atendeu após o segundo toque. Os dedos de Carmen preparavam-se para pegar no auscultador quando ouviu a voz que a fita estava a gravar.

«Tina... atende se estás aí...

Carmen recuou como se o telefone lhe fosse morder.

«Tina?... OK, não estás aí. Olha, gostaria muito de te ir buscar à uma para te levar a casa do Mike e da Kim. Depois talvez pudéssemos ir até Great Falls, se te apetecer dar uma volta. Telefona-me se estiveres livre hoje, OK? Telefona-me assim que chegares. — David fez uma pausa. Pareceu trautear algo e baixou a voz. — Amo-te. Amei-te a noite passada. Penso em ti constantemente, Tina. — Pareceu rir-se de si próprio. — Já não dizia isto há umas horas. — Pigarreou. — Telefona-me. Chau.

Carmen sentiu uma estranha sensação de sucção no peito, que lhe sorvia tudo o que restava da sua boa vontade e trazia atrás hostilidade e receio. Havia tantas partes alarmantes e ameaçadoras na mensagem que os seus demónios nem sabiam para que lado se virar.

Mike e Kim? Casal amigo. Casais amigos para o feliz casal. A mãe nunca tinha tido casais amigos. Tinha a irmã e a prima e a mãe e uma ou duas amigas solteiras. Principalmente, tinha Carmen.

Até aí, Carmen nunca encarara a antiga vida da mãe como um prémio de consolação. Mas, de repente, era o que parecia. Agora que ela tinha namorado e casais amigos. Agora que ganhara o prémio.

Durante todos esses anos, Carmen pensara que a mãe tinha escolhido a sua vida. Que a tinha querido. Teria ela desejado outra coisa durante todo esse tempo? Nunca teria tido o que queria? Seria Carmen o melhor que se arranjara?

Eu pensava que éramos felizes juntas.

Talvez se ela tivesse à sua volta irmãos e um pai, aquilo não adquirisse tanta importância. Mas ela e a mãe dependiam uma da outra de uma maneira profunda e indescritível. Era motivado por amor e lealdade, mas por baixo disso havia igualmente medo e solidão, não havia? Carmen ia sempre jantar a casa. Agia como se isso fosse conveniente e natural, mas não gostava que a mãe comesse sozinha. O que sentia de facto Christina por Carmen? Seria amor? Seria obrigação? Seria não ter nada melhor?

Carmen tinha as suas amigas, e contava com elas, mas nunca se esquecia de que elas tinham irmãos a sério. Uma parte profundamente insegura de si recordava-lhe que se houvesse um incêndio elas teriam de salvar primeiro os seus irmãos. A pessoa que salvaria Carmen num incêndio era Christina, e vice-versa. Carmen e a mãe podiam fingir que o mundo era grande e variado, mas ambas sabiam que ele se resumia a elas duas.

Recordou a noite de fim de Julho, apenas há cerca de um mês, em que todos estes problemas haviam começado. A noite da sua primeira saída com Porter. Carmen fizera *bluff* e fora apanhada no seu *bluff*. Fizera uma finta para quebrar um compromisso que nunca se apercebera que existia e nunca pretendera quebrar.

Carmen não gostava de mudanças, e era indiscutível que não gostava de finais. Conservava as flores até estarem murchas, pegajosas e a jarra ter musgo.

Eu não quero namorados, apetecia-lhe dizer. *Quero tudo outra vez como estava.*

Debruçada sobre o atendedor de chamadas, que agora piscava loucamente, apoiou o polegar no botão de *Play*. Deu por si a odiar David quando a espontaneidade da sua emoção transpareceu na repetição. Ele tinha-se esquecido de que Christina vivia com a filha? Que era embaraçoso e inapropriado deixar mensagens íntimas, praticamente para adultos, a trombetear pelo apartamento? Carmen teria assim tão pouca importância que David se esquecera completamente dela? Ter-se-ia Christina esquecido igualmente dela?

Dirigiu-se para o quarto aos tropeções e atirou-se para cima da cama desfeita de cara para baixo. Ouviu o telefone tocar de novo. Não se mexeu. *Click* fez o atendedor. — Hum... Christina? Fala Bruce Brattle. Estou hoje no escritório e tinha uma pequena pergunta. Se puder, telefone-me. — Longa pausa, seguida de um *bip*.

Alguns minutos mais tarde ouviu a mãe entrar. Christina foi direita ao atendedor de chamadas e carregou no *Play*. Ouviu-se a mensagem de Bruce Brattle. Só essa. Carmen sentiu o coração acelerar. Podia ter corrigido o erro dizendo à mãe. Mas em vez disso, adormeceu.

Pouco depois, num sonho lugubremente transparente, o apartamento crepitava e flamejava. David galantemente salvava Christina enquanto Carmen estorricava.

Os centauros também foram convidados, pois embora
selvagens e indisciplinados eram ainda assim
parentes distantes.

LIVRO DE MITOS GREGOS DE D'AULAIRES

No domingo à tarde, Tibby vestiu as Calças Viajantes antes de se dirigir ao auditório do centro de artes. Brian não estava lá e ela sentiu um certo alívio. Tinha planeado ir sair com Maura e Alex para celebrarem no fim do festival. Estivera indecisa entre convidar Brian a ir com eles e arranjar uma desculpa qualquer para não ter de o levar.

Enfiou as Calças sem se permitir olhar muito nem pensar demasiado. Afinal de contas, aquelas eram *as Calças*, e ela tinha sorte, muita sorte em as ter para a primeira apresentação pública de um dos seus filmes. Se as coisas corressem bem, aquela seria a primeira de muitas. Deteve-se em frente do grande espelho, admirando o talhe e ignorando as inscrições. Era difícil perceber porquê, mas o seu cabelo parecia sempre mais bonito quando ela usava as Calças. Até as maminhas pareciam um bocadinho maiores — ou, pelo menos, existiam.

Sentiu o coração acelerar ao ver a multidão que enchia o auditório. A maioria dos miúdos estava sentada ao pé dos pais. Tibby sentou-se sozinha nas últimas filas com dois lugares vagos a seu lado. Quando viu Alex e Maura na coxia, acenou a chamá-los, sentindo um ligeiro sentimento de culpa por não ter guardado lugar para Brian. Depois disso, manteve-se de cabeça baixa. Talvez ele não a visse.

Primeiro o professor Graves, director do programa de filmes, deu as boas-vindas a todos; depois começaram as exibições. Entre os primeiros seis filmes havia dois curtos dramas familiares, uma longa entrevista da avó do realizador, uma história de aventuras obviamente filmada no *campus* mas tentando parecer a selva, e um filme constrangedoramente romântico.

Alex passou o tempo todo a agitar-se e a fazer comentários cáusticos. A princípio Tibby ria-se deles, mas depois viu que Maura estava também a rir-se do outro lado, e isso fê-la parar. Ocorreu-lhe que Maura era do género «Maria vai com as outras». Cabelo cor--de-rosa ou não, era uma imitadora, uma pessoa inconsequente, e Tibby sentiu-se a agir tal qual como ela.

As luzes acenderam-se. Tibby sabia que o seu filme faria parte da segunda de três séries.

— Tibby! — ouviu um murmúrio sibilado.

Olhou em volta quase frenética.

— Tibby!

A voz vinha de uma fila do meio à esquerda do auditório, e pertencia indubitavelmente à mãe.

Tibby sentiu um aperto no peito. Esqueceu-se de respirar.

A mãe acenava-lhe vivamente. Exibia um enorme sorriso. Sentia-se obviamente excitada por ali estar e muito satisfeita por lhe ter feito aquela surpresa.

E que surpresa. Tibby forçou um sorriso. Acenou.

— É a minha... — começou ela entorpecida. A voz extinguiu--se. Levantou-se, pensando que fosse como fosse iria sentar-se ao pé da mãe, mas não havia lugares livres, e as luzes já estavam a diminuir para a série de filmes seguinte.

Nesse momento, os seus olhos pousaram igualmente em Brian, sentado do lado direito, quase equidistante da sua mãe. Estava a olhar para ela como se tivesse sabido sempre exactamente onde ela se encontrava. Também saberia que a mãe dela lá estava?

Tinha dito a Brian que não fazia mal que a mãe visse o seu filme, que não se importava. Mas pelas guinadas que sentia no estômago, parecia que afinal talvez se importasse.

A mãe viera de longe para lhe fazer uma agradável surpresa. Com um peso no coração, Tibby esperou a chegada da próxima surpresa.

Houve dois filmes antes do seu, mas ela não assimilou nada de qualquer deles.

O dela começou devagar, com um grande plano de um inocente chupa-chupa vermelho. Depois a música acelerou e o chupa-chupa passou a perverso. A imagem ampliou-se para o revelar preso à parte de trás de uma cabeça castanha bem penteada. A assistência rompeu a rir, tal como Tibby esperara que acontecesse. Mas o riso parecia-lhe fragmentos de vidro a caírem-lhe em cima.

Um após outro, a assistência foi-se identificando com cada um dos segmentos, materializando o sonho de qualquer realizador. O riso transformou-se quase em histeria quando a câmara seguiu a parte de trás do elegante salto alto a arrastar a toalhita pela casa.

Tibby não conseguiu virar a cabeça na direcção do lugar da mãe até ao final, depois de aquilo estar terminado e ter sido iniciado um novo filme que ela rezava para que começasse a modificar a disposição geral. De olhos fixos no ecrã lá à frente, sentia-se uma autêntica cobarde.

Podia desviar os olhos, mas não pensara em tapar os ouvidos. Ouviu uma fungadela à sua esquerda. Desejou, esperou, ter-se enganado. Cerrou com força os olhos. Se porventura tivesse o poder de uma vez na vida se transportar de um lugar para outro, tê-lo-ia usado agora.

Moveu ligeiramente a cabeça para a esquerda e fez o resto com as pupilas. Precisava de ver a mãe, mas não conseguia encará-la, mesmo no escuro. Forçando as pupilas até ao limite da sua visão, viu que a mãe tinha a cabeça curvada.

Levou as mãos à cara. Que tinha ela feito?

Alex troçava de qualquer coisa no ecrã. Tibby sentia-se perdida. Achava-se longe dali. Não voltou a levantar os olhos até as luzes estarem acesas e metade das pessoas ter saído.

— Tibby? — Alex fitava-a.

— Sim?

— Vens? — Ela olhava para a cara de Alex, mas não a via.

Virou-se para um dos lados e viu Brian no fim da fila, à espera dela. Quando se virou para o outro lado, viu que a mãe tinha partido.

Christina não se afastava mais de um metro e pouco do telefone. Chegou mesmo a levá-lo consigo quando foi à casa de banho. Esperou até às duas da tarde para engolir o orgulho e perguntar a Carmen se tinha falado alguém enquanto ela saíra de manhã.

Carmen encolheu os ombros, evitando-lhe o olhar.

— Foi o aparelho que atendeu — disse ela. Não era uma mentira.

— A mensagem de Mr. Brattle? — perguntou Christina.

Carmen voltou a encolher os ombros.

Christina acenou, as últimas réstias de esperança desfeitas.

Era um comportamento tão pateticamente feminino que Carmen sentiu de novo a cólera a queimar-lhe o estômago.

— Está à espera de algum telefonema especial? — perguntou ela.

Christina desviou os olhos.

— Bem, pensei que o David poderia... — A voz era débil. A frase não foi interrompida, morreu.

Aos lábios de Carmen ocorreram imensas coisas mesquinhas. Algures, numa parte recôndita da sua mente, ela disse a si mesma para ir para o quarto e fechar a porta. Mas em vez disso, abriu a boca.

— É-lhe impossível passar um dia sem o David? — disparou ela.

Christina ficou com as faces rosadas.

— Claro que não. É só...

— Está a dar um exemplo horrível, sabe. A desperdiçar toda a sua vida por um tipo qualquer. O dia inteiro a divagar agarrada ao telefone, à espera da chamada dele.

— Carmen, isso não é justo. Eu não estou...

— Está sim! — insistiu Carmen. Acabara essa primeira bebida embriagadora e agora não havia quem a detivesse. — Sai todas as noites. Veste-se como uma adolescente. Leva a minha roupa! Curte nos restaurantes! É uma vergonha. Está a fazer figura de parva, não sabe isso?

Durante dias a felicidade de Christina tinha-a levado a um estado de benevolência em que absorvia a cólera de Carmen com paciência e compreensão. Agora Carmen podia sentir a mãe a voltar à terra, e isso alegrava-a.

As faces de Christina já não se apresentavam docemente rosadas: estavam vermelhas e às manchas. Tinha os lábios cerrados numa linha dura.

— Estás a ser maldosa, Carmen. E não é verdade.

— É verdade, *sim!* A Melanie Foster viu-vos a curtir no Ruby Grill! Tem andado a contar a toda a gente! Sabe como isso me faz sentir?

— Não estávamos a *curtir* — defendeu-se Christina veementemente.

— Estavam sim! Pensa que não sei que anda a dormir com ele? A Igreja não diz que se deve casar antes de fazer isso? Não foi o que sempre me ensinou?

Fora um tiro no escuro, e pelo ar chocado de Christina, Carmen percebeu que acertara no alvo. Era o equivalente a largar a bomba H, e ela fizera-o sem se preparar para as consequências. Sentiu náuseas ao olhar para Christina. Grande parte de si mesma desejava que a mãe negasse, mas ela não o fez.

Christina olhou para o chão e entrelaçou as mãos.

— Não acho que isso seja da tua conta — murmurou ela ferozmente.

— É da minha conta, sim. É suposto ser a minha mãe — replicou Carmen. A cólera da mãe era agora suficiente para as duas.

— E sou a tua mãe — ripostou Christina.

Carmen sentiu os olhos inundados de lágrimas. Ainda não estava preparada para se mostrar vulnerável. Com o coração a transbordar, retirou-se para a privacidade do seu quarto, onde poderia analisar o que lá se encontrava.

— Ei — saudou Brian da coxia logo atrás do sítio onde ela estava. Parecia triste. Tentou reter o olhar de Tibby mais um instante para ver se percebia o seu estado de espírito.

Ela baixou os olhos. Não queria que ele visse nada.

Brian deixou-se ficar ali. Ia esperar por ela, claro. Alex e Maura estavam a olhar para ele, claramente curiosos sobre quem seria o falhado da *T-shirt Star Wars* e óculos rascas.

Tibby respirou fundo. Tinha de dizer qualquer coisa.

— Hum, este é o Brian — apresentou ela inexpressivamente. A voz soou-lhe como se proviesse de um corpo diferente.

Apontou para Alex. — O Alex. — Apontou para Maura. — E a Maura.

Brian parecia estar-se nas tintas para Alex e Maura. Continuava a fixar Tibby solenemente com os seus olhos castanhos-escuros. Ela desejou que ele se fosse embora.

— Ôi — disse Alex para Brian em tom seco, virando-lhe as costas ainda antes de acabar de o cumprimentar. Fitou Tibby. — 'Bora.

Ela acenou entorpecida e começou a seguir Alex e Maura para fora do auditório. Não conseguia pensar. Naturalmente Brian seguiu-a.

Acabaram os quatro num restaurante mexicano a dois quarteirões. Alex parecia chateado por não ter conseguido sacudir Brian. Maura nem disfarçava um revirar de olhos de desagrado.

Teria sido uma boa altura para Tibby explicar que Brian não era na realidade um predador psicótico mas sim um dos seus melhores amigos, que não só passava o tempo todo em casa dela como presentemente vivia no seu quarto do dormitório. Mas não disse nada. Não conseguia encarar Brian, quanto mais pronunciar-lhe o nome.

Ficaram-se pelo bar barulhento, constrangidos. Alex mandou vir três *Dos Equis* com o seu BI falso. Inclinou-se para Tibby e bateu com a sua garrafa na dela.

— Boa malha, Tomko. Açambarcaste o espectáculo.

Tibby sabia que ele estava a tentar felicitá-la e não fazê-la chorar.

— Foi baril — concordou Maura.

— Não foi nada — contrapôs Brian, aproximando-se mais de Tibby. — A mãe dela estava na assistência. — Brian parecia achar que se eles eram amigos de Tibby, precisavam de saber aquilo. A mão dele foi ao encontro do cotovelo de Tibby. Sofria por ela.

Alex não pareceu assimilar a frase a respeito da mãe dela e bebeu a sua cerveja quase toda.

— Estás a dizer que o filme dela não era bom? Foi hilariante.

Brian sacudiu a cabeça.

— Não, não era. — Pelo menos, era franco.

Alex semicerrou os olhos.

— Qual é a tua?

Brian não olhou para Alex.

— Estou preocupado com a Tibby.

— Estás *preocupado* com a Tibby? — O sarcasmo pairava de tal modo no ar que Tibby quase lhe sentia o cheiro. — Ó pá, que amigão. Por que é que não vais preocupar-te com ela para outro sítio?

Brian olhou para Tibby. Era um olhar que dizia: *Vá lá, Tibby, volta para mim. Somos amigos, não somos?*

Mas Tibby deixou-se ficar ali pasmada, como se alguém lhe tivesse cortado as cordas vocais.

Alex aproximou-se mais. Estava a ficar enfatuado e marcial.

— A modos que não entendeste o «pisga-te»?

Brian deitou um último olhar agonizante a Tibby; depois saiu.

Tibby sentiu os olhos rasos de lágrimas. O que tinha ela feito? Pousou a mão na coxa. Sob os dedos encontrava-se a ganga das Calças Viajantes com os pontos meticulosos que ela lhe dera no final do Verão passado. Olhou para baixo e percorreu com o indicador o contorno do coração que bordara a fio vermelho. Tinha os olhos demasiado velados para conseguir ler as palavras que escrevera por baixo. Sentia o peso do seu corpo sentado hora após hora no alpendre das traseiras sob o calor sufocante do final do Verão, as pernas dormentes enquanto dava milhares de pontos — tirando, enfiando — com os seus dedos obstinados mas desajeitados. O resultado de todo esse labor fora um coração torto e três palavrinhas torcidas. *Bailey esteve aqui.*

Teria Bailey estado ali? Teria? Que provas havia disso?

Neste momento o coração de Tibby sentia-se despojado dela. Levou as duas mãos à cara. Precisava de equilibrar a cabeça.

Alex continuava a rosnar a respeito de Brian. Virou-se para fitar Tibby, irritado.

— Então, Tibby. — A voz estava carregada de crítica. — O que há com as calças?

Se espalhares espinhos,
Não andes descalço.

PROVÉRBIO ITALIANO

Tibby conduziu Earl, o seu querido *Pontiac*, em direcção ao norte. Quando parou em Front Royal para meter gasolina, procurou a sua agenda. Por muito estranho que isso fosse, nunca estivera em casa de Brian, mas tinha a sua morada. Quando Nicky fizera três anos, insistira em mandar a Brian um convite individual para a sua festa de *rodeo*.

Eram quase dez e meia quando chegou a Bethesda. A zona de Brian ficava a menos de quilómetro e meio da dela, mas as casas eram mais pequenas e mais recentes. Vagueou por ali um bocado até descobrir a casa dele. Era de tijolos vermelhos com um só piso. Tibby sempre embirrara com as sebes meticulosamente aparadas e as alegres floreiras das janelas de sua casa, mas aquele local feio e desleixado não lhe parecia preferível. A única luz visível era proveniente do brilho azulado de uma TV de um dos lados da casa.

Bateu timidamente. Era tarde, e ela era uma estranha para aquela família. Aguardou uns minutos e voltou a bater.

Surgiu um homem à porta. Era corpulento e caminhava a passos largos para a calvice. Parecia meio a dormir.

— Sim?

— O, hum, Brian está?

Ele mostrou o seu desagrado.

143

— Não.

— Sabe onde ele está?

— Não. O Brian não aparece há já uns dias.

Tibby calculou que fosse o padrasto.

— Acha que... a mãe dele poderá saber?

A paciência dele esgotara-se de vez.

— Não. Não acho. E, aliás, ela não está.

— OK — disse Tibby. — Desculpe o incómodo.

Foi sentar-se para o carro e apoiou a cabeça no volante. Sentiu pena de Brian por mais motivos do que seria capaz de expressar.

Guiou devagar até ao seu antigo poiso, o Sete-Onze em Rogers Boulevard. Estava a fechar e ele não se encontrava lá. Conduziu durante mais um quarteirão até ao pequeno parque onde ficavam às vezes depois de uma longa tarde de *Dragon Master.*

Viu-o, a silhueta escura sentada à mesa de piquenique. A seu lado achavam-se a mochila e o saco-cama.

Aproximou-se um pouco mais. Infelizmente, Earl estava com uma disposição ruidosa nessa noite. Brian ergueu os olhos, viu o carro e viu-a lá dentro. Pegou na mochila e no saco-cama e afastou-se.

Tibby não conseguia ir para casa. Não conseguia encarar a mãe. Era demasiado tarde para aparecer de surpresa a Lena ou a Carmen. Além disso, odiava-se demasiado para as enfrentar.

O coração bordado nas Calças censurava-a. Fazia-a chorar. Já não conseguia olhar mais para ele. Despiu as calças e dirigiu-se para casa de Lena. Estava totalmente silenciosa e às escuras. Dobrou as Calças o mais que pôde e enfiou-as na caixa do correio. Depois deu meia volta e conduziu de volta a Williamston, coberta apenas com a sua vergonha e a roupa interior.

Lena estava estendida no chão de madeira do quarto a sentir pena de si própria e a detestar tudo e todos os conhecidos de uma maneira geral.

Se conseguisse obrigar-se a pintar, era o que faria. Pintar e desenhar faziam-na sempre sentir-se ancorada. Mas havia alturas em que uma pessoa se sentia infeliz e queria sentir-se melhor, e outras em que a pessoa se sentia infeliz e achava que o melhor era continuar a sentir-se infeliz. De qualquer maneira, não havia nada belo no mundo.

Estava aquele calor que só se apanha em Washington em fins de Julho. O pai de Lena não acreditava em ter ar condicionado central porque era grego, e a mãe detestava os de janela porque eram ruidosos. Lena despiu-se e ficou só com o sutiã de apoio (herdado de Carmen que os comprava sempre demasiado pequenos) e uns calções brancos. Colocou a ventoinha de pé de maneira a soprar-lhe directamente para a cabeça.

Lena gostava de aborrecer, irritar e provocar a mãe, mas detestava estar realmente zangada com ela. Detestava ter explodido com Tibby. Detestava a tensão que se estabelecera entre a mãe, Christina e Alice. Detestava Kostos e a sua nova namorada. Detestava Effie por lhe ter contado. (Gostava da avó por não gostar da nova namorada de Kostos.)

Lena não gostava de discussões. Não gostava de gritos nem de telefones desligados. Tolerava razoavelmente ser ignorada, mas só até ao terceiro dia.

Era uma criatura de hábitos. Há trezentos e sete almoços que comia manteiga de amendoim com pão integral. A excitação não a entusiasmava.

Ouviu a campainha da porta. Recusava-se a ir lá. Effie que fosse.

Esperou e escutou. Claro que Effie lá foi. Effie adorava campainhas de porta e toques de telefone. Depois ouviu Effie soltar gritos excitados. Apurou o ouvido. Tentou perceber quem poderia ser. Effie não costumava gritar com o homem das entregas postais, mas nunca se sabia. Ou talvez fosse uma das amigas dela com um novo corte de cabelo ou algo assim. Isso já provocaria um grito de Effie.

Lena concentrou-se nos sons. Esforçou-se por ouvir o visitante, mas não conseguiu distinguir uma voz. Também não ajudava o facto de Effie falar cinco vezes mais alto do que qualquer pessoa normal.

Agora vinham a subir as escadas. Os passos não tinham aquele som de artilharia contínua associado a Effie e uma das suas amigas. O segundo conjunto de passos era mais lento e mais pesado. Seria um rapaz? Estaria Effie a levar um rapaz lá para cima a meio da tarde?

Ouviu uma voz. *Era* um rapaz! Effie ia levar um rapaz para o quarto e muito possivelmente curtir com ele!

De repente Lena percebeu que os dois conjuntos de passos não tinham dado a volta para o quarto de Effie conforme esperado. Vinham na direcção do seu quarto. Num assomo de pânico ocorreu-lhe que a porta do seu quarto estava aberta. Ela estava praticamente nua, vinha um rapaz na direcção do seu quarto e a porta estava aberta! Bem, não que isso fosse previsível. Podiam contar-se pelos dedos de uma mão as vezes que um rapaz subira aquelas escadas. Os pais eram muito rígidos quanto a isso.

Estava pregada ao chão. Os passos aproximavam-se. Se ela desse um salto para fechar a porta, eles viam-na. Se ficasse onde estava, eles viam-na. Se se levantasse e apanhasse o roupão de banho...

— Lena?

Ao ouvir o tom de voz da irmã — excitação a raiar a histeria — Lena pôs-se de pé num salto.

— Lena!

Estava ali Effie. E, de facto, estava ali um rapaz. Alto, familiar e excessivamente atraente.

Effie levou a mão à boca ao ver o que Lena tinha e não tinha vestido.

O rapaz ficou ali com ar encantado e divertido. Não desviou os olhos tão depressa como devia.

Lena tinha a cabeça a andar à roda. O coração sibilava como um corredor de Matchbox. A garganta inchou dolorosamente de emoção. Sentiu calor a emanar de todas as partes do seu corpo.

— Kostos — proferiu ela debilmente. Depois bateu-lhe com a porta na cara.

Bridget decorara os horários de Greta. Às segundas de manhã jogava bingo na igreja. Às quartas jogava brídege com os vizinhos da casa em frente. Hoje era quinta, o dia em que Greta ia ao Safeway fazer as compras da semana e esbanjava dinheiro em bife de lombo. Na terceira quinta-feira de todos os meses, Pervis vinha de Huntsville jantar, e Greta comprava dois bifes de lombo. Bridget ofereceu-se para ir com ela. A verdadeira atracção para Bridget era o fresco do corredor das carnes. Tornara-se uma rapariga de prazeres simples.

— Como é o seu filho? — perguntou ela, observando preguiçosamente os sinais por que passavam na estrada.

— Calado. Não muito sociável — disse Greta.

— Que faz ele em Huntsville?

— Serviços de manutenção no US Space and Rocket Center. — Fitou Bridget em ar de confidência. — O que é uma maneira elegante de dizer zelador. Limpa e encera os soalhos.

— Ah. — Recordava-se do tio Pervis sempre no seu quarto, sempre à janela a olhar pelo telescópio. Uma vez, já ela era mais velha, ele fora a Washington e passara a noite em casa deles. Era a única vez que se lembrava de ele lá ter ido. Tinha instalado o seu telescópio, instalado e focado, e deixara-a olhar por ele. Pervis vira milhares de imagens conhecidas no céu e Bridget vira o caos.

— O pai e eu poupámos dinheiro e mandámo-lo para lá frequentar um acampamento sob o tema do espaço, no Verão dos seus nove anos. Acho que ele nunca mais quis sair de lá. É feliz ali.

— Chegou a casar? — perguntou ela.

— Não. Foi sempre muito tímido com as raparigas. Não creio que venha a casar. Tem os seus amigos rádio-amadores. É o mais sociável que ele consegue ser.

Bridget acenou com a cabeça. Pervis tinha realizado o seu sonho de trabalhar no Centro Espacial, e contudo passava os dias a olhar para baixo.

Pensar em Pervis, levou-a a pensar em Perry, seu homónimo, que era tão parecido com ele em tantos aspectos, exceptuando o rádio-amador. Bridget falara finalmente ao telefone com Perry durante uns minutos na noite anterior. Ele mostrara-se curioso a respeito de Greta, mas comedido. Não quisera ouvir nada a respeito de Marly.

No Safeway, Greta deslocara-se decidida com o seu carrinho e os seus cupões, enquanto Bridget deambulava pelos corredores dos produtos congelados e frigoríficos, deixando a mente vaguear até sítios onde nunca tinha estado antes.

Pensou em Perry e pensou no pai. A tragédia talvez unisse algumas famílias, mas não a sua. O pai nunca falava acerca do que acontecera. Nunca falava de coisas que podiam levar a falar sobre o que acontecera. Havia tantas coisas de que não podiam falar, que tinham deixado de tentar falar muito acerca do que quer que fosse.

Visualizou o pai, quando não estava nas aulas, sentado no escritório, de *headphones* postos a sintonizar a NPR. Nunca punha o rádio a tocar para toda a sala, nem mesmo quando estava sozinho.

Perry passava o tempo diante do computador. Jogava complicados jogos fantasiosos na *Internet*. Passava mais tempo a interagir com estranhos do que com as pessoas que conhecia. Bridget chegava a esquecer-se de que vivia na mesma casa que ele, quanto mais que eram gémeos.

Era triste. Sabia que era. Perguntou-se se acaso teria podido agarrar-se mais a eles, a Perry e ao pai. Talvez se se tivesse esforçado o suficiente tivesse conseguido mantê-los como uma família e a casa um lar. Assim, pareciam escapar-se flutuando debaixo do telhado para a estratosfera, cada vez para mais longe, em órbita ao vazio.

Lena percorria o quarto a largas passadas, as faces a escaldar. Kostos estava ali. Kostos estava ali em sua casa. Kostos em três dimensões. Kostos, em carne e osso.

Seria real? Estaria ela a ter um colapso psicótico? Não estava assim *tanto* calor, ou estava?

Tinha sonhado. Tinha-o sonhado. Os joelhos cederam de desapontamento com essa ideia. Céus, como ela desejava que ele fosse real.

Ele estava na mesma. Estava muito melhor.

Ele vira-a de sutiã! *Céus!*

Ninguém no mundo além da mãe, da irmã e das suas três melhores amigas a havia visto sem roupa. Era uma pessoa recatada. Era mesmo! Nem sequer gostava de gabinetes de provas que não tivessem portas de fechar completamente. E Kostos vira-a duas vezes!

Kostos estava lá em baixo em casa de Lena! Effie levara-o lá acima. Agora estavam na cozinha. Quer dizer, se ele existia mesmo e tudo isto não era um sonho, eles estavam na cozinha.

Ele viera vê-la! De tão longe! O que significava isso?

Mas, espera aí! Ele tinha namorada! O que significava *isso?*

Lena movia-se num círculo tão apertado que estava a ficar zonza. Acertou o rumo e dirigiu-se para a porta.

Oh! Vestir. Ah, sim.

As Calças Viajantes encontravam-se em cima da cadeira da secretária, aguardando pacientemente. Saberiam elas disto? Teriam previsto isto? Lena fitou-as desconfiada antes de as enfiar. O que andavam aquelas Calças a tramar? Iriam fazê-la infeliz antes de a fazerem feliz? *Oh, não, por favor.*

Enfiou a cabeça numa *T-shirt* branca. Deitou um rápido olhar ao espelho. Tinha a cara brilhante de transpiração. O cabelo estava sujo. Tinha um terçol no olho. *Ui.*

E se Kostos a recordava bonita e ao vê-la agora pensasse: *Céus, o que aconteceu? E vim eu de tão longe?* O seu rosto tinha lançado ao mar pelo menos um navio, e agora esse navio ia dar meia volta e regressar.

E se ele nem sequer estava à espera dela na cozinha? Se estava a sair da cidade à pressa, pensando: *Uau, como as coisas mudam.* Provavelmente estava à espera do autocarro em Friendship Station.

Desesperada, pegou num lápis de contornar lábios. Era cor de laranja. A mão dela tremia demasiado para manter os contornos. Ficava horrível. Correu para a casa de banho e lavou aquilo. Lavou também o resto da cara, para não estar tão brilhante. E apanhou o cabelo sujo atrás.

Belo. Se ele achasse que ela se tornara feia, melhor. Se era isso que lhe interessava, então tanto pior. Além disso, ele tinha outra namorada!

Lena olhou-se ao espelho com certa melancolia. A avó achava que ela era mais bonita do que a nova namorada de Kostos. O que é que a avó percebia disso? A avó achava a Sofia Loren o que havia de mais *sexy*. O que a avó dizia não interessava; Lena *não* era certamente mais bonita do que a nova namorada de Kostos!

Forçou-se a parar. Forçou-se a respirar fundo, possivelmente pela primeira vez nos últimos dez minutos.

Calma. Calma. Precisava de silenciar a mente. *Caluda!* Gritou-lhe ela.

Ahhh. OK.

Kostos estava lá em baixo. Ela ia descer. Ia cumprimentá-lo. Era o que ia fazer.

Inspirar. OK. Calma.

Tropeçou no primeiro degrau e agarrou-se ao corrimão antes de cair escada abaixo. Mais inspirações. Entrou na cozinha.

Ele estava sentado à mesa. Olhou para ela. Estava ainda mais... como antes.

— Olá — disse ele. Dirigiu-lhe um pequeno sorriso interrogativo.

Estaria o seu corpo inteiro a tremer ou era só sensação? Os pés descalços suavam profusamente. E se ela escorregasse e caísse numa poça da sua própria transpiração!

Ele olhou para ela. Ela olhou para ele. Imaginou uma nuvem de romance a passar por ela e a engolfá-la na sua graciosidade e na sua luz lisonjeira, dando-lhe boas ideias sobre o que dizer. A qualquer instante.

Vamos lá! Ele era um rapaz, ela era uma rapariga. Era um rapaz com uma namorada diferente, mas mesmo assim um rapaz. O destino não devia estar a intervir a qualquer momento?

Lena ficou de pé. De olhos fixos.

Até Effie parecia preocupada com ela.

— Senta-te — mandou ela.

Lena obedeceu. Estava mais segura de pés assentes.

Effie passou-lhe um copo de água. Kostos já tinha um.

Lena não se atreveu a tocar no copo não fosse a sua mão tremer.

— Kostos está este Verão a trabalhar um mês em Nova Iorque, não é espantoso? — disse Effie.

Lena sentiu uma ternura imensa pela irmã. Às vezes Effie sabia tomar conta dela.

Anuiu, tentando processar aquela informação. Ainda não confiava nas suas cordas vocais para dizerem qualquer coisa.

— Um velho amigo de liceu do meu pai tem cá uma agência de publicidade — explicou Kostos. Estava a responder a Effie, mas os seus olhos mantinham-se em Lena. — Propôs-me este estágio já há meses. A saúde do avô está muito melhor, por isso achei que podia experimentar.

Eram demasiados pensamentos para Lena conter na cabeça. Desejou ter uma cabeça separada para cada um desses pensamentos.

Primeiro, havia o pai de Kostos. Kostos nunca tinha falado dele antes disto. Mostrava-se tão franco e corajoso, que provocou em Lena uma sensação de dor.

Depois havia aquilo de estar em Nova Iorque. Por que é que ele não lhe dissera? Já estaria a planear aquilo antes de terem acabado? Teria ela entrado minimamente nos seus planos?

— Sempre desejei conhecer Washington — prosseguiu ele. — Cresci com a revista do *Smithsonian.* — Sorriu mais para si do que para elas. — A avó achava que ela me ligaria à minha herança americana.

Então, obviamente, ele não viera à América para ver Lena. Que desapontamento. Não viera a Washington para ver Lena. Mas viera a esta casa para a ver. Pelo menos fizera isso, não fizera? Ou teria tropeçado na porta deles a caminho do metropolitano? Será que a namorada ia surgir à entrada ou algo assim?

— Espero que não se importem por eu ter aparecido assim — disse ele. — Acontece que vocês vivem muito perto do sítio onde eu estou.

Era de prever, pensou Lena com azedume.

— Lamento se vim em... má altura. — Disse isto a fitar Lena e os olhos tinham uma expressão marota. Até mesmo *sexy*, teria ela pensado se não soubesse que ele já não se interessava por ela.

— Onde é que tu estás? — perguntou Effie.

— Com outro amigo da família. Sabes como são os gregos... um porto em cada tempestade. Conhecem os Sirtis em Chevy Chase?

— Iá. Também são amigos dos nossos pais — respondeu Effie.

— Consideram que é sua missão mostrar-me tudo o que há em Washington e apresentar-me a todas as famílias gregas de Washington, Maryland e Virginia.

Effie acenou compreensivamente.

— Quanto tempo cá ficas?

— Só até domingo — replicou ele.

A vontade de Lena era atirar-lhe um prato à cabeça. Sentia-se prestes a chorar. Por que é que ele agia como se nem sequer se conhecessem? Como se nem sequer fossem amigos? Por que é que não lhe tinha sequer telefonado a dizer que vinha? Por que é que ela deixara de lhe interessar?

As lágrimas picaram-lhe os olhos. Tinham-se beijado. Kostos tinha-lhe dito que a amava. Ela nunca tinha sentido por ninguém, *ninguém,* o que sentia por ele.

Foste tu que acabaste com ele, recordou-lhe mentalmente uma voz que era a combinação de Effie e Carmen.

Mas isso não quer dizer que te fosse permitido deixares de me amar, apeteceu-lhe dizer a Kostos.

Seria ela assim tão facilmente esquecível?

Apeteceu-lhe correr para o quarto, tirar as cartas todas dele da caixa de sapatos e estampar-lhas na cara. *Estás a ver?* diria ela. *Não sou um Zé ninguém qualquer!*

Kostos levantou-se.

— Tenho de ir andando. Esperam-me na National Gallery antes do fecho.

Lena apercebeu-se de que ainda não dissera uma única palavra.

— Bom, gostámos imenso de te ver — disse Effie. Deitou um olhar melancólico a Lena, como que a dizer: *Caramba, que diabo de atada és tu?*

As duas raparigas acompanharam-no à porta de entrada.

— Cuidem-se — disse ele. Estava a olhar para Lena.

Ela fitou-o, inundada pela mais pura angústia. Sentia que lá muito do fundo do coração os seus olhos pestanejavam para ele. Tinham passado meses separados, ansiando um pelo outro, esperando fervorosamente uma carta, um telefonema, uma fotografia, e agora ele estava ali, tão perto que ela podia beijá-lo, tão fabulosamente atraente, e ia-se pura e simplesmente embora e nunca mais a veria?

Ele voltou-se. Saiu a porta. Dirigiu-se ao passeio. Ia-se mesmo embora. Virou a cabeça para olhar para ela mais uma vez.

Lena correu atrás dele. Pousou a mão na dele. Deixou tombar as lágrimas, não se importava que ele as visse.

— Não vás — disse ela. — Por favor.

Mas na realidade não fez nada disso. Correu lá para cima para o seu quarto e chorou.

Por favor, concede-me uma segunda graça.

NICK DRAKE

Tibby não conseguia aguentar nem mais uma hora no quarto. Haviam-se passado vinte e quatro insuportáveis horas desde que regressara de Washington já tarde na noite anterior. Odiava aquele quarto. Odiava tudo o que pensara, sentira e fizera dentro dele. Não era capaz de se meter na cama. Não havia lugar seguro para ela, muito menos a sua própria mente, onde a consciência derrubara o governo habitual. Arengava-lhe, censurava-a e *não* se calava por muito mal que Tibby a tratasse.

Desesperada, meteu-se no carro e dirigiu-se a Washington. Nem sequer sabia especificamente para onde se dirigia até se encontrar diante do Giant no Boulevard MacArthur.

Viu-se à meia-noite numa fila para a caixa com um ramo de cravos cor de laranja de aspecto patético. Mas depois a sua consciência demoliu também isso. As flores morreriam e, além disso, nenhuma delas se interessara muito por flores. Teve uma inspiração. Havia uma coisa que ambas adoravam.

Foi até ao corredor dos cereais e escolheu uma embalagem de *Crunch Berries*.

Estacionou ao fundo do cemitério e trepou pelos carreiros e ao longo das pequenas colinas esculpidas com o seu saco do Giant na mão. O solo estava macio e os sapatos enterravam-se na terra. Isso fazia-a sentir-se mal. Parou para os tirar. Era melhor caminhar descalça e ligeira sobre a relva.

A lápide de Bailey chegara desde a última vez que ela ali estivera. Tinha o aspecto que têm todas as lápides.

Tibby encostou a caixa amarela com flocos de cereais ao mármore cinzento. Não, as cores eram demasiado lúgubres para uma campa. Abriu a caixa e tirou o saco. Pronto, assim estava melhor. Encafuou outra vez a caixa vazia no saco de plástico.

Havia algo que a preocupava ao observar a lápide. Tirou da carteira um marcador e na parte de trás da pedra escreveu MIMI em letra de imprensa muito, muito pequena. Não queria que Bailey estivesse ali sozinha, nem que Mimi ficasse totalmente ignorada.

Estendeu-se na relva. A roupa começava a ficar encharcada, mas não se importou. Pedaços de relva recém-cortada agarravam-se-lhe aos pés nus e húmidos. Virou-se, de maneira a apoiar a face no solo.

— Ôi — segredou ela.

A terra embebia-lhe as lágrimas. Teve a sensação de desejar que o resto de si fosse embebido juntamente com elas.

Por acaso lá em cima é melhor? apetecia-lhe perguntar.

Como é que se deixara distanciar tanto? Por onde andara? Toda a sua vida desde a morte de Bailey lhe parecia agora o vaguear distante de um amnésico, pleno de confusão e esquecimentos.

Estendeu o braço e tocou na pedra fria com as pontas de três dedos.

Recorda-me, sentiu necessidade de pedir. *Parece que não sei como ser.*

Tinha o ouvido encostado ao solo, tal como a face. Escutou.

— Lenny, tu acabaste com ele — observou Bee em tom simpático, após ter escutado pacientemente a avalancha dos infortúnios de Lena, apesar de ser meia-noite.

— Mas não fui eu quem o esqueceu — lamentou-se Lena para o telefone.

Bee ficou um instante calada.

— Len — disse ela o mais suavemente que pôde. — Acabar com alguém é mais ou menos o mesmo que esquecê-lo. É dizer que não se quer estar mais com ele.

— Mas talvez eu não quisesse dizer isso — lacrimejou Lena.

— Mas talvez fosse como lhe soou a ele — repontou Bee.

— Pois, mas não precisava de ir logo arranjar uma nova namorada — respondeu Lena acusadoramente.

Bee abafou um suspiro.

— Tu *acabaste* com ele. Eu vi a tua carta. Depois disso ele pode perfeitamente arranjar uma namorada. É justo. — A voz adoçou-se de novo. — Sei que estás muito triste, e sinto-me triste por ti, mas tens de pensar no aspecto que isto pode ter tido aos olhos dele.

— O que é que hei-de *fazer?* — perguntou Lena. Tinha de fazer qualquer coisa. Sentia-se tão desesperada que nem conseguia suportar estar dentro da sua pele. Preferia ter dado uma marretada na cabeça com a sua prancheta de história do que sentir as coisas que estava a sentir.

Fora por isto que acabara com ele. Para não ter de passar por isto. Este querer e desejar sem ter. Por que é que dera para o torto?

— Lena?

— Sim.

— Ainda aí estás?

— Estou.

— Sabes o que tens de fazer?

— Não — mentiu ela.

— Pensa um pouco.

Lena pensou. Sabia de facto. Mas não podia admitir tal, porque então podia mesmo ter de o fazer.

— Não posso — disse ela tristemente.

— OK — respondeu Bee.

— Mamã. — Tibby tocou no ombro da mãe. — Mamã?

Alice abriu os olhos. Estava desorientada. Eram três da madrugada. Sentou-se na cama.

Perante os olhos interrogativos de Tibby, a mãe pôs-lhe instintivamente as mãos na cara pesarosa. O olhar espelhava toda a sua preocupação por Tibby não estar onde devia estar. Alice lembrou-se de que amava Tibby antes de se lembrar que estava zangada com ela.

155

Tibby abraçou-a bruscamente. Os seus soluços eram secos e silenciosos. *Aceita-me outra vez*, queria ela dizer. *Deixa-me ser outra vez a tua menina.*

Na noite da discussão, Carmen ficou sentada durante várias horas na escuridão do seu quarto. Numa dessas horas, ouviu uma conversa sussurrada, tensa, oriunda do quarto da mãe. Sabia que Christina estava a falar com David. Tinha despejado gasolina em volta do delicado relacionamento da mãe, e o telefonema ausente fora o fósforo que ateara o incêndio. Carmen escutou com uma satisfação perversa e culposa, enquanto Christina, desesperada e esgotada, rompia com David que resistia apesar de confuso. Conseguiu ouvir nitidamente esse sentimento, mesmo sem escutar todas as palavras.

Mais tarde, quando foi buscar um copo de sumo de laranja, Carmen não conseguiu evitar olhar para o quarto da mãe. Apressou-se a desviar os olhos, mas viu logo a cara manchada de lágrimas e os olhos inchados de Christina.

No dia seguinte, segunda-feira, a mãe veio directamente do trabalho para casa e assou um frango. Ela e Carmen comeram num silêncio quase absoluto.

Na terça à noite Christina alegou uma dor de cabeça e ficou no quarto. Carmen esgueirou-se até à cozinha para ir buscar gelado e reparou que uma das embalagens de *Ben & Jerry's* já desaparecera.

Na quarta à noite Carmen foi até casa de Tibby, a sentir remorsos por deixar a mãe sozinha em casa. Ao voltar, ouviu as gargalhadas de uma reposição de *Amigos* através das paredes do quarto da mãe.

David não telefonara, e parecia que Christina não voltara a telefonar-lhe. Tanto quanto Carmen percebia, tinha acabado realmente tudo.

Carmen tinha desejado dar cabo daquilo. E dera mesmo.

Oh, Bee.
Lembras-te do Verão passado, de como eu estava furiosa com o meu pai e com Lydia e como a minha cólera se tornou tão

grande que eu tentei deitar tudo abaixo juntamente comigo? Lembras-te?

Bom, sabias que há dois tipos de pessoas no mundo? Há o tipo que aprende com os seus erros e o tipo que não aprende. Adivinha a qual eu pertenço?

Sei que encontras sempre maneira de gostares de mim apesar de eu ser horrível. Espero não ter esgotado as minhas oportunidades.

Beijinhos angustiados,
Carmen

No sábado, Bridget foi correr de manhã antes do jogo. Já atingira os seis quilómetros. Algo lentos, mas ainda assim não era mau. Quando chegou ao campo, estava transpirada e pegajosa, mas feliz como só a corrida conseguia fazê-la sentir-se.

Foi para o seu lugar habitual na linha lateral. Billy procurou-a com o olhar. Pareceu aliviado por vê-la ali. Reparou que ele passou perto dela no primeiro quarto de hora, não fosse ela ter alguma coisa a dizer. Limitou-se a acenar.

No final da primeira parte, Burgess perdia por um. Billy aproximou-se.

— O que é que achas? — perguntou ele.

Bridget estava a divertir-se com aquilo.

— Acho que o vosso médio é um desastre — disse ela.

Billy pareceu alarmado.

— Iá?

— Oh, iá.

— Porquê?

— Se Corey não é capaz de passar a bola, diz-lhe que se dedique ao ténis.

Billy desapareceu por instantes e regressou com Corey. Empurrou-o na direcção de Bridget.

— Ouve-a — mandou ele.

— Corey.

— Iá.

— Passa. Passa a bola. Tu driblas bem, mas és um nojo a rematar.

O rosto de Corey espelhou a sua indignação.

Billy tomou um ar sério.

— Ela tem razão — declarou ele.

O apito soou, e Billy puxou Corey de novo para o jogo. Bridget notou imediatamente que Corey tinha começado a passar.

Era uma coisa de que Bridget gostava nos rapazes. Aceitavam bem os insultos.

Burgess ganhou por dois a um, e após o apito final ouviram-se no campo as habituais aclamações. Bridget gritou e aclamou com eles. A malta do liceu reuniu-se toda para ir sair depois. Corey já estava a atirar-se à namorada junto à baliza. Billy dirigiu-se para ela.

— Queres vir?

Meditou naquilo. Era simpático da parte dele ter perguntado, mas não perguntara de uma maneira que a fizesse desejar ir. Perguntara de uma maneira que deixara perceber que se sentia agradecido. Entre agradecido e interessado havia um mundo de distância.

— Não. Mas obrigada na mesma — disse ela.

Dirigiu-se para a Interstate 65. Um grupo de malta do liceu passou por ela na estrada. Iam amassados num descapotável, e ela caminhava sozinha na berma. Sabia o que eles pensariam, mas estava-se nas tintas. Algumas raparigas não suportavam estar sozinhas. Bridget era diferente. Ia sozinha ao cinema, a restaurantes, até a festas. Gostava das suas três amigas acima de tudo, mas preferia estar sozinha a agarrar-se a pessoas que não lhe interessavam.

Ao chegar ao Wal-Mart comprou uma série de coisas, das quais a mais importante era uma bola de futebol. Pediu boleia para o regresso, saiu junto ao tribunal, e descobriu que os pés a levavam a passar de novo pelo campo. Estava escuro agora, mas havia algumas luzes fortes que iluminavam três pedaços de relva.

Com o peito a fervilhar de emoções, tirou a bola da caixa e cheirou-a. Tinha lágrimas nos olhos. Deixou-a cair no chão. Gostava dela limpa e brilhante, mas também gostava dela suja.

Abandonara o futebol em Novembro passado porque não quisera que as pessoas contassem mais com ela. Só quisera dormir. Durante todo o Outono e o Inverno, vira as suas antigas colegas de equipa, e praticamente toda a gente que se dedicava ao desporto no liceu, ficar a olhar para ela nos corredores como se ela tivesse pessoalmente amputado as pernas.

Mas ela adorava o jogo. Adorava-o com todos os seus músculos. Sentira profunda e dolorosamente a falta dele. O seu corpo precisava de estar em movimento. Era uma pessoa voraz.

Tinha sonhado com o momento em que voltasse a juntar o pé a uma bola. Pontapé. Lá ia ela. Rolava suavemente. Deu novo pontapé. Ergueu-se do chão uma nuvem de pó. O coração galopava-lhe loucamente. Correu para o acompanhar. Pontapé, corrida, pontapé. Deixou-se hipnotizar pelos hexágonos e pentágonos que se iam desvanecendo. Isto era bom, somente isto. Não precisava de jogos, nem de treinadores, nem de assistência a aplaudir, nem de caçadores de talentos das universidades. Só precisava disto.

— Há três dias que ela não sai da cama — disse Carmen, beberricando o seu café com leite. — Sinto-me pessimamente. Quero dar-lhe apoio, mas ela nem sequer olha para mim.

Tibby estava a ouvir, mas não estava a ouvir como Carmen gostava. Não ia acenando com a cabeça a incitá-la. Estava sentada muito calada, a esmigalhar o *croissant* entre os dedos.

Por fim levantou os olhos.

— Carma?

— Iá?

— Já contaste à tua mãe?

Carmen tirou a tampa ao café.

— Já lhe contei o quê?

— Que o David telefonou no domingo?

Carmen ficou surpreendida. Já confessa a sua culpa quanto a isso.

— Não.

— Achas... que vais?

— Contar-lhe?

— Sim.

Desviou os olhos para a grande placa com a ementa, desejosa de mudar de assunto.

Tibby fitava-a a direito.

— Ei, Carma?

— Uh-huh.

Carmen estava a analisar as diferenças de preço entre um *latte* regular, grande e magnífico. Por que seria que já ninguém chamava pequeno a coisa nenhuma? Quando se pedia um *latte*, se se pedia um pequeno a empregada olhava-nos como se fôssemos atrasados mentais. «O que quer é um *regular?*» diria ela com ar condescendente. *Pequeno é um termo relativo!* sentia Carmen vontade de lhes gritar.

— Carma?

— Uh-huh.

A expressão de Tibby era tão invulgarmente intensa que Carmen percebeu que tinha de lhe dar atenção.

— Talvez devesses contar-lhe. Não resolve as coisas, mas talvez a faça sentir-se melhor.

— Sentir melhor quem? — rebateu Carmen desconfiada.

— A ela. A ti. Às duas — respondeu Tibby cautelosamente. As palavras saíram-lhe da boca antes de ela conseguir conter-se.

— Como se tu fosses perita em relações mãe-filha — ripostou Carmen.

Tibby baixou os olhos para o monte de migalhas que fora o seu *croissant*. As suas feições pareceram encolher.

— Não, não sou. De todo. Obviamente.

— Desculpa, Tibby — pediu Carmen instintivamente, cobrindo a cara com as mãos. Tibby já estava em baixo. Apresentava uma expressão frágil e no seu rosto sardento as feições pareciam extremamente delicadas. Carmen odiou-se por tê-la feito sentir-se pior.

— Tudo bem. — Tibby levantou-se. — Tens razão. — Varreu as migalhas de cima da mesa. — Tenho de me ir embora. Disse à minha mãe que ia buscar o Nicky à natação.

Carmen levantou-se igualmente. Gostaria que aquela conversa tivesse corrido de maneira diferente.

— Quando é que voltas para Williamston?

Tibby encolheu os ombros.

— Dois ou três dias.

— Telefona-me depois, OK? — Tibby acenou afirmativamente.

— Por favor, não estejas zangada comigo — suplicou Carmen.

— Não estou. — Tibby sorriu. Era um sorriso débil, mas não era falso. — Palavra. Não estou. — Carmen acenou também, aliviada. — Mas Carma?

— Uh-huh?

— Tu podias falar com a tua mãe.

Observando Tibby a sair a porta e atravessar o parque de estacionamento, a vontade de Carmen era chorar. Sabia que uma amiga menos boa a teria feito sentir melhor.

*O poder corrompe. O poder absoluto
é agradável.*

JOHN LEHMAN

Carmen era uma desgraça. Tibby era uma desgraça. Lena era uma desgraça ainda maior. Carmen ia a meditar nisso enquanto caminhava em direcção ao Burger King de Wisconsin Avenue. Presentemente, a única não-desgraça era Bee, que em geral ficava com a parte de leão. Estava a revelar-se um Verão estranho.

Era o seu dia de folga, por isso passara a hora do almoço de Lena sentada com ela no parque de estacionamento por trás da loja, a transpirar. Bem, Carmen estivera sentada, enquanto Lena andara de um lado para o outro obcecada.

Abriu a porta, gozando a onda de ar frio característica daqueles sítios. Enquanto os olhos se adaptavam, analisou uma rapariga loura de pé ao balcão. Talvez fosse por saber que Kostos estava na cidade, mas Carmen não conseguia livrar-se da sensação de avistar pessoas que achava que conhecia. Nos passeios, no vestíbulo do seu prédio, do lado de fora da loja de Lena.

Dirigiu-se ao balcão, estudando as costas da rapariga loura. Tinha umas calças cortadas, permanente e estava a contar o troco. *Nem pensar,* disse Carmen para consigo. Não podia ser.

E todavia, enquanto pedia as batatas fritas, não conseguia deixar de olhar para a rapariga. Não podia ser quem ela imaginava que fosse, porque a rapariga em que Carmen estava a pensar não tinha permanente e nunca usaria uns calções daqueles. E além disso vivia na Carolina do Sul.

Ainda assim, aguardou impaciente que ela se voltasse. A rapariga estava a levar tanto tempo a contar o troco que podia realmente ser ela, ponderou Carmen.

Finalmente, voltou-se e olhou a direito para Carmen. Após um instante de surpresa, o seu rosto iluminou-se.

— Oh, meu Deus — murmurou Carmen.

A rapariga encaminhou-se apressada para ela, carregando a sua bebida e um saco atirado por cima do ombro.

— Carmen!

Carmen ficara petrificada. Aparentemente, Kostos não era o único fantasma do Verão anterior a ter voltado.

— Krista?

Krista mostrava-se simultaneamente excitada e tímida.

— Não posso crer que te tenha encontrado.

— Que fazes tu aqui?

— Tinha esperança de te encontrar — respondeu Krista. Meteu a mão no bolso da frente dos calções e com certo esforço tirou dele um pedaço de papel amarrotado. — Experimentei a tua casa há poucos minutos, mas não atendeu ninguém.

O papel tinha escrito a morada e o número de telefone de Carmen.

— Uau... sério? Bem... — Apeteceu-lhe perguntar *porquê?*, sem parecer indelicada. — Estás cá com... uh... amigos? — Carmen sentia-se fascinada pelo traço dos olhos, os calções e o minúsculo *top* vermelho. Tinha de ser Krista, mas ela não conseguia acreditar que era Krista.

— Não. Só eu.

— Ah — fez Carmen. A única coisa que permanecia a mesma, que convenceu Carmen de que aquela rapariga era realmente Krista e não uma impostora, foi o colar de ouro conta-a-conta.

Pagou rapidamente as suas batatas fritas.

— Queres... sentar-te um bocadinho? — perguntou, dirigindo-se para uma mesa.

Apesar de ser uma fugitiva, Krista provavelmente não era capaz de esquecer as suas boas maneiras por muito que se esforçasse. Ficou de pé ao lado da cadeira até Carmen estar sentada.

— Hum, a tua mãe está cá? — perguntou Carmen. O mistério adquiria toda uma nova dimensão se Lydia e possivelmente o pai estivessem na cidade e não tivessem sequer telefonado a Carmen.

O rosto de Krista carregou um pouco.

— Não. — Pigarreou. — Estou aqui para me afastar dela.

As sobrancelhas de Carmen ergueram-se de salto.

— Estás? Porquê?

Krista olhou em volta, não fosse alguém ouvir.

— Porque ela me anda a atrofiar.

Carmen estava atónita e não tentou disfarçar.

— Ela sabe que tu estás aqui? — perguntou lentamente, como se estivesse a falar com Jesse Morgan.

— Não. — Krista arvorou um ar receoso mas triunfante.

— Krista. — Carmen fitava-a agora muito séria. — Está tudo OK? Tu pareces muito... diferente.

Krista brincava com o papel da palhinha.

— Tenho querido ser eu a tomar as minhas decisões este ano, e a minha mãe faz uma cena a respeito de tudo.

Carmen acenou emudecida.

— Lembrei-me de que tu tinhas fugido para Washington no Verão passado sem dizer nada a ninguém. Foi isso que me deu a ideia.

Carmen pousou as mãos no colo para Krista não a ver a puxar a pele em volta do polegar.

— Mas eu vivo em Washington.

Krista anuiu, uma nuvem de dúvida a toldar-lhe o olhar.

— Foi por isso que vim para aqui? Esperava poder ficar contigo algum tempo?

Carmen pensou que ia explodir.

— Queres ficar comigo e com a minha mãe? — perguntou-se se Krista teria parado para reflectir que Christina era a ex-mulher do padrasto dela.

Krista fez um gesto afirmativo.

— Se puder ser? Desculpa não ter telefonado primeiro. — Curvou ligeiramente a cabeça. — Eu devia ter telefonado.

— Não, não. Tudo bem. Não te preocupes. — Carmen surpreendeu-se a si própria ao tocar no pulso de Krista para a tranquilizar. — Podes ficar connosco uns dias.

164

Krista apontou para o lóbulo da orelha. Estava vermelho e inchado.

— Fiz um *piercing* duplo nas orelhas e a minha mãe passou-se. Foi parte da discussão que me levou a vir até cá.

Inconscientemente, Carmen tocou nos dois buracos do seu próprio lóbulo.

— Krista, conversaste com o Paul? — Os olhos azuis de Krista estavam redondos no interior do círculo de traço a lápis. Abanou a cabeça. — Alguém sabe que tu estás aqui?

— Não. E por favor não lhes digas — pediu ela muito séria. Krista continuava a falar interrogativamente, o que minava a força da sua rebelião.

Carmen engoliu em seco. Como poderia não contar a Paul? Levantou-se.

— Talvez devêssemos ir andando — disse ela. Pegou no pacote de batatas fritas que comprara para fazer uma surpresa à mãe e fez sinal a Krista para a seguir.

O prédio do seu apartamento ficava apenas a dois quarteirões. Ao subir no elevador com Krista, Carmen perguntava-se o que diria a sua magoada mãe quando ela lhe apresentasse a filha da mulher do seu ex-marido e mencionasse que ela talvez ficasse por lá uns dias.

Alarmada Carmen,
Tu nunca nunca nunca nunca nunca esgotarás as tuas oportunidades. Não sabes isso?
Tens razão. Há dois tipos de pessoas no mundo. O tipo das que dividem o mundo em dois tipos de pessoas e o tipo das que o não fazem.
Beijinhos sempre e haja o que houver,
Bee

Quando Tibby tinha onze anos, no ano em que a mãe de Bridget morrera, acalentara a ideia secreta de que a sua família poderia adoptar Bridget. À sua maneira infantil, Tibby pressentira que Mr. Vreeland se transformara numa pessoa demasiado isolada para poder continuar a cuidar da filha. Perry, o irmão de Bridget, mal saía do quarto, contentando-se com os seus jogos de computador.

Bee era tão irrequieta e animada, e a sua casa estava silenciosa e vazia. Tibby sofrera pela amiga.

No seu coração infantil, Tibby sabia que era uma irmã para Lena, Carmen e Bee, mas ansiava por ser também irmã oficialmente. Raciocinara que Carmen vivia só com um dos pais e Lena já tinha uma irmã, portanto isso significava que a sua era a família ideal para Bee. Fizera um meticuloso desenho do aspecto que o seu quarto teria com duas camas, duas cómodas e duas secretárias.

Recordou como deixara voar a sua imaginação. Fizera planos para partilhar a sua mesada. Determinara benevolentemente que Bee não teria de efectuar trabalhos domésticos durante o primeiro ano, e depois disso podiam fazer trocas. Imaginara os pais, especialmente o pai, a aplaudir Bee nos seus jogos de futebol. Perguntara-se se Bee alguma vez se apresentaria como Bee Rollins, e se algum estranho vendo Tibby e Bee num restaurante com os pais as acharia parecidas.

Quando fizera treze anos, a mãe ficara grávida e ela tornara-se de facto uma irmã oficial. Voltara a tornar-se irmã oficial aos quinze. Tibby pensara sempre que aquilo era um caso em que Deus ouvira as suas preces e a levara demasiado à letra.

Fosse por que fosse, levou com ela o velho desenho do seu quarto para Williamston. De facto, a primeira coisa que fez depois de abrir a porta do 6B4 foi pespegar o desenho em cima da cómoda, em frente do espelho. Franziu os olhos para o minúsculo rectângulo que desenhara para representar a gaiola de *Mimi*. Lembrava-se de a ter desenhado a igual distância das duas camas, para Bee poder também desfrutar *Mimi* e não sentir inveja.

Gostava de saber o que pensaria Alex se visse aquele desenho. O que pensaria ele se ela lhe dissesse que fora profundamente dedicada ao seu porquinho-da-índia até ele morrer, tinha Tibby quase dezasseis anos?

O que pensaria Bailey de Alex?

Sabia o que Bailey pensaria de Alex. Se tentasse, era capaz de ver através dos olhos de Bailey, e era como colocar um espelho em frente do mundo. Bailey saberia que Alex era um *poseur* e não voltaria sequer a pensar nele. Havia por aí demasiadas personagens genuínas, pessoas a respeito de quem Bailey desejaria pensar.

Isso levou Tibby a recordar Vanessa. Tirou da mala outra das coisas que trouxera de casa. Era um saco transparente cheio de criaturas Gummi — cobras, macacos, salamandras, tartarugas, peixes. Fora Nicky que lho dera. Tibby calculou que haveria mais ou menos uma criatura de açúcar por cada coisa cruel que Maura dissera a respeito de Vanessa, por cada coisa sem graça de que Tibby se rira obedientemente.

Com todo o cuidado, atou um laço ao topo. Serviu-se da tesoura para fazer encaracolar a fita nas pontas. Prendeu-lhe uma pequena nota, *Obrigada por seres uma AR fantástica,* escreveu em letras claras e anónimas. Deixou-o ficar do lado de fora do quarto de Vanessa. Bateu à porta e depois desapareceu antes de ela a poder ver.

Aquilo era de idiota, mas pelo menos Tibby era uma idiota que se sentia bem consigo mesma.

«Paul, atende o telefone», ordenou Carmen por trás da porta fechada do seu quarto. Provavelmente não teria gritado assim para o atendedor de chamadas se estivesse a telefonar-lhe para casa — para a casa do pai dela e da madrasta em Charleston. Mas Paul passava a maior parte do Verão na universidade de Pensilvânia, a frequentar aulas extra e a jogar futebol. «Ei, colega de quarto do Paul. Ei, ó tu. Atende o telefone. *Por favor.*»

Não teve resposta. Por que é que as pessoas que ficavam em dormitórios na faculdade nunca estavam nos seus quartos?

Desligou e carregou nas mensagens.

Paul. Ôi. Telefona-me imediatamente. Já!

Carregou no botão de enviar mensagem.

Foi em bicos de pés até à porta e abriu-a devagarinho. Krista continuava a dormir.

Krista parecia dar-se bem com o facto de ter fugido. Quando Carmen andara fugida, dormia mal e aos solavancos. Sentia dores de estômago permanentes. Krista parecia cheia de apetite. Carmen oferecera-lhe uma batata do pacote que destinara à mãe e Krista, agradecida, comera o pacote inteiro. Depois adormecera em menos de cinco minutos após ter-se estendido no sofá-cama. Há duas horas que não se mexia.

Carmen ia meio da *CosmoGIRL!* Quando o telefone tocou finalmente. Saltou ainda o toque não tinha terminado.

— Está?

— Carmen? — Mesmo numa emergência, a voz de Paul era
serena.

— Paul. *Paul!* — sussurrou ela. — Sabes quem está a dormir
no meu sofá-cama neste momento preciso?

Paul ficou calado. Não havia pessoa mais errada para se pôr a
adivinhar.

— Não — disse ele por fim.

Era uma informação demasiado absurda para largar assim sem
mais nem menos, mas que podia ela fazer?

— Krista!

Ele levou um instante a assimilar aquilo.

— Porquê?

— Fugiu de casa!

— Porquê? — Paul não parecia suficientemente surpreendido.

— Não se anda a entender com a tua mãe. Discutiram. Não sei.
Ela furou as orelhas ou coisa assim. — Carmen fez uma pausa.
— Tu... viste a tua irmã há pouco tempo?

— Em Abril.

— Ela está... diferente do Verão passado. Não achas?

— Em quê?

— Ah, não sei... maquilhagem, penteado diferente, roupa diferente. Coisas assim.

— Está a tentar imitar-te.

Os pulmões de Carmen pareceram ter encolhido. Não havia ar
suficiente para formar palavras.

Era mesmo de Paul. Ele dizia uma palavra por cada mil das
dela, mas as que dizia contavam.

Carmen não sabia bem a qual das implicações responder.
Quando conseguiu respirar, escolheu a mais óbvia.

— Queres dizer que eu me visto como uma pega?

— Não. — Paul ficava frequentemente admirado com as coisas
que ela lia nas palavras dele.

— B-bem — tartamudeou ela. Talvez fosse melhor tentar uma abordagem diferente. — Por que é que pensas que ela está a tentar imitar-me?

— Ela admira-te.

— Ná! A sério? — exclamou Carmen mais alto do que pretendera. Ouviu movimento na sala.

— Sério.

— *Porquê?* — não pôde ela deixar de perguntar, embora soubesse que era um desperdício tentar arrancar elogios a Paul.

Ele esteve um bocado calado.

— Não sei.

Belo. Obrigadinha.

— Bom, o que é que eu hei-de fazer? — segredou Carmen. Ouviu passos. Tinha de desligar. Não podia deixar Krista perceber que a tinha traído na primeira oportunidade.

— Não lhe posso dizer que te disse! — acrescentou ela. — Prometi não dizer a ninguém.

— Deixa-a ficar uns dias contigo — respondeu Paul. — Apareço aí em breve.

— Ela acordou. Tenho de ir. Chau. — Desligou no mesmo instante em que Krista batia à porta.

— Ôi. — Krista falou em voz fraca, o desenho do cobertor marcado na bochecha. Qualquer que fosse o impulso de bravata que a levara ali, desaparecia rapidamente.

Carmen sentiu de repente ternura por Krista. Talvez ela caísse que nem um patinho à mais pequena lisonja.

Porque agora que olhava com mais atenção, via que o novo penteado de Krista era realmente uma triste aproximação do seu próprio cabelo naturalmente encaracolado. Mas enquanto o cabelo de Carmen era espesso e escuro, o de Krista era claro e fino. O cabelo de Krista era bonito se não lhe fizessem nada, mas não aguentava uma permanente. As calças cortadas de Krista assemelhavam-se muito a uns calções que Carmen usara no Verão anterior em Charleston, mas o efeito que provocavam nas pernas delgadas de um branco azulado de Krista era radicalmente diferente. O lápis de olhos que Carmen usava com frequência fundia-se com as suas pestanas negras, mas davam a Krista um vago aspecto de drogada.

— Posso? — perguntou Krista, hesitando à porta.

Uma drogada muito bem-educada.

— Claro. Entra. — Carmen acenou-lhe. — Dormiste bem?

Krista baixou a cabeça.

— Obrigada. Por acaso sabes que horas são? — perguntou ela.

Carmen virou-se para o seu rádio-despertador.

— Cinco e meia. A minha mãe não tarda aí.

Krista voltou a baixar a cabeça. Parecia hesitante na sua desorientação pós-sesta.

— Achas que ela vai achar isto OK?

— «Isto» és tu?

Krista acenou de novo. Tinha os olhos enormes, como ficavam sempre que Carmen praguejava no Verão anterior.

— Claro. Não te preocupes. — Levou-a para a cozinha e arranjou um copo de sumo para cada uma. — Então... ei. Não queres talvez... telefonar à tua mãe?

— Prefiro não. — Krista abanou a cabeça. — Ela vai ficar furiosa comigo.

— Provavelmente há muito que ela já ultrapassou a fase do furiosa. Provavelmente está verdadeiramente preocupada. Percebes? Podias só dizer-lhe que estás bem ou qualquer coisa assim.

Krista parecia semiconvencida. Carmen recordava-se de que ela era bastante maleável.

— Talvez eu... falo-lhe amanhã?

Carmen anuiu. Compreendia. Se se quer marcar uma posição, tem de se aguentar pelo menos vinte e quatro horas.

Krista bebeu o sumo em silêncio durante um bocado.

— Então tiveste uma grande discussão com a tua mãe? — perguntou Carmen em tom amigo.

Novo aceno.

— Ultimamente discutimos imenso. Ela diz que eu estou malcriada. Detesta tudo o que eu uso. Não suporta que eu levante a voz. — Entalou uma madeixa loura frisada por trás da orelha. Carmen sentiu-se surpreendida ao ouvir a dureza do leve toque de cólera na voz dela. — Quer tudo calmo e perfeito em casa dela. E a mim já não me apetece ser calma e perfeita.

Carmen sabia que derramara veneno no pequeno mundo organizado de Lydia no Verão passado, mas não soubera que Krista o andara a beber.

— Não te censuro — disse ela.

Krista tocou a borda do copo de sumo de laranja. Era óbvio que ansiava fazer confidências a Carmen.

— Se eu procedo como ela quer que eu proceda, é como se fosse invisível. — A voz era queixosa. — Se eu procedo como eu quero, ela diz que estou a dar cabo da vida dela. — Pareceu perscrutar o rosto de Carmen em busca de qualquer pedaço de sabedoria. — O que é que tu fazias?

Carmen considerou aquela posição de responsabilidade para que fora empurrada.

O que é que ela faria? O que é que *ela,* Carmen, faria?

Lamentar-se, resistir, queixar-se. Atirar pedras à janela da casa do pai e da madrasta. Fugir como uma cobarde. Atormentar a mãe. Agir como uma miúda egoísta. Destruir a felicidade de Christina.

Abriu a boca para tentar dar alguns conselhos. Fechou-a outra vez.

Havia uma palavra para aquilo. Começava por *H*. Indicava não só que a pessoa era um horroroso fracasso como, de certo modo, parecia indicar que era balofa de ideias.

Qual era?

Ah, sim. Hipócrita.

*Não há nada que tire tão bem o gosto à
manteiga de amendoim
como o amor não correspondido.*

CHARLIE BROWN

Tibby pousou a pilha de CDs no balcão.

— Não era nenhum destes — disse ela. — Aquele que procuro, não era só piano. Tinha também outros instrumentos.

O homem fez um aceno de cabeça. Teria os seus quarenta e tal anos, calculou ela. Calçava Hush Puppies e usava um corte de cabelo de quem não liga ao cabelo.

— Piano e outros instrumentos? — perguntou ele.

— Sim.

— Era um concerto.

Os olhos de Tibby iluminaram-se.

— Sim. Acho que tem razão.

— Tens a certeza de que era Beethoven.

— Penso que sim.

— Pensas que sim. — Tinha aspecto de quem está a precisar de uma chávena de café.

— Praticamente a certeza absoluta — acrescentou ela muito depressa.

— OK, bom, se é Beethoven, há cinco. O mais conhecido é provavelmente o concerto *Imperador* — explicou ele pacientemente.

172

Tibby sentia-se muito grata. Aquele homem já perdera imenso tempo com o seu problema. Felizmente não havia muito que fazer na secção de música clássica às dez e quarenta e cinco da manhã.

— Posso ouvi-lo?

— Tenho por aqui um exemplar para ser ouvido. Talvez leve alguns minutos a encontrá-lo. Queres voltar mais tarde? — Parecia esperançado.

Ela não queria voltar. Precisava dele agora.

— Posso esperar? Preciso mesmo muito dele. — Tinha nove dias e tanto, tanto trabalho para fazer.

Ficou a vê-lo procurar demasiado devagar.

— Posso ajudá-lo a procurar?

Relutantemente, ele permitiu que ela passasse para trás do balcão e procurasse numa caixa.

— Cá está — disse ele por fim, segurando triunfante um CD.

— Uau! — exclamou ela. Pegou nele e dirigiu-se apressada para a cabina.

Soube ao fim de apenas alguns segundos.

— É isto! — quase gritou para o homem.

— Óptimo! — disse ele, quase tão excitado como ela.

Apetecia-lhe sinceramente abraçá-lo.

— Obrigada. Muito, muito, obrigada.

— Tive muito gosto — afirmou ele satisfeito. — É raro deparar com uma emergência neste trabalho.

De volta ao seu quarto do dormitório, instalou-se em frente do computador. Numa das mãos tinha o disco Zip com todo o vídeo anterior que copiara do seu equipamento em casa. Na outra o concerto *Imperador* para piano.

Enfiou o CD na ranhura e fitou o ecrã vazio. Deixou que ele tocasse e a envolvesse. Não se moveu. Ainda não era capaz. Levou a mão ao disco Zip e voltou a tirá-lo.

Era duro. Desde o Verão passado que não olhava para nada daquilo. Não estava preparada, disse para consigo. Mas talvez nunca estivesse preparada. Talvez tivesse mesmo de se forçar a agir.

Tirou o disco da sua caixa de plástico. Pousou-o na secretária. A música acelerou e elevou-se. O coração dela batia com força.

Bateram à porta. Levantou bruscamente a cabeça. Baixou a música. Pigarreou.

— Sim? — A voz saiu-lhe rouca.

A porta abriu-se. Era Alex.

— Ôi — disse ele. Tinha uma expressão mais hesitante do que era hábito. — Voltaste. Por onde é que tens andado?

Tibby deu um pontapé na parede debaixo da secretária.

— Tive de ir uns tempos a casa tratar de umas coisas.

Ele inclinou a cabeça. Fez um gesto em direcção ao computador.

— Estás a trabalhar no filme?

Ela estudou-o.

— Não naquele que tu pensas. Não no que é sobre a minha mãe.

— Não?

— Resolvi não o fazer. — Apetecia-lhe atirar o filme pelo cano abaixo, mas obrigara-se a mantê-lo ali à laia de castigo.

— Que vais fazer como projecto do período?

— Estou a fazer um filme novo.

— Estás a *começar* um novo? Agora?

— Iá.

— Huh. Achas que consegues fazê-lo em poucos dias?

— Espero que sim.

Ele mostrava-se sempre tão desinteressado, mas era óbvio que levava aquilo muito a sério. Tibby começava a percebê-lo. Ele podia troçar e fazer os sorrisos afectados que quisesse, mas também queria entrar para a Brown. Era um falso corredor de riscos, um rebelde fictício. Nada como um para reconhecer outro.

— De que trata?

Ela lançou um olhar protector ao seu disco Zip. Não podia falar disto a Alex. Isto era muito mais difícil e perigoso do que captar imagens desagradáveis da mãe.

— Nem sei bem ainda.

Virou-se de novo para a secretária. Ele voltou-se para sair.

— O que estás a ouvir?

Por instante ela considerou seriamente a hipótese de repudiar a música que passara mais de uma hora a tentar descobrir. Fingir que tinha sintonizado o rádio para a estação errada.

— É Beethoven — disse. — Chama-se Concerto *Imperador*.

Ele fitou-a com ar estranho. Voltou-se de novo para sair. O coração de Tibby galopava.

— Ei, Alex? — chamou ela.

— Iá?

— Sabes aquele rapaz, o Brian? Que não gostou do meu filme? — Alex acenou. — É um dos melhores amigos que tenho no mundo. Vive praticamente em minha casa.

Alex pareceu confuso. E depois pouco à vontade.

— Podias ter mencionado isso antes — disse ele algo rigidamente.

Tibby anuiu.

— Sim, devia tê-lo feito. — Um impulso incontrolável trepava-lhe pelas costelas como se fossem uma escada, dirigindo-se à sua boca. — E sabes que mais? — Ele abanou muito levemente a cabeça. Não queria saber que mais. — Aquele filme que eu fiz era horrível. Era maldoso e oco e estúpido. — Alex ansiava por sair do quarto dela. Não era o género de pessoa que tolerasse bem uma confrontação. — E sabes que mais? Ele encaminhou-se para a porta. Pensava que ela estava louca. — A Vanessa, a AR, é mais artista do que a Maura ou tu ou eu seremos alguma vez! — gritou ela para as suas costas. Não tinha a certeza de que ele tivesse ouvido esta última parte, e estava-se nas tintas. De qualquer maneira, não dissera aquilo para bem dele.

Lena passeava-se com a sensação de ter enfiado o dedo numa tomada eléctrica e de o ter deixado lá. Percorriam-na arrepios e choques contínuos, seguidos pela sensação de ter o corpo inteiro envolto em secante. Ele estava cá. Ele estava cá! E se ela nunca mais o visse?

Ao pequeno-almoço estivera tão preocupada que pusera manteiga na torrada da mãe, esquecendo a guerra fria em que se encontravam desde que ela descobrira Eugene.

No emprego os olhos fugiam-lhe continuamente para a janela. Kostos estava instalado ali perto. Podia passar por ali em qualquer altura. Toda a área metropolitana de Washington era um potencial ponto de encontro. Talvez ela o visse nos próximos cinco minutos.

Talvez não voltasse a vê-lo. Sentia um receio horrível das duas possibilidades em simultâneo.

Fez todo o percurso até casa quase em transe, imaginando cada autocarro que passava a transportar Kostos que olhava para ela da janela.

Ao entrar em casa, achou qualquer coisa de esquisito. Effie estava a pôr a mesa. Effie estava a pôr demasiados lugares na mesa.

Ao vê-la, Effie quase explodiu.

— O Kostos vem cá jantar — exclamou ela ofegante.

Arrepios, choques e secante. Lena levou a mão à cabeça. Era como se tivesse deixado de estar presa ao pescoço.

— O quê?

— Iá. A mamã convidou-o.

— Como? Porquê?

— Falou com Mrs. Sirtis. Mrs. Sirtis disse-lhe que Kostos estava cá. A mamã nem podia acreditar que nós soubéssemos e não o tivéssemos convidado, dado que ele é praticamente da família, é praticamente neto de Valia e do bapi.

Lena pestanejou. Fora ultrapassada. Não era importante para ninguém. Kostos era amigo de toda a gente menos dela.

Não se sentia apenas furiosa e ciumenta da nova namorada de Kostos, sentia-se igualmente furiosa com todos os membros da família Kaligaris, e todos os Sirtis também, mesmo aqueles que não conhecia.

— Achas que a mamã está a procurar torturar-me? — perguntou Lena.

— Queres que seja franca? Acho que ela nem pensou em ti.

OK. Aquilo não era grande ajuda.

Effie detectou a expressão magoada de Lena.

— Quer dizer, ela sabe que tu e Kostos gostaram um do outro o Verão passado. Sabe que lhe escreveste algumas cartas. Provavelmente imagina que perderam o contacto. Alguma vez falaste disso com ela?

— Não.

— Então já vês — declarou Effie.

Lena fervia. Desde quando é que era preciso contar tudo à nossa mãe para que ela soubesse?

— Quando é que ele vem? — perguntou.

— Às sete e meia — respondeu Effie compreensivamente. Sentia pena de Lena.

Lena sentiu pena de si por a sua irmã mais nova sentir pena de si. Consultou o relógio de pulso. Tinha cinquenta minutos. Iria para o quarto, tomaria um duche e vestir-se-ia, e quando descesse seria uma pessoa diferente.

Em alternativa, podia estender-se na cama e adormecer até amanhã e provavelmente ninguém notaria.

Carmen não pôde deixar de sentir pena da mãe quando a viu à porta nessa tarde. Era uma Cinderela pós-abóbora. A magia evaporara-se. Há três semanas Christina detivera-se naquela mesma ombreira de porta com as Calças Viajantes vestidas. Nessa noite tinha a estatura e o brilho de uma mulher que era amada.

Esta noite o seu ar era distintamente subamado. Usava os sapatos, o penteado e a expressão para ninguém. Todo o seu corpo parecia inclinado para o chão.

— Olá mamã — disse Carmen, saindo da cozinha com Krista atrás. Fez um gesto na direcção dela. Com o lápis de olhos esborratado de ter dormido, Krista estava com um aspecto ainda mais esquisito.

— Esta é a Krista. Na verdade, é a, uh, enteada do papá. — esforçou-se por adoptar um tom casual.

Christina ergueu a cabeça e pestanejou. Algumas semanas atrás estava demasiado feliz para se perturbar com o que quer que fosse. Agora estava demasiado infeliz. Acenou.

— Olá, Krista. — Guardou para Carmen um olhar de extrema confusão.

— A Krista está, hum, a fazer umas pequenas férias longe de casa, e nós esperávamos que ela pudesse ficar aqui alguns dias. — Deitou à mãe um olhar que dizia que sabia que era esquisito e podiam discutir aquilo mais tarde. Apontou para a cama desarrumada que já transformara a pequena sala. — No sofá, está a ver?

— Bem, acho que sim. — Aparentemente a perplexidade de Christina não deu origem a qualquer espécie de juízo. — Se a mãe dela acha bem.

— Obrigada — murmurou Krista. — Muito obrigada. Mrs...
— a voz extinguiu-se. Olhou com certo desespero para Carmen em
busca de auxílio.

— Mrs. Lowell — informou Mrs. Lowell.

O embaraço da situação estava finalmente a surgir a Krista.
A mãe dela também era Mrs. Lowell. Toda a parte superior do corpo
de Krista, desde os ombros até à cabeça, ficou vermelha.

— Desculpe.

O jantar foi uma das refeições mais constrangedoras de que
Carmen se recordava. Krista tentou delicadamente conversar, mas
todos os caminhos levavam a Al. Christina foi simpática, mas era
óbvio que só queria apanhar-se na cama.

— Quer vir comer um gelado? — perguntou Carmen à mãe
enquanto levantavam a mesa. — Nós estávamos a pensar em ir ao
Häagen-Dazs.

Christina suspirou.

— Vão vocês. Eu estou exausta. — A sua expressão era quase de
desculpa, o que levou Carmen a sentir-se pessimamente. Há já dias
que Christina não saía de casa excepto para ir trabalhar. Mas não
estava furiosa com Carmen. Estava apenas triste. Rendera-se ao seu
destino. Era como se ser feliz não fosse para ela.

Por que é que me deixou arruinar tudo? desejava Carmen perguntar
à mãe. Sentira o desejo absurdo de que as nefastas consequências
das suas tiradas se dissolvessem por magia em poucas horas. Desejara que as suas vítimas voltassem a pôr-se de pé como personagens
de desenhos animados depois de lhes amassarem a cabeça com uma
frigideira. Em vez disso, a destruição permanecera, muito para
além da sua cólera.

Krista procurou qualquer coisa no seu saco. Dirigiu-se para a
porta com umas sandálias de plástico azul exactamente iguais
a umas que estavam guardadas no armário de Carmen. Olhou
ansiosa para Carmen. As pontas das orelhas sobressaíam do cabelo
frisado sem graça. Carmen sentia-se um agente de destruição.

Por que é que queres ser como eu? desejou ela perguntar a Krista.

Carmen sempre quisera ser importante para alguém. Mas não
quisera ser assim tão importante.

* * *

178

Lena estava limpa. Tinha o cabelo lavado. Cheirava bem.

Quando Kostos entrou, ela esforçou-se por não deixar a cabeça cair-lhe dos ombros.

Como num sonho, viu-o cumprimentar o pai. Viu-o beijar a mãe em ambas as faces. Viu-o abraçar Effie. Viu-o não a abraçar a ela e em vez disso apertar-lhe a mão. Enquanto ele lha apertava, ela sentiu que a sua mão se encontrava vários graus abaixo de zero.

Viu-o falar grego com os pais, talvez até contar uma história engraçada, porque os pais soltaram ambos uma gargalhada e sorriram-lhe como se ele fosse ao mesmo tempo um super-herói e um actor.

Lena desejou saber falar grego. Repentinamente, sentiu-se como um golfinho que não sabe nadar.

Sentaram-se na sala. O pai ofereceu-lhe vinho. Kostos era praticamente um homem. Era fascinante. Era o sonho de quaisquer pais.

O pai ofereceu a Lena sumo de maçã. A comparação fê-la sentir-se uma miúda magricela do quinto ano. Como se ainda nem tivesse chegado à puberdade. Ainda bem que acabara com Kostos porque assim evitara a angústia de descobrir que não estava à altura dele. Bom, na realidade, ela não evitara essa angústia, pois não?

Tentou lembrar-se de coisas de que gostava em si. Tentou lembrar-se de razões por que Kostos pudesse ter gostado dela. Não conseguiu descobrir nenhuma. Talvez devesse simplesmente ir para o seu quarto.

Ao jantar, ficou sentada ao lado dele.

Ele contou uma história divertida a respeito do Bapi Kaligaris, quando a avó tentara convencê-lo a usar sapatos de pele de enguia novos em substituição dos seus preferidos brancos.

— Isto são uns sapatos bons e decentes! — gritou Kostos imitando o Bapi na perfeição. — Estás a tentar transformar-me num janota? — O pai de Lena estava com um ar tão feliz e saudoso que ela quase esperou vê-lo desfazer-se em lágrimas.

Kostos era tudo aquilo que ela recordava. Por que tivera ela tão pouca fé nele? Tão pouca fé na sua própria memória? Por que fora tão impaciente?

Estava a comer a sua costeleta de borrego quando sentiu um sapato roçar a sola do seu pé nu. Quase se engasgou. Trepou-lhe pela perna um formigueiro direitinho à ponta dos cabelos. O seu corpo inteiro ficou alerta. Todas as extremidades dos nervos transmitiam sensações para o cérebro numa confusão de tráfego congestionado.

Teria sido intencional? O coração trovejava-lhe. Estaria ele a tentar dizer-lhe alguma coisa? A enviar uma mensagem ténue?

Não se atrevia a voltar a cabeça para o fitar. Nem sequer conseguia acabar de mastigar o pedaço que tinha na boca. Saberia ele que ela se sentia desesperada? Quereria dar-lhe uma réstia de esperança?

Tu *acabaste com* ele, fez-lhe mais uma vez notar o conjunto Carmen-Effie-Bee.

Mas não deixei de o amar!

OK.

Pronto, saíra. Pelo menos fora reconhecido. Ela havia finalmente escolhido, e escolhera a B. Voltou a mastigar. Amava-o. Amava-o e ele já não a amava. Essa era a verdade nua e crua. Daria tudo para não ter de admitir isso, mas agora saíra. Estava feito. Era horrível, mas sentia-se melhor sendo franca.

Os nervos da sola dos seus pés retesaram-se. O mais pequeno toque seria o céu para ela. E ele veio. Um roçar suavíssimo. Lena olhou para baixo.

Não era o pé de Kostos. Era de Effie.

Há duas tragédias na vida.
Uma é não conseguirmos
o que o nosso coração deseja.
A outra é conseguirmos.

GEORGE BERNARD SHAW

Lena levou horas a adormecer, e quando adormeceu teve um sonho que a fez acordar de novo.

O sonho possuía a fraca qualidade de um diapositivo antigo da aula de ciências. Ela ouvia o zumbido da película a correr pelo projector e a ventoinha que mantinha a lâmpada fria. O filme mostrava duas células grandemente aumentadas movendo-se através de um diagrama apenas esboçado do corpo humano. Uma das células era proveniente do cérebro e outra do coração. As células encontraram-se perto da clavícula. Chocaram repetidamente uma contra a outra até que ambas as membranas cederam ao mesmo tempo e elas se uniram.

No sonho, Lena levantou a mão e ouviu-se a perguntar a Mr. Briggs, o professor de biologia do nono ano: «Isso não pode acontecer, pois não?»

Depois acordou.

Quando acordou foi à casa de banho porque precisava, de facto, de fazer chichi. E enquanto fazia chichi, cansou-se de si própria. Cansou-se de não ser capaz de dizer o que queria, nem de fazer o que queria, nem sequer de querer o que queria. Estava cansada, sim, mas não conseguia dormir.

Sentou-se no parapeito da janela durante muito tempo a contemplar a Lua em quarto crescente. Era a mesma Lua que brilhava sobre Bee, Carmen, Tibby, Kostos, o Bapi e todas as pessoas de que ela gostava, perto ou longe.

Não, não dormiria mais esta noite. Vestiu as Calças Viajantes por baixo da camisa de noite e enfiou o blusão de ganga por cima. Antes de poder pensar duas vezes desceu as escadas e saiu. Fechou a porta com muita cautela atrás de si.

Era cerca de quilómetro e meio até casa dos Sirtis e Lena percorreu-o de coração afoito. Já enfrentara o pior. As coisas não podiam piorar.

Mas devia a si mesma saber se havia a possibilidade de poderem melhorar.

Já fora vezes suficientes a casa dos Sirtis para saber onde ficava o quarto de hóspedes. Mas ao esgueirar-se para o lado da casa, sentiu de súbito receio de que eles tivessem um alarme anti-roubo e ela o fizesse disparar. Imaginou sirenes a soar, cães a ladrar e Kostos a ver os polícias arrastarem Lena com algemas por cima das mangas da camisa de noite. Talvez ela não tivesse, de facto, enfrentado o pior.

Era uma sorte o quarto de hóspedes ser no piso térreo, porque ela trepava muito mal e tinha uma pontaria horrorosa.

As luzes do quarto estavam apagadas. Naturalmente. Eram quase três da manhã. Trepou aos arbustos que rodeavam o lado da casa. Sentia-se muito estúpida. Bateu levemente à janela. Voltou a bater. E se acordasse a casa inteira? Como é que se explicaria? Toda a comunidade grega passaria a comentar Lena, a predadora sexual.

Sentiu-o mover-se antes de o ver aparecer à janela. Agora o seu coração parecia um AK-47 descontrolado, descrevendo círculos na sua jaula de costelas e espatifando tudo ao seu alcance. Kostos viu-a e abriu a vidraça.

Se a visão de Lena de camisa de noite e *jeans* a bater-lhe à janela às três da madrugada lhe provocou a sensação de um pesadelo acordado, não transpareceu. Mostrou-se, no entanto, surpreendido.

— Podes vir cá fora? — Eram as primeiras palavras que ela lhe dirigia desde que ele chegara. Orgulhou-se de ter fôlego suficiente para lhas enviar até aos ouvidos.

Ele acenou.

— Espera. Vou já — disse.

Ela desembaraçou-se dos arbustos, onde deixou ficar um bocado de camisa de noite.

Ao luar, a *T-shirt* branca dele parecia azul quando se encaminhou para ela. Enfiara uns *jeans* por cima dos calções.

— Anda comigo — disse ele.

Lena seguiu-o para o jardim das traseiras, até um canto protegido por velhas árvores altas. Ele sentou-se e ela sentou-se também. Sentia calor com o blusão de ganga devido à caminhada. Despiu-o. Ficou primeiro apoiada nos joelhos, mas depois deixou-se cair na relva húmida para se sentar de pernas cruzadas.

O céu de Verão pareceu-lhe mágico quando olhou para cima. Sentiu-se despreocupada e já sem tanto medo.

Ele observava-lhe o rosto com muita atenção. Estava à espera que ela dissesse alguma coisa. Fora ela quem o arrancara da cama a meio da noite.

— Só queria falar contigo — disse ela numa voz que era pouco mais que um sussurro.

— OK — acedeu ele.

Levou um bocado a fazer as palavras surgirem e saírem.

— Tive saudades tuas — disse ela. Fitou-o nos olhos. Só queria ser sincera com ele. Ele devolveu-lhe o olhar. Não desviou os olhos.

— Quem me dera não ter acabado com as nossas cartas — prosseguiu ela. — Fi-lo porque tinha medo de sentir saudades tuas e de te desejar constantemente. Sentia-me tão repuxada. Quis sentir que a minha vida me pertencia só a mim outra vez.

Ele acenou.

— Compreendo isso — disse.

— Sei que já não sentes o mesmo em relação a mim — continuou Lena corajosamente. — Sei que tens namorada e tudo isso. — Apanhou um pedaço de relva e esfregou-o entre os dedos. — Não espero nada de ti. Só queria ser sincera, porque antes não o fui.

— Oh, Lena. — A expressão de Kostos era tensa. Apoiou-se na relva e cobriu o rosto com as mãos.

Lena viu-se a fitar-lhe as mãos em vez dos olhos. Baixou os seus para a relva. Talvez ele não quisesse voltar a falar com ela.

Por fim ele afastou as mãos.

— Não sabes nada de nada? — perguntou ele. Assemelhava-se a um gemido.

Lena sentiu o calor subir-lhe às faces. Tinha um soluço na garganta. Esperara que ele se mostrasse compreensivo, apesar de tudo. Agora sentia a coragem desvanecer-se.

— Não — disse ela humildemente, de cabeça curvada. Ouvia as lágrimas na sua própria voz.

Ele endireitou-se e virou-se para ela. O seu corpo encontrava-se mesmo em frente do dela, a menos de meio metro. Para espanto seu, Kostos agarrou-lhe uma das mãos entre as suas. Parecia pesaroso pelo sofrimento que via na cara dela.

— Lena, por favor não estejas triste. Nunca te sintas triste por pensares que eu não te amo. — Tinha o olhar preso ao dela.

As lágrimas de Lena pairavam-lhe nas pálpebras e ela não tinha a certeza de qual o lado para que iriam tombar.

— Eu nunca deixei de te amar — declarou ele. — Não sabes isso?

— Não me escreveste mais. Arranjaste uma nova namorada.

Kostos largou-lhe a mão. Ela desejou que ele a tivesse conservado.

— Não arranjei nenhuma namorada nova! Que é isso? Saí algumas vezes com uma rapariga quando me sentia infeliz por tua causa.

— Vieste de tão longe, da Grécia, sem sequer me dizeres.

Ele riu levemente — mais de si próprio do que dela.

— Por que é que pensas que vim?

Ela tinha medo de responder. As lágrimas transbordaram das pálpebras e correram-lhe como rios pela cara abaixo.

— Não sei.

Inclinando-se, ele pousou-lhe um dedo no pulso. Depois deixou-o subir até lhe tocar numa lágrima.

— Não foi por querer fazer carreira em publicidade — declarou.

Num determinado nível, o cérebro dela rodopiava loucamente, e noutro estava focado e calmo. O sorriso que exibiu ameaçava deformar-se a qualquer instante.

— Não foi por causa do Smithsonian?

Ele soltou uma gargalhada. Lena deu por si a desejar que ele lhe tocasse outra vez. Onde quer que fosse. No cabelo. Na orelha. Na unha do pé.

— Não foi por isso — confirmou ele.

— Por que é que não disseste nada? — perguntou ela.

— Que podia eu ter dito?

— Podias ter ficado feliz por me ver ou dizeres-me que ainda gostavas de mim — sugeriu ela.

Kostos soltou de novo a sua gargalhada desconsolada.

— Lena, eu sei como tu és.

Lena gostaria de saber ela mesma.

— Como é que eu sou?

— Se eu me aproximar, tu foges. Se eu ficar quieto então talvez, lentamente, tu te aproximes. — Ela era assim? — E, Lena?

— Sim?

— Eu estou feliz por te ver e ainda gosto de ti — disse ele.

Estava a brincar, mas ela levou-o a sério.

— E eu que tinha perdido toda a esperança.

Kostos cobriu-lhe as mãos com as dele e levou-as ao peito.

— Nunca percas a esperança — disse.

Lena aproximou-se devagar, erguendo-se nos joelhos e procurando-lhe a boca com a dela. Beijou-o docemente. Ele gemeu baixinho. Abraçou-a e beijou-a com força. Tombou para trás e arrastou-a para a relva em cima dele.

Ela riu e depois beijaram-se mais. Rebolaram na relva e beijaram-se, beijaram-se, beijaram-se até um rapaz de bicicleta atirar o jornal para o passeio e os fazer separar sobressaltados.

O sol começava a iluminar o céu vindo de baixo quando Kostos a puxou da relva para a pôr de pé.

— Vou levar-te a casa — disse ele.

Estava descalço e tinha pedaços de relva pegados à blusa. Tinha o cabelo no ar de um dos lados. Lena imaginava como estaria ela. Foi a rir a maior parte do caminho. Ele deu-lhe a mão.

Quando chegaram a casa dela, ele parou e beijou-a de novo. Largou-a. Ela não queria ir.

— Bela Lena — disse ele, tocando-lhe no ombro. — Venho buscar-te amanhã.

— Amo-te — disse-lhe ela ousadamente.

— Amo-te — disse ele. — Nunca deixei de te amar.

Empurrou-a levemente para a porta.

Ela não queria ir. Não queria estar em lado algum sem ele. Era difícil obrigar-se a afastar-se.

Voltou-se para um último olhar.

— E nunca deixarei — prometeu-lhe ele.

Bridget afastou-se um pouco e observou o sótão com um olhar de satisfação. Tinha dado duas demãos de tinta creme. Pintara o tecto de branco mate e o friso com meio brilho. Pintara o chão de tábuas largas de um bonito verde, a cor de que recordava o Golfo de Califórnia nos dias soalheiros do Verão passado.

Como surpresa extra para Greta, montara uma bonita cama de ferro branco que lá estava desarmada. Descobrira um colchão razoável. Lixara uma cómoda antiga e pintara-a do mesmo tom creme que usara no friso. Numa ida ao Wal-Mart tinha comprado roupa de cama barata — mas mesmo assim bonita — de algodão branco e cortinas simples de renda branca.

O toque final era um braçado de hortenses purpúreas que apanhara no jardim quando Greta saíra. Descobrira uma jarra de vidro e pusera-a na cómoda em cima de um pedaço de tecido azul.

Tirando a caixa que restava ao canto da divisão, estava perfeito.

Precipitou-se para baixo.

— Greta! Ei!

Greta andava a aspirar. Premiu o botão de ligação com o pé.

— O que é, querida?

— Está pronta? — perguntou Bridget, sem se esforçar por esconder a sua excitação.

— Para quê? — disse Greta, fazendo-se esquiva.

— Quer ver o seu sótão?

— Já acabaste? — Greta fez a pergunta com ar de quem diz «és a rapariga mais esperta do mundo».

— Eu vou atrás — comandou Bridget.

A avó subiu os dois lances devagar. Bridget reparou na textura amolecida sob a pele e na rede de veias azuladas que se espalhavam pelas barrigas das pernas.

186

— Tá-rá — trombeteou Bridget ao chegarem ao topo das escadas, curvando-se sobre Greta para abrir a porta com um floreado.

A avó susteve a respiração. Como se estivesse num filme levou a mão à boca aberta de espanto. Observou a divisão durante muito tempo, cada parte por sua vez.

— Oh, querida — exclamou ela. Quando se voltou, Bridget viu que tinha lágrimas nos olhos. — Está tão bonito.

Bridget não se lembrava de alguma vez se ter sentido tão orgulhosa.

— Está bom, não está?

— Fizeste aqui em cima um pequeno lar, não foi?

Bridget acenou com a cabeça. Inconscientemente, fora isso que de facto fizera.

Greta sorriu.

— Tenho de confessar que não te julgava do tipo doméstico.

— Nem eu! — exclamou Bridget, arqueando imenso as sobrancelhas. — Havia de ver o meu quarto lá em casa. — Calou-se. Não tencionara meter a casa na conversa.

A avó deixou passar.

— Estafaste-te a trabalhar aqui, querida, e eu estou-te muito grata.

Bridget transferiu o peso de um pé para o outro, modesta.

— Tudo bem.

— E eu já tenho alguém em mente para se mudar para cá.

A expressão de Bridget sombreou-se sem que ela procurasse escondê-lo. Não chegara a imaginar alguém a mudar-se para ali e a correr com ela. Greta já não precisaria dela? Não haveria ali mais trabalho para ela? Seria mesmo o fim?

— Tem? — perguntou, tentando não chorar.

— Tenho. Tu.

— Eu?

A avó riu-se.

— Claro. Preferes estar aqui do que naquela pensão de Royal Street a cair aos pedaços, não preferes?

— Prefiro — afirmou Bridget sentindo o coração leve.

— Então está decidido. Vai buscar as tuas malas.

* * *

Ao entrar na cozinha na manhã seguinte, Carmen encontrou uma estranha cena. A mãe dela e a enteada do pai estavam sentadas à pequena mesa redonda, em frente uma da outra, mastigando ovos quentes com ar de camaradagem.

— 'dia — cumprimentou Carmen meia zonza. Alimentara uma leve esperança de que o episódio de Krista tivesse sido um sonho.

— Queres um ovo quente? — ofereceu Christina.

Carmen abanou a cabeça.

— Odeio ovos quentes.

Krista parou de mastigar o pedaço que tinha na boca. Despontou-lhe na cara uma expressão de anseio, como se desejasse ter sido ela a lembrar-se de dizer que odiava ovos quentes.

Carmen recuou rapidamente.

— Na realidade não odeio. Até gosto, na realidade. Alimento para o cérebro. Só que não me apetece. — Era complicado, ser o modelo de alguém. Representava uma enorme tensão, principalmente de manhã.

— Vais tomar conta dos bebés esta manhã? — perguntou-lhe Christina.

Carmen foi buscar a caixa de cereais e uma taça.

— Ná. Os Morgans foram para Rehoboth ontem à tarde. Só volto a trabalhar na terça.

A mãe acenou vagamente. Não parecia ter ouvido a sua própria pergunta, quanto mais a resposta de Carmen.

Christina levantou-se para ir buscar mais café e Carmen reparou de repente na saia que ela vestia. Era de pregas cinzentas e brancas, e a mãe já a tinha quando ela andava na infantil. Havia roupa no activo e roupa de reserva, mas aquela saia já devia estar reformada. Definitivamente.

— Vai levar isso para o trabalho? — perguntou ela, esquecendo-se de esconder a sua incredulidade. Há quanto tempo é que nenhuma delas lavava roupa?

Actualmente a mãe sentia-se magoada com facilidade, por isso Carmen não devia ter ficado surpreendida por vê-la desaparecer da sala.

Alguns minutos depois, levantou os olhos da taça de cereais e viu Krista a fitar imóvel o seu ovo quente semicomido e Christina com as mesmas calças da véspera vestidas.

Era patético. Era horrível. Carmen odiava-se e odiava-as por lhe darem ouvidos.

— Ei, tenho uma ideia — disse ela em voz demasiado alta para as outras duas. — Daqui para a frente, ninguém liga àquilo que eu digo.

Lena ficou deitada até ao meio do dia seguinte, sozinha com o seu coração que parecia explodir, recordando tudo o que acontecera. Gostava de ser reservada e sentia-se frequentemente inclinada a sê-lo. Mas também gostava de partilhar as novidades, por isso ficou satisfeita quando o telefone tocou e era Bee.

— Adivinha? — exclamou ela imediatamente.

— Que foi?

— Eu afinal sabia.

— Sabias o quê?

— Sabia o que tinha de fazer.

— A respeito de Kostos?

— Sim. E sabes que mais?

— O quê?

— Fiz o que tinha de fazer.

Bridget soltou um grito. — Fizeste?

— Fiz.

— Conta.

Lena contou-lhe tudo. Era difícil entregar uma experiência tão íntima e visceral ao mundo das palavras, mas também tinha a sensação tranquilizadora de que a estava a cimentar.

Bee soltou outro grito quando ela terminou.

— Lenny, estou tão orgulhosa de ti!

Lena sorriu. — Eu também estou orgulhosa de mim.

Tibberon: C, já falaste com a Lena? Estava tão excitada que eu julguei que estava a falar com a Effie. Sinto-me feliz por ela. Mas ao mesmo tempo é assustador. Quero que ela continue a ser a Lena. Uma Effie por aqui já chega.

Carmabelle: Falei com ela. É espantoso. As Calças do Amor atacam outra vez. Excepto para mim. Há alguma coisa de errado comigo, Tib? Quer dizer, além do habitual?

O que exprimes com o teu olhar?
Parece-me mais do que todas as palavras
que já li na vida.

WALT WHITMAN

Às vezes era mesmo preciso enfrentar as coisas. Tinha de se ir a direito até ao odioso centro, disse Tibby para consigo. Senão acabava-se espalmado contra a parede, rastejando temerosamente pelas bordas durante toda a vida.

Disse-o para consigo e estava a cumprir. Enfiou o disco no computador.

Examinou os ficheiros. Não conseguia identificá-los. Ela era perita em rotulagem, mas Bailey não, e Bailey é que fora a sua assistente e, supostamente, o génio organizador. Mas também, Bailey tinha doze anos. Escolheu um e clicou duas vezes. Tinha de começar algures.

No ecrã materializou-se uma imagem. Era a tomada do dia do Sete-Onze. Do primeiro dia de filmagens do Verão passado — Tibby recordava-o tão distintamente. Do dia em que conhecera Brian.

A imagem deslocou-se do mostruário dos artigos marca *Slim Jim* para o homem da caixa. Tal como ela recordava, ele levou as mãos à cara, gritando: «Nada de câmaras! Nada de câmaras!» Tibby sentiu o seu sorriso despontar.

Depois o plano mudou e Tibby sufocou um grito. Lá estava. Sentiu todos os nervos do seu corpo em estado de alerta. Era o rosto de Bailey, num *close up*. Sentiu a vaga de emoção atingi-la como um saco de areia na cabeça. Flutuaram-lhe diante dos olhos grossas lágrimas. Sem pensar, o seu dedo carregou na tecla de pausa. A nitidez diminuiu mas a imagem ficou ainda mais chocante. Tibby inclinou-se tanto que tocou com a ponta do nariz no ecrã. Afastou-se. Quase receava que a cara desaparecesse, mas não desapareceu.

Bailey olhou para Tibby por cima do ombro. Estava a rir. Estava ali. Ali mesmo.

Tibby não a via desde a última noite da sua vida.

Desde então, tinha imaginado a cara de Bailey pelo menos um milhão de vezes, mas quanto mais se afastava da verdadeira Bailey menos distinta ela ficava. Sentiu-se feliz por ver outra vez a cara verdadeira, os olhos de Bailey.

Beethoven explodia à sua volta. Bailey ria-se.

Tibby deixou-se inundar pelos sentimentos. Podia ficar ali sentada e chorar o tempo que quisesse. Podia enfiar-se debaixo da secretária. Podia ir correr para o parque de estacionamento. Podia viver intensamente. Podia obrigar-se a fazer coisas que eram difíceis. Podia.

Por uma vez, Tibby encontrava-se mesmo no centro, e via muito melhor dali.

A mãe estava no emprego, Krista estava a dormir, os Morgans estavam na praia, Bee estava no Alabama, Lena estava na loja, Tibby estava na Virginia e Carmen estava sentada no seu armário.

O roupeiro estava tão cheio de tralha que mal se podia lá entrar. Carmen adorava fazer compras, mas detestava deitar fora o que quer que fosse. Adorava começos, mas detestava fins. Adorava a ordem, mas detestava limpezas.

Acima de tudo, adorava bonecas. Tinha uma colecção que só poderia pertencer a uma menina solitária com pais assolados pela culpa.

Adorava bonecas, mas não era boa a cuidar delas, concluiu ao tirar as três caixas de cartão cheias delas que viviam debaixo dos cabides da sua roupa. Durante toda a sua infância estimara-as imenso. Brincara com elas até muito depois de as garotas normais terem deixado de o fazer. Mas os seus esforços de as lavar, pentear, vestir e melhorar, as suas muitas reformas impacientes, tinham-nas deixado semelhantes a veteranos de uma longa e árdua guerra.

Angelica, de cabelo castanho e sinal, tinha um corte à escovinha de quando Carmen tentara ondular-lhe o cabelo de plástico com um ferro de frisar. Rosemarie, a ruiva, tinha os dois olhos negros de quando Carmen lhos maquilhara com um marcador. Rogette, a sua boneca de cor preferida, vestia um horrível farrapo com pontos largos de quando Carmen se dedicara à costura para imitar a tia Rosa. Sim, Carmen amara-as, mas elas não teriam pior aspecto se tivesse decidido estropiá-las.

— Carmen?

Deu um salto. Deixou cair Rogette. Franziu os olhos na luz fraca do quarto.

— Desculpa ter-te surpreendido.

Ela pegou em Rogette e levantou-se.

— Oh, céus. Paul. Viva.

— Viva. — Trazia aos ombros uma daquelas mochilas grandes, de campismo.

— Como é que entraste? — perguntou ela.

— Krista.

Carmen estremeceu. Roeu o polegar.

— Ela está acordada? Está bem? Está furiosa comigo?

— Está a comer *Corn Flakes*.

Aquilo parecia responder às três perguntas. Carmen continuava a segurar Rogette. Levantou-a.

— Esta é a Rogette — disse ela.

— OK.

— Estava a arrumar o meu armário. — Ele acenou. — Sou um verdadeiro turbilhão social. Estás a ver, coisas a fazer, gente a visitar.

— Ele levou bastante tempo a perceber que ela estava a brincar.

— Disseste à tua mãe? — perguntou Carmen.

— Ela sabia — respondeu Paul.

— Está tudo bem? Achas que a Krista está bem? — Paul acenou. Não parecia preocupado. — Então... como vão as aulas? — interessou-se ela.

— Bem.

Carmen pensara que a universidade tornaria Paul mais descontraído e menos delicado, mas pela maneira como ele se encontrava à porta do seu quarto, duvidava muito. Imaginou-o como o único membro sóbrio da Delta Kappa Epsilon.

— As aulas do Verão têm sido divertidas? O futebol? Bom?

Ele acenou. Paul estava para a tagarelice como Carmen para o controlo. Fez-se silêncio.

— E tu? — inquiriu ele.

Carmen suspirou e respirou fundo para iniciar a sua resposta.

— Olha, está tudo uma confusão. — Fez um gesto de mãos. — Dei cabo da vida da minha mãe.

Paul olhou para Carmen como olhava frequentemente para Carmen. Como se ela fosse a estrela de um programa especial do Canal Discovery.

Krista surgiu à porta por trás de Paul. Trazia na mão a revista *CosmoGIRL!* de Carmen. Agitou-a umas quantas vezes. Não parecia minimamente aborrecida por Paul ali estar.

— Vou sair para comprar batidos.

— OK. — Carmen acenou-lhe. — Precisas de dinheiro?

— Não. 'Tou munida.

Paul parecia divertido. Krista estava a aprender a falar também como Carmen.

Carmen apontou para a cama.

— Senta-te. — Içou-se para a secretária e sentou-se a balançar os pés no ar.

Paul fez o que ela disse. Desviou desajeitadamente uma pilha de roupa. Não se sentava numa cama de rapariga com a facilidade de outros rapazes. Ficou sentado, de pés bem assentes no chão, os ombros direitos. Ela sentiu orgulho ao vê-lo tão atraente, alto e forte, com as bonitas pestanas escuras e longas a bordejar os olhos azuis-escuros. Ele nunca se mostrava convencido de que era atraente.

Não ia ficar à espera que fosse Paul a recomeçar a conversa. Teria de esperar até à semana seguinte.

— Paul, lembras-te do fulano chamado David sobre quem te mandei um *e-mail*? O fulano que gostava da minha mãe? — Aceno. — Bom, ele gostava mesmo dela. Mais do tipo amava-a. E ela também estava a ficar caída por ele. — Ergueu os olhos. — Incrível, hem? — Paul encolheu os ombros. — OK, bom. — Encolheu as pernas e apertou os joelhos. — Agora vem a parte da história em que a Carmen é má. — Ele ostentava um ar paciente. Conhecia diversas histórias dessas. — Desatinei de todo. Não consigo explicar. A minha mãe estava sempre fora. Vestia-se como se tivesse catorze anos. Até chegou a levar as... Não interessa. Seja como for, eu senti que ela tinha aquela felicidade toda... e eu não tinha nada. — Novo aceno. — E portanto... destrambelhei com ela. Disse-lhe que a odiava. Disse montes de coisas horríveis. Estraguei tudo. Ela acabou com aquilo.

O rosto de Paul mostrava-se atento. Franzia os olhos de concentração, como se estivesse a esforçar-se o mais possível por compreender a incompreensível Carmen.

Que bom era haver um tipo como Paul. Ele vira-a no seu pior no Verão anterior, e mesmo assim mantivera-se a seu lado. É certo que não dizia muito, mas no decurso do ano que passara tinha-se tornado seu amigo verdadeiro e dedicado. Nunca ignorava um *e-mail*, nunca se esquecia de lhe devolver os telefonemas. E tinha coisas reais com que se preocupar. O pai sofria tanto de alcoolismo que passava o tempo dentro e fora de clínicas de reabilitação desde os oito anos de Paul. Antes de o pai de Carmen ter casado com a mãe de Paul no Verão passado, Paul tomara conta da mãe e da irmã como se fosse o chefe de família. E contudo, fosse qual fosse o disparate sobre que Carmen tagarelava, ele escutava-a sempre como se fosse importante. Nunca resmungava, nem parecia horrorizado, nem lhe dizia para se calar.

— Tiveste ciúmes — disse ele por fim.

— Tive. Tive ciúmes. E fui egoísta e mesquinha.

Grossas lágrimas assomaram-lhe de repente aos olhos. Desfiguraram a cara da pobre Rogette, abandonada no chão. Carmen era péssima a amar. Amava demasiado.

— Não queria que ela fosse feliz sem mim. — A voz saiu-lhe trémula.

Quase sem ruído Paul surgiu ao pé dela e sentou-se a seu lado na secretária.

— Ela nunca seria feliz sem ti.

Carmen pretendera dizer que não queria que a mãe fosse feliz sem ela também ser feliz. Mas enquanto as palavras de Paul lhe ressoavam na cabeça, perguntou-se se ele não teria compreendido algo de que ela não se dera conta.

Ela teria sentido ciúmes da mãe? Ou teria sentido ciúmes de David?

Paul passou o braço pelo dela. Carmen chorou. Talvez não fosse muito, mas parecia-lhe tudo.

Kostos veio de facto buscá-la, mas não quando ela contara. Lena esperou-o e desejou-o durante o pequeno-almoço, o almoço e o jantar, mas ele só veio quando ela já estava deitada. Ouviu a bolota bater na vidraça.

Com o coração quase a saltar-lhe do peito, foi à janela e viu-o. Acenou e correu escada abaixo, saindo pela porta das traseiras o mais depressa que pôde. Atirou-se praticamente contra ele. Ele fingiu cair para trás. Deu alguns passos vacilantes e arrastou-a com ele.

— Chiuuu — disse ele quando ela começou a rir.

Foram para o sítio mais resguardado que encontraram no jardim. Era do lado da casa debaixo da magnólia de folhagem densa. Se os pais dela descobrissem, nem o fascinante Kostos a salvaria.

Lena estava de camisa de noite. Ele estava mais bem vestido.

— Andei a sonhar contigo durante todo o dia — disse ela.

— Eu andei a sonhar contigo durante todo o ano — disse ele.

Começaram, lentamente, a beijar-se. Apenas precisaram disso durante muito tempo, até ela enfiar as mãos na camisa dele. Ele deixou-a explorar-lhe o peito, os braços e as costas, mas por fim afastou-se.

— Tenho de me ir embora — disse com ar infeliz.

— Porquê?

Ele beijou-a.

— Porque sou um cavalheiro. E não confio em mim para continuar a ser durante muito mais tempo.

— Talvez eu não queira que o sejas — disse ela ousada, deixando as suas hormonas falarem por si.

— Oh, Lena. — A sua voz soava como se ele estivesse parcialmente submerso. E não a olhava como quem quer ir fosse lá onde fosse.

Beijou-a mais e depois parou.

— Há algumas coisas que quero mesmo muito fazer contigo.

— Ela acenou. — Nunca fizeste... essas coisas, pois não? — perguntou ele. Lena abanou a cabeça. De repente sentiu receio de que ele a achasse uma inepta. — Maior razão ainda — disse ele.

— Temos de ir devagar. Fazer com que tudo conte.

Sentiu-se comovida com a honra dele. Sabia que ele tinha razão.

— Eu também quero fazer essas coisas. Um dia.

Kostos agarrou-a e abraçou-a com tanta força que ela teve de sufocar um grito.

— Temos tempo. Faremos todas essas coisas milhões de vezes, e eu serei a pessoa mais feliz do mundo.

Voltaram a beijar-se repetidamente até que por fim ela teve de o largar. Sentia vontade de devorar todo o seu futuro nessa única noite.

— Tenho de partir amanhã à noite — informou ele.

Os olhos de Lena encheram-se imediatamente de lágrimas.

— Mas volto. Não te preocupes. Como poderia manter-me longe? Volto no próximo fim-de-semana. Está bem?

— Não sei se consigo esperar — disse ela com um nó na garganta.

Ele sorriu e abraçou-a um último instante.

— Em qualquer sítio a qualquer hora. Se estiveres a pensar em mim, podes ter a certeza de que estou a pensar em ti.

Billy quase abalroou Bridget quando ela se dirigia à loja de ferragens a fim de comprar peças para consertar a porta do frigorífico de Greta. Estava agora a pagar os seus setenta e cinco dólares por semana a Greta e atarefava-se a eliminar todas as coisas desobedientes da propriedade — as ervas do relvado, a mesa de café desequilibrada, a pintura a cair nas traseiras da casa. Bridget estava de fato-de-treino, o cabelo encafuado num lenço, e de óptima disposição porque estivera a pensar em Lena.

— Não foste aos treinos na quinta-feira — disse ele.

Bridget limitou-se a fixá-lo.

— E então?

— Em geral vens.

— Tenho algumas outras coisas em que pensar — declarou ela.

Billy pareceu ofendido.

— Como, por exemplo?

Ela preparava-se para se mostrar também ofendida, mas nessa altura ele riu-se. O seu riso era tão contagiante e franco como fora aos sete anos. Ela gostava daquele som. Riu também.

— Ei, posso convidar-te para tomar um batido ou algo assim? — avançou ele.

Não estava a *flirtar,* mas mostrava-se genuinamente amistoso.

— OK.

Atravessaram a rua e sentaram-se numa mesa da esplanada, à sombra. Ele mandou vir um batido de hortelã-pimenta e ela pediu limonada.

— Sabes uma coisa?

— O quê? — perguntou ela.

— Tu pareces-me familiar.

— Ah, sim?

— Sim. De onde és?

— Washington — respondeu ela.

— Por que é que vieste aqui para tão longe?

— Costumava vir para aqui quando era miúda — explicou ela, desejando que ele fizesse mais perguntas.

Mas não fez. Nem sequer ouviu a última parte do que ela disse, porque nesse momento pararam duas raparigas que iam pelo passeio. Uma era uma morena de busto cheio e a outra uma loura baixinha com umas calças muito pequenas e muito descidas. Bridget reconheceu-as do campo de futebol. Sorriram e *flirtaram* com Billy enquanto ela atava os atacadores dos sapatos.

— Desculpa lá — escusou-se Billy quando elas partiram. — Estive caído por aquela rapariga durante um ano.

Bridget sentiu-se triste. Recordou-se de quando era ela a rapariga por quem os rapazes andavam caídos, e não aquela com quem falavam sobre isso.

— Por qual? — quis saber.

— Lisa, a loura — disse ele. — Tenho um fraco por louras — acrescentou.

Instintivamente, ela levou a mão ao cabelo cor de rato enfiado no seu lenço. Chegaram as bebidas.

— Então como é que sabes tanto de futebol? — perguntou ele.

— Costumava jogar — disse ela. Segurava a palhinha entre os dentes.

— E eras boa?

— Não era má — proferiu ela com a palhinha pelo meio.

Ele inclinou a cabeça.

— Vais ao jogo de sábado, certo?

Encolheu os ombros, só para o castigar.

— Tens de ir! — Parecia preocupado. — A equipa fica toda desatinada se tu não fores!

Bridget sorriu, divertida. Ele não estava caído por ela, mas aquilo também não era mau.

— Pronto, está bem.

— A Krista vai levar a mãe dela a almoçar ao Roxie's — explicou Carmen à sua mãe enquanto comiam as *waffles*. Al e Lydia tinham chegado na noite anterior para fazer as pazes com Krista e levarem-na para casa.

Christina sorriu. Na realidade, foi um fantasma de um sorriso, mas bastante alegre se comparado com a sua expressão das últimas semanas. O Roxie's, famoso pela sua clientela de *drag queens,* ficava no extremo de Adams Morgan. Krista ouvira Tibby falar do local com os olhos arregalados, fascinados. Carmen encontrava-se, de facto, bastante satisfeita com a sua protegida. Krista cedia, mas não sem luta.

— E o Al também?

— Não, é um dia só mãe e filha. Krista volta com eles para casa amanhã.

A mãe acenou pensativamente.

— Gosto de Krista.

— É amorosa. É fixe. — Carmen partiu metade de uma *waffle* e encafuou-a na boca. — Vem connosco esta noite? — perguntou depois de ter mastigado e engolido.

O rosto da mãe adquiriu de novo a sua expressão distante de paciência.

— Acho que sim.

Da mesma maneira que todos os casais tinham uma identidade no casamento, também a tinham no divórcio. Os pais de Carmen praticavam o «divórcio amigável». O que significava que quando Al e Lydia combinavam ir jantar a um restaurante com Carmen, Al se sentia obrigado a convidar também Christina para conhecer o seu novo modelo de esposa, e Christina se sentia obrigada a aceitar.

— Não tem problemas em conhecer a Lydia?

Christina meditou naquilo, a chupar o garfo vazio.

— Não.

— Não? — A mãe era estóica. A mãe era corajosa. Se calhar Carmen fora adoptada.

Christina pareceu prestes a dizer mais qualquer coisa, mas conteve-se.

— Não.

No decorrer daquelas semanas tinham-se mantido juntas à superfície. Carmen desejava um milhão de coisas da mãe, mas tinha medo de insistir. Não merecia nada.

Tinha com certeza comido e dormido, embora não conseguisse lembrar-se exactamente o quê nem quando.

Tibby perdera a noção do tempo e do espaço e até mesmo de ir à casa de banho. Havia imensos vídeos a visionar, principalmente depois de ela ter telefonado a Mrs. Graffman a pedir algumas cassetes da colecção deles. Precisava de ter o maior cuidado para guardar todo o material original, e cada fase da montagem requeria uma enorme concentração.

No decorrer do trabalho, depressa descobrira que aquilo que filmara para o seu documentário no Verão passado não valia nada. As coisas belas encontravam-se à margem. Eram os excedentes de filmagem e os extras — Bailey a preparar cenas ou a desmontá-las, o manuseamento cuidadoso que ela fazia do pau de carga.

Tibby gostava igualmente das partes em que era o olhar de Bailey a encontrar-se por trás da câmara. Bailey tinha um estilo extraordinariamente paciente. Ao contrário de Tibby, não tinha pressa de dar a tudo o formato de uma história. Não incitava as suas personagens a dizerem aquilo que ela queria que dissessem.

A única parte que prestava do que Tibby filmara propositadamente, era a sua entrevista a Bailey. Bailey estava sentada numa cadeira junto à janela, luminosa como um anjo, as Calças Viajantes caindo-lhe em fole sobre os pés. Havia até uma tomada de *Mimi,* roliça e adormecida. Tibby sentia-se fascinada com o rosto corajoso e franco de Bailey, com a alma que espreitava, por muitas vezes que visse aquilo.

Hoje estava a trabalhar na banda sonora. De facto, era fácil, porque ela ia limitar-se a tocar Beethoven do princípio ao fim. Mas ouvindo-a agora, a música não estava a ter exactamente o efeito que ela desejava.

Encostou a cabeça. Sentia-se zonza. Estava a pé há imensas horas. O festival de fim de Verão era daí a menos de quatro dias.

Aquilo de que ela gostara na música implicava o acompanhamento do assobio de Brian. No meio da sua obsessão agravada pela falta de sono, considerou-o uma arte. Não era Kafka nem explosões na Pizza Hut. Eram os altos e baixos do assobio de Brian.

Exmos. Senhores,

Estando interessado em receber informações periódicas relativas às novidades e reedições da Editorial Presença, junto, para o efeito, os dados relativos ao meu nome e endereço postal, autorizando que os mesmos sejam introduzidos nos vossos ficheiros.

Nome ....

Endereço ....

....

C. Postal .... **Localidade** ....

EDITORIAL PRESENÇA, Lda.

Estrada das Palmeiras, 59

Apartado 4079

Queluz de Baixo

2745-578 BARCARENA

Ele transformou o mundo num caminho relvado
diante dos seus pés errantes.

W. B. YEATS

Tinha sido um Verão de refeições constrangedoras. Carmen estava sentada entre Lydia e Krista. Christina estava entre Al e Paul.

Carmen detestava tanto os longos silêncios horrorosos com que seguramente iriam confrontar-se, que chegara mesmo a preparar alguns tópicos de conversa:

Filmes de Verão
Sequelas — uma boa ideia ou basicamente problemática?
Pipocas — exactamente o que é essa mistela amanteigada? (Dar
azo a que Christina cite factos calóricos espantosos)
Protectores solares (Concessão de um bónus às mães)
Factor de Protecção Solar — Qual o verdadeiro significado?
O pior «escaldão» de Verão? (Fingir que se dá oportunidade a
todos. Deixar que Al vença com a história mais que conhecida de
velejar nas Bahamas)
Ozono (Permite que todos estejam de acordo quanto a gostar dele.
Não a gostar de buracos nele)
Viagens de avião — pioraram? (Permite que os adultos falem
interminavelmente como se precisa)
(Se a situação se tornar desesperada): Israel/Palestina

Mas, estranhamente, o papel permaneceu no seu bolso. Escutou calada enquanto a conversa se iniciava corajosamente: Lydia descreveu o Roxie's e surpreendeu Carmen por conseguir rir-se daquilo. O riso de Lydia levou Christina a rir também. Era um pequeno milagre auspicioso.

Depois Krista contou como andara perdida durante três horas e vinte e dois minutos no metropolitano de Washington. Isso lançou imediatamente Al num longo e educativo resumo das diversas cores, linhas e junções do sistema de trânsito maciço de Washington. Puxou mesmo do seu mapa para o ilustrar.

Depois, vá lá saber-se como, isso levou à história de quando Al e Christina se tinham perdido na noite em que haviam levado o seu novíssimo bebé, Carmen, do hospital para casa. Carmen conhecia-a bem, e em geral detestava ouvi-la porque as piadas eram sempre com Carmen a chorar ou Carmen a cuspir. Mas esta noite escutou enlevada os pais alternando-se a narrar as diferentes partes da história, mostrando-se divertidos e amistosos. Lydia riu e estremeceu com ar compreensivo. Al segurava na mão de Lydia em cima da mesa, para que ela soubesse que estava tudo bem, agora era a ela que ele amava.

Al encomendou vinho com um engraçado sotaque italiano. Krista brincava com as contas do colar e segredou qualquer coisa simpática à mãe. Lydia insistiu com Christina para experimentar um pouco da sua «divina» salada de milho e lagosta.

Carmen sentiu-se agradavelmente corada de prazer ao olhar em volta para as caras animadas. Por muito estranha que fosse, esta era a sua família. Passara de um trio disfuncional a um sexteto absolutamente louco.

Paul olhou para ela. *Tudo isto é bom,* parecia ele dizer.

Ela sorriu. O verdadeiro filão fora ela ter ganho Paul com o negócio. Paul, a pessoa mais bondosa e mais paciente que Carmen conhecia.

Recordou o Verão passado, o dia em que conhecera Lydia, Krista e Paul. Tinha ficado furiosa com o pai. Tinha pensado que era um fim, mas afinal acabara sendo um princípio.

Olhou para a mãe, que aguentava com elegância. Al e Lydia eram um casal; Christina estava só. Christina aguentava sempre com elegância. Como mãe sozinha com um emprego a tempo inteiro. Como uma mulher de coração despedaçado.

A mãe também merecia um princípio.

Às nove e um quarto o telefone tocou e Lena precipitou-se sobre ele. O telefone era o seu pior inimigo e o seu melhor amigo, mas nunca sabia qual até atender.

— Está? — disse ela mal disfarçando a sua ansiedade.

— Olá. — Era o seu melhor amigo. — Kostos. — Como gostava do nome dele. Gostava até só de o dizer. — Onde é que estás?

— Na estação de metro.

O seu estômago começou às voltas. Esforçou-se por fazer uma pausa, abrandar.

— Em... que... cidade?

— Na tua.

— Não. — *Por favor, por favor.* — Sério? — A voz soou como um guincho.

— Sim. Podes vir buscar-me?

— Claro. Claro. Vou já. Deixa-me só, hum... mentir aos meus pais.

Ele riu.

— Do lado da Avenida Wisconsin.

— Chau.

Era incrivelmente bom que ela ainda tivesse as Calças Viajantes. Enfiou-as e disse uma mentira apressada à mãe sobre ir comer um gelado com Carmen. Voou porta fora e até ao carro, abençoando os pais por a deixarem usá-lo sempre que lhe apetecia.

Ele estava lá à sua espera, uma silhueta solidamente plantada nos dois pés. Não era um sonho nem uma miragem. Baixou a janela do lado do passageiro para ele poder ver que era ela. Mal entrou no carro beijou-a com força nos lábios, prendendo-lhe a nuca nas mãos.

— Não consegui ficar longe — disse ele ofegante. — Apanhei o comboio assim que saí do trabalho.

Beijou-a outra e outra vez até que por fim ela se lembrou de que estava ao volante de um automóvel numa artéria importante. Levantou os olhos, delirante, tentando focar os sucessivos sinais de trânsito.

— Onde é que havemos de ir?

A cara dele estava animada, pregada na dela. Tanto lhe fazia.

— Achas que devíamos fazer alguma coisa além de nos beijarmos? — perguntou Lena. — Quer dizer, manter as aparências de uma saída vulgar? Tens fome ou algo assim? — O corpo dela ansiava pelo toque dele.

Kostos riu-se.

— Tenho fome. E quero muito sair contigo. Mas na realidade não quero fazer nada em lugares onde não te possa tocar mais que alguns minutos.

O amor inspirou-a.

— Acho que tenho uma ideia.

Dirigiu-se ao A & P. Supervisionou a compra de bolinhos frescos e uma garrafa de leite magro do corredor dos frios, uma caixa de cereais de morango do corredor dos produtos matinais. Acharam diversas maneiras de se tocarem — as mãos dele na cintura dela, a anca dela comprimida contra a dele, os lábios dele pousando rapidamente no pescoço dela — mesmo ali, sob o escrutínio das luzes do supermercado.

Esforçou-se por conduzir com o maior cuidado, acelerando através da mata de Rock Creek Parkway, apesar de ele lhe beijar o cotovelo e afagar o cabelo. Conduziu ao longo do rio Potomac com as reluzentes faces de mármore dos monumentos erguendo-se em seu redor como uma cidade antiga. A estrada encontrava-se praticamente vazia à excepção deles. A água espelhada e as pálidas pontes arqueadas estavam tão belas que os fizeram emudecer.

Por uma vez foi fácil estacionar. Levaram o seu banquete num saco de papel para os largos degraus de pedra e fitaram com reverência Mr. Lincoln, sentado no seu trono do templo de mármore sob a luz dos projectores.

— Esta é a melhor hora para ver os monumentos, mas nunca aqui vem ninguém — explicou Lena, abarcando com um gesto o vazio à sua volta.

Talvez houvesse quem pensasse que o olhar solene de um grande presidente poderia arrefecer a paixão de uma pessoa, mas Lena discordava. Comeram e beijaram-se, cada vez mais intensamente. Ela ia arrancando pedacinhos de bolo e ele fitava-a no seu *top* verde. Observava-lhe os ombros, o pescoço, a boca como que extasiado. A sua beleza vista através dos olhos dele fazia Lena sentir um prazer que nunca experimentara antes.

Estaria ela a fazê-lo tão feliz como ele a estava a fazer a ela? Seria isso sequer possível? Mas, por outro lado, poderia ela sentir-se tão bem, tão próximo, se ele não estivesse também a sentir pelo menos uma parte?

Parecia uma transição adequada passar do Grande Emancipador para as próprias estrelas, mas não se conseguia vê-las estando muito perto dos focos. Assim, vaguearam pelos caminhos em volta até uma clareira recolhida, escurecida, onde se estenderam de costas com um dos tornozelos sobre o outro. Era extremamente delicado por parte do resto do mundo deixá-los completamente sós.

O ar quente estava perfumado esta noite. As espessas folhas de Verão estavam perfumadas. Esta noite, até o lixo que saía pela tampa do caixote era perfumado.

Havia noites em que as estrelas cintilavam e troçavam friamente de uma grande distância. Noutras noites, pareciam arder a fogo lento e incitar-nos pessoalmente. Esta noite pertencia ao segundo tipo. Lena sentiu-se grata por ser Verão e quando estavam juntos não terem um tecto a comprimir estes sentimentos.

A princípio apenas os tornozelos se tocaram. Depois os braços e as mãos. Depois, ousadamente, Lena achou-se com todo o seu corpo sobre o dele, moldando-se a todas as suas partes.

— Isto é demasiado depressa? — perguntou ela.

— Não. — Disse-o com energia, como se tivesse receio de que ela parasse. — Não e sim. Demasiado depressa e demasiado lento. — A sua gargalhada fez-lhe mover o peito. — Mas por favor não pares.

Ela deixou as mãos flutuarem por cima do estômago dele.

— Achas que podias fazer um pequeno intervalo nisso de ser um cavalheiro e recomeçar só amanhã?

Suavemente, ele fê-la girar de maneira a ficar por cima dela, mas aguentou a maior parte do seu peso com as mãos. Enterrou a cabeça no pescoço dela.

— Talvez. Um bocadinho. — Era um sopro na sua orelha. Um arrepio de excitação percorreu-lhe a espinha.

Saboreando o presente e o futuro imediato, ela viu-o curvar-se sobre o seu estômago e beijar-lhe a pele. Erguendo-lhe lentamente a blusa para revelar pedaços dela de cada vez, ele cobriu-lhe de beijos o umbigo e subiu até às costelas. Mal podendo acreditar nesta inimaginável possibilidade de prazer externo, ela sentiu-o abrir-lhe o sutiã e passar-lhe o tecido fino da blusa por cima da cabeça. Ele fitou-a com toda a veneração que mostrara quando tinha visto tanto dela o Verão passado no olival. Mas então, ela pertencia apenas a si mesma e tinha tapado ferozmente o corpo com as mãos. Esta noite pertencia-lhe, e tudo o que queria era que ele a visse.

Sem mais delongas despiu-lhe também a camisa. Comprimiu o seu tronco nu contra o tronco nu dele.

A memória é engraçada e chega a contar-nos mentiras. Mas esta noite, a visão de Kostos de tronco nu ao luar não era menos bela do que o Kostos nu que ela vira no lago em Santorini e tantas vezes imaginara desde então. A alma invadiu-lhe o corpo de ponta a ponta, e ela recordou um verso de uma canção sua preferida.

Toda a tua vida, apenas esperavas este momento para ser livre.

Carmen gostou da ideia de ir fazer biscoitos com Jesse e Joe. Ao tirar os pedacinhos de caramelo e os enfeites coloridos das prateleiras da mercearia a caminho do trabalho, aquilo pareceu-lhe o género de projecto que uma boa *baby-sitter* empreenderia.

Mas agora, perante o espectáculo ao vivo, parecia-lhe menos divertido.

— Jesse, querido, devagar. Só uma pancadinha — pediu ela.

Jesse acenou e esmagou o ovo contra a borda da tigela de metal. Centenas de minúsculos pedaços de casca deslizaram para a massa. Ele ergueu os olhos procurando a sua aprovação.

— Bem, talvez um bocadinho mais suavemente fosse melhor. Talvez o próximo seja eu...

Demasiado tarde. Jesse já estava a bater o ovo número dois contra a borda.

— *Ahhhhhh!* — Joe esticava-se para os enfeites aos guinchos.

— Joe, eu sei que tu queres outro enfeite. Mas não creio que a mamã...

Os bebés eram desastrados e incompetentes a maior parte do tempo mas, de vez em quando, varriam-nos a mente com uma precisão impecável. Carmen observou incrédula enquanto Joe se inclinava, estendia a mão, agarrava o pequeno tubo de enfeites a uma distância de mais de meio metro, pegava numa mão cheia, e derrubava o tubo com tanta força da bancada abaixo que houve uma chuva de enfeites.

— Oh, meu Deus — murmurou Carmen.

— Mexer, certo? — perguntou Jesse muito excitado, satisfeito por os ovos terem sido completamente esmagados.

— Bem, talvez nós devêssemos...

Pousou Joe no chão para poder pescar alguns pedaços de casca da massa. Mas Joe tentou pôr-se de pé com a ajuda de uma cadeira de cozinha e os enfeites giraram sob os seus pés como centenas de rolamentos. A queda foi imediata e sonora.

— Oh, Joe — gemeu Carmen. Agarrou nele e saltitou pela sala a fim de evitar os enfeites. — Queres brincar com o meu telemóvel? — ofereceu ela. Pouco lhe importava que ele telefonasse para Singapura.

— Toma. — Enfiou-o na cadeira de bebé, tirou a vassoura do gancho e começou a varrer os enfeites.

— Mexer, certo? — perguntou de novo Jesse ainda empoleirado na bancada.

— Hum... sim — concordou Carmen deprimida. Eles esgotavam-nos tão depressa. Ela chegara apenas há um quarto de hora.

Ouviu Mrs. Morgan descer as escadas. Precipitou-se para Joe, tentando apagar-lhe todos os vestígios de enfeites da boca e das mãos.

Mrs. Morgan apareceu à porta da cozinha de saia-casaco. Carmen ficou admirada por a ver tão elegante.

— Uau — exclamou ela. — Está fantástica.

— Obrigada — disse Mrs. Morgan. — Tenho uma reunião no banco.

— Mamã! Mamã! — gritou Joe. Atirou o telemóvel de Carmen pelo ar e estendeu os braços à mãe.

Não faças isso, avisou Carmen mentalmente. Mas, inevitavelmente, as forças do universo atraíram Mrs. Morgan para o seu bebé. Pegou-lhe ao colo.

— Mamã! Olha para isto! — gritou Jesse.

— Estás a fazer *biscoitos?* — perguntou Mrs. Morgan tão entusiasmada como se ele tivesse ganho o Prémio Nobel da Paz.

— Estou! — exclamou Jesse encantado. — Prova! Prova!

Mrs. Morgan espreitou para a tigela.

— Por favor, mamã? Fui eu que fiz.

Enquanto Mrs. Morgan hesitava, Carmen viu Joe enterrar a cabeça no sovaco da mãe. Estava à espera daquilo. Um fino rasto de muco estendeu-se pela lapela do casaco preto de Mrs. Morgan, exactamente como se um caracol tivesse deslizado pelo tecido. Mrs. Morgan não reparou e Carmen não teve coragem de lhe dizer.

A sua memória ofereceu-lhe de súbito imagens do vestuário de trabalho da mãe — a saia de gabardina em cima da qual Carmen tivera uma hemorragia nasal, o *blazer* de *tweed* em que entornara verniz azul.

— Mamã está muito bom! — Jesse empurrou a colher na direcção da boca da mãe.

Mrs. Morgan manteve o seu sorriso orgulhoso intacto enquanto examinava os pedaços de casca de ovo que emergiam da gema.

— Vai ficar ainda mais delicioso depois de cozinhado — comentou ela.

— Por favor? — pedinchou Jesse. — Fui eu que fiz!

Mrs. Morgan inclinou-se e provou um pedacinho minúsculo. Acenou encorajadoramente.

— Está maravilhoso, Jesse. Estou deserta por provar os biscoitos!

Carmen observava Mrs. Morgan incrédula. Teria ela, Carmen, sido capaz de provar aquela mistela? E a *sua* mãe? Tão depressa como a pergunta lhe atravessou a mente surgiu a resposta. Sim, Christina teria provado a massa. Teria e tinha.

Nesse momento Carmen percebeu o que acontecia com as mães. Mrs. Morgan não provara aquilo porque lhe apetecia. Provara porque o amava. E vá lá saber-se porquê Carmen achou esse pensamento misteriosamente reconfortante.

> Lennyk162: Carmen! Onde é que estás? O que há com o teu telemóvel? Tenho passado o dia a tentar telefonar-te! Preciso TANTO de falar contigo.
> Carmabelle: Tele avariado. Ligo já.

Tibby telefonou para casa de Brian. Quase nunca fazia isso. Foi o atendedor que respondeu. Era uma daquelas mensagens despersonalizadas geradas por computador que já vinham com o aparelho. Fazia-a pensar em alguém que tivesse comprado uma moldura e a tivesse deixado com a imagem que vinha da loja em vez de lá pôr a sua fotografia.

Pigarreou.

— Uh, espero ter o número certo... Brian, fala a Tibby. Telefonas-me para Williamston? Preciso muito de falar contigo.

Desligou. Bateu com o polegar na beira da secretária. Por que havia ele de lhe telefonar depois da maneira como ela o tratara? Se ela fosse ele, não telefonaria. Ou se telefonasse, seria apenas para lhe chamar idiota.

Marcou de novo o número. A mensagem voltou a ouvir-se.

— Brian? É outra vez a Tibby. Uh... uma coisa... bom, a principal coisa que te queria dizer era que lamento imenso. Mais que lamentar, estou envergonhada. Eu... — Tibby olhou para lá da janela e apercebeu-se de repente que estava a abrir a alma para um atendedor de chamadas que nem sequer tinha uma mensagem personalizada. Estava maluca. Não andava a dormir o suficiente. E se estivesse a ligar para o número errado? E se a mãe e o padrasto de Brian fossem ouvir as mensagens? Bateu com o telefone.

Mas, espera aí. Onde é que ela tinha a cabeça? Seria demasiado cobarde para terminar o seu pedido de desculpas depois da maneira como tratara Brian? Ia limitar-se a desligar a meio? Importava-lhe realmente mais o que a mãe ou o padrasto dele pensassem do que mostrar-se uma amiga verdadeira?

Olhou para os pés. Estava com umas pantufas-elefante. Estava também com uns calções de pijama aos quadrados por cima de um fato-de-banho porque tinha a roupa toda suja. Estava igualmente com uma toalha amarrada à cintura porque tinham ligado o ar condicionado com demasiada força nos dormitórios. Há vários dias que não tomava duche nem saía. Exactamente, que dignidade estava ela a tentar manter?

Marcou de novo o número.

— Brian? É, uh, outra vez a Tibby. O que eu queria dizer é que lamento. Lamento tanto que não consigo encontrar palavras para o exprimir. Quero ter a possibilidade de pedir-te pessoalmente desculpa. E também te queria dizer que vou, hum, passar um filme — um novo, não o outro — no sábado às três, aqui no auditório. Sei que não vais querer vir. — Parou para tomar fôlego. Estava a papaguear como uma louca. — Se fosse eu provavelmente não viria. Mas caso venhas, isso significaria muito para mim. — Desligou. Teria ficado demasiado esquisito? Iria ser posta à distância pela família toda?

Voltou a ligar o número.

— E desculpa telefonar tantas vezes — disse, num repente, apressando-se a pousar o telefone.

Não há remédio para o amor
a não ser amar mais.

Na sexta à noite Bridget correu quase dez quilómetros, todo o caminho até à curva do rio onde ficava a antiga casa de Billy. Talvez ele ainda lá vivesse.

Sentia que o seu corpo estava a mudar. Ainda não voltara completamente ao normal, mas estava quase lá. As pernas e o estômago estavam a ficar de novo musculados e fortes. O cabelo estava outra vez louro. Dado que corria sozinha, tirou o boné de basebol, o que foi um alívio. Deixou o cabelo respirar ao ar cálido da noite.

Parou em casa de Greta para ir buscar a sua bola e foi direita ao campo de futebol. Tornara-se um ritual, ir dar uns pontapés sozinha à noite, naquelas três manchas de luz.

— Gilda!

Virou-se e viu Billy a dirigir-se para ela. Provavelmente ia a caminho de uma festa onde todas as raparigas tinham todos os rapazes caídos por elas.

— Ôi — saudou ela, satisfeita por se ter lembrado de voltar a pôr o boné de basebol na cabeça.

— Julguei que tinhas deixado de jogar.

— Recomecei.

— Ah. — Olhou para ela. Olhou para a bola. Gostava tanto de futebol como ela. — Queres jogar?

211

Ela sorriu.

— Claro.

Não havia nada como um oponente atraente para pôr a adrenalina de Bridget a circular. Encontrou a sua passada, mantendo a bola diante de si. Fez ziguezague para a esquerda, deu-lhe um toque e depois chutou. Ouviu o gemido de incredulidade de Billy atrás dela.

— Um golpe de sorte — disse ele, e recomeçaram.

Era como se ela estivesse outra vez nos Honey Bees. Bridget sempre possuíra a capacidade explosiva de ser tão boa quanto queria, e esta noite isso permitiu-lhe ultrapassar Billy cinco vezes seguidas.

Ofegante, ele sentou-se no meio do campo. Cobriu a cara com as mãos.

— Que diabo! — uivou para o ar noturno.

Bridget tentou não parecer convencida. Sentou-se ao lado dele.

— Tu estás de *jeans*. Não leves isto demasiado a peito.

Ele baixou as mãos e fitou-a. Tinha o mesmo ar de quem viu um fantasma de há algumas semanas. Franziu os olhos.

— Quem és tu?

Ela encolheu os ombros.

— Que queres tu dizer?

— Quer dizer, és a Mia Hamm disfarçada ou coisa assim?

Sorrindo, ela abanou a cabeça.

— Eu sou o melhor jogador da nossa equipa! — gritou-lhe ele frustrado.

Bridget voltou a encolher os ombros. Que podia ela dizer? Tinha uma longa carreira a arruinar egos de rapazes no campo de futebol.

— Fazes-me lembrar uma rapariga que eu conheci — cismou ele, mais para a relva do que para ela.

— Sim?

— Chamava-se Bee, e foi a minha melhor amiga até aos sete anos. Ela também costumava dar-me baile. Portanto eu não devia importar-me com isto.

O seu olhar era animado e doce. Ela gostou que, sob o seu orgulho, ele fosse um tipo fixe. Sentia vontade de lhe dizer quem era. Estava farta de toda aquela encenação. Estava farta de esconder o cabelo num boné de basebol.

Reparou que ele olhava para as pernas dela. Podia não ser uma beleza, mas sabia que as suas pernas estavam a ficar outra vez elegantes. Estavam tonificadas e bronzeadas de andar a correr há cinco semanas seguidas, já não falando das sessões de futebol noturno. Ele não parecia ter visto um fantasma nem estar agradecido. Na realidade, parecia algo embaraçado. Pigarreou.

— Hum, é melhor ir andando. Estás cá amanhã às cinco, certo? É o penúltimo jogo antes do torneio, sabes.

Ela tencionava dar-lhe uma palmada nos ombros, mas o gesto não saiu tão de camarada como pretendera. Foi mais um roçar. Sentiu formigueiros nos dedos quando lhe tocou. Ele olhou para o ombro e depois outra vez para ela. Agora parecia confuso.

— Cá estarei — prometeu ela.

Quando entrou sem fazer barulho, viu a luz bruxuleante da televisão na sala. Foi em bicos de pés dar as boas-noites a Greta, mas ela já estava a dormir, a cabeça encostada ao maple. Diante dela, pousado numa mesinha, um tabuleiro continha os restos do seu jantar. Sexta era a sua noite de TV. Vendo-a ali, Bridget sentiu-se triste. A vida dela era tão limitada, tão simples e tão completamente desprovida de algo de notável. Poderia Bridget alguma vez encaixar numa vida tão limitada?

E então não pôde deixar de pensar em Marly. A vida de Marly nunca fora limitada nem simples. Com Marly, acordava-se todos os dias para um mundo diferente. Todas as horas tinham sido notáveis, boas ou más. Será que viver em pleno significava acabar como ela?

Ali de pé na sala onde Marly se ataviara para milhares de encontros e Greta dormitava diante da televisão, Bridget perguntou-se se tudo se resumiria à claustrofóbica escolha entre morrer bem ou viver mal.

Tibberon: Lenny, sinto-me feliz por ti e pelo Kostos. Mas, por favor, não me digas que o fizeste. Não consigo aguentar isso agora.

Lennyk162: Não fiz, Tib. Não te assustes. Mas não sou capaz de mentir. Desejei fazê-lo. Talvez em breve.

* * *

Era tarde. Carmen passara a tarde e a noite em casa de Lena. Tinha a cabeça cheia de amor e paixão — o amor e a paixão de Lena — e isso era excitante mas também ameaçador. Era mais uma coisa a separá-las da sua infância comum.

Quando chegou a casa, o seu pensamento avançara e recuara, numa completa jornada sentimental. Isso levou-a a sentir saudades da mãe e ansiar por ela, apesar de Christina se encontrar deitada no quarto ao lado.

Vestiu uma *T-shirt* de dormir e lavou os dentes, e depois enfiou--se na cama da mãe. Mesmo estando desavindas, continuava a ser o sítio mais doce do universo. Christina voltou-se e apoiou a cabeça no cotovelo. Em geral, em noites como esta, ela fazia festas nas costas de Carmen, mas esta noite Carmen não se chegou assim tão perto. Ainda não merecia aquilo.

— *Mamã?*

— Sim?

Carmen fungou um pouco.

— Preciso de lhe contar uma coisa.

— OK. — Christina provavelmente já esperava que isto viesse a acontecer.

— Lembra-se do domingo em que ainda andava com o David e pensou que ele não lhe tinha telefonado todo o dia?

Christina pensou um pouco.

— Lembro — disse ela.

— Bom, pois telefonou. Eu recuei a mensagem dele e uma nova mensagem ficou gravada por cima por engano. Devia ter dito a verdade, mas não disse.

Pela expressão de Christina viu-se que havia cólera, mas não estava à superfície.

— Isso foi sujo, Carmen.

— Eu sei que foi, e lamento. Lamento isso e lamento as coisas horríveis que disse. Lamento tê-la tornado tão infeliz. — Christina inclinou a cabeça. — Lamento ter estragado as coisas entre si e o David. Oxalá não tivesse. — As lágrimas assomaram-lhe aos olhos.

— Não sei por que o fiz. — Christina continuou sem dizer nada.

214

Tinha um jeito especial para ver o que se seguia às mentiras de Carmen. — OK, sei por que o fiz. Tinha medo que fosse o fim de a mãe e eu.

A mãe estendeu a mão e tocou-lhe no cabelo.

— Erraste. Mas não foste a única — disse ela lentamente.

— Eu também errei. Deixei as coisas andarem depressa demais. Entusiasmei-me. — Christina fitava intensamente a face de Carmen. — Mas ouve-me bem, *nena*. Nunca poderá ser o fim de tu e eu.

Carmen sentiu uma lágrima escorregar-lhe pelo cotovelo e afundar-se no colchão.

— Posso perguntar-lhe uma coisa?

— Claro.

— Há muito tempo que desejava encontrar um David? Todo este tempo em que fomos apenas as duas, sentiu-se só?

— Oh, não. Não. — Acariciou a cabeça de Carmen como fazia quando ela era criança. — Senti-me tão feliz sendo a tua mãe.

Carmen sentiu o queixo tremer.

— Sério?

— Mais do que tudo.

— Oh. — Carmen abriu um sorriso trémulo. — E eu tenho sido feliz sendo a sua filha.

Estenderam-se ambas de costas e ficaram a olhar para o tecto.

— *Mamã,* o que é que quer?

Christina pensou um instante.

— Apaixonarmo-nos é uma sensação maravilhosa. Mas foi assustador a maneira como me dominou. Não sei se quero isso.

— Hummm... — Carmen analisou as rachas do estuque.

— E tu, querida? O que é que tu queres?

— Bom. — Carmen levantou os braços e cruzou os cotovelos. Observou as suas mãos lá em cima. — Vejamos. Quero que me dê liberdade, mas não que me ignore. Quero que tenha saudades minhas quando for para a universidade, mas não que fique triste. Quero que permaneça exactamente na mesma, mas não que se sinta só. Quero ser eu a deixá-la, mas que a mãe nunca me deixe. Isto não é justo, pois não?

Christina encolheu os ombros.

— Tu és a filha. Eu sou a mãe. Não é para ser justo. — Riu-se.

— Não me lembro de te ver a mudar fraldas.

Carmen riu também.

— Ah, e outra coisa. — Virou-se de lado para fitar a mãe.

— Quero que a mãe seja feliz.

Deixou as palavras caírem sobre elas. Ao fim de um bocado aproximou-se o suficiente para a mãe lhe poder fazer festas nas costas.

Bee,
Mando-te as Calças cheias de amor e estranheza. Estou a viver noutro mundo. Sei que compreenderás, Bee, porque tu também lá vives. Não me refiro só a fazer coisas importantes com um rapaz, embora compreenda bastante mais acerca disso agora. Refiro-me a expormo-nos a uma felicidade avassaladora sabendo que estamos igualmente a expor-nos a mágoas terríveis. Tenho medo de estar tão feliz. Tenho medo de estar tão excessiva.
Mas tu estás aqui comigo, Bee. Sempre desejei ser tão corajosa como tu.

Beijinhos,
Lena

Se as saudades e a carência tinham sido enormes anteriormente, agora eram quase insuportáveis. Lena sentia-se como se a multitude de pensamentos, sonhos e fantasias a respeito de Kostos fizessem pesar as horas e as levassem a passar ainda mais devagar.

Estava a viver fora de si própria, a viver para quando pudessem estar juntos. Era isto que tanto desejara evitar. Mas agora apercebia-se de que talvez fosse esse o preço do amor.

Quando ele lhe falara na segunda-feira, ela acariciara literalmente o telefone. Teria preferido ficar apenas a ouvi-lo respirar durante uma hora a desligar.

Quando ele telefonara na terça, ficara hora e meia a rir, o que a levara a perguntar-se se a verdadeira Lena não estaria algures fechada num armário com a boca tapada por fita adesiva.

Ele não telefonara na quarta e quando telefonou na sexta não parecia bem. A sua voz denotava um desânimo que ela mal reconheceu.

— Receio não poder ir aí este fim-de-semana.

Ela sentiu-se de repente zonza.

— Porquê?

— Talvez... talvez tenha de voltar.

— Voltar para onde?

— Para a Grécia — disse ele.

Lena ficou sem fôlego.

— O teu bapi está bem?

Ele ficou calado um instante.

— Acho que sim.

— Então porquê? O que há? — Estava a ser demasiado intensa. Estava a atirar-se a ele como um gato a um rato. Desejou conseguir controlar-se.

— Um outro assunto que surgiu — respondeu ele lentamente. — Explico-te quando souber o que aconteceu. — Não queria que ela fizesse mais perguntas.

— É mau? Vai ficar tudo bem?

— Espero que sim.

O cérebro de Lena procurava afanosamente possíveis explicações que não fossem devastadoras para ela.

— Tenho de desligar — disse ele. — Quem me dera não ter.

Não vás! Queria ela gritar-lhe.

— Amo-te, Lena.

— Adeus — proferiu ela inevitavelmente.

Ele não podia voltar para a Grécia! Ela morreria! Quando é que o veria de novo? A única coisa que a aguentara até agora fora a ideia de que só tinha de esperar até sexta-feira.

Detestava isto. A incerteza. A impotência. Sentia-se como se ele tivesse aberto um imenso abismo no percurso previsto da sua vida. Agora, o passeio acabava apenas a alguns passos.

Effie estava parada à entrada do quarto. Tinha calçadas as sapatilhas de corrida.

— Estás bem? — perguntou ela.

Lena abanou a cabeça. Cerrou os olhos com força para manter as lágrimas lá dentro.

Effie surgiu a seu lado.

— O que foi?

Encolheu os ombros. Foi buscar a voz ao fundo de si.

— Penso que ser amada por Kostos é ainda pior do que não ser amada por ele.

— Os seus netos costumavam vir aqui visitá-la, não era? — perguntou confidencialmente Bridget à avó ao pequeno-almoço.

A avó mastigava a sua torrada.

— Ah, sim. Todos os verões até quase aos sete anos. E até aos cinco, eu costumava ir todos os invernos passar seis semanas ao norte para os ver.

— Por que é que deixou de ir? — perguntou Bridget a tentear.

— Porque a Marly me pediu para não ir.

— Por que é que acha que ela fez isso?

Greta suspirou.

— As coisas tinham começado a resvalar nessa altura. Não creio que ela quisesse alguém a observar muito de perto a sua vida, muito menos eu. Eu tinha demasiadas opiniões acerca das crianças e nem ela nem Franz as queriam ouvir.

Bridget inclinou a cabeça.

— Que tristeza.

— Oh, querida. — Greta balouçou-se na sua cadeira. — Nem imaginas a tristeza que foi. Marly amava os filhos, mas tinha problemas. Costumava ir deitar-se depois de lhes arranjar o almoço, e quando eles andavam pelos oito ou nove anos desconfio que ela voltava a dormir a seguir ao pequeno-almoço. Ficava exausta a meio de escolher a roupa para lavar e deixava-a ficar na máquina durante dias até o Franz ir dar com ela.

Bridget levou a palma da mão à cara. A cozinha escureceu quando o céu lá fora se toldou. Lembrava-se da mãe deitada durante toda a tarde e até à noite. Lembrava-se da mãe ficar irritada e frustrada por causa das fivelas das sandálias de Bridget ou dos emaranhados do cabelo. Bridget aprendera a ter cuidado em não entornar coisas e a usar a roupa mais de uma vez, porque tudo demorava imenso tempo a voltar lavado.

— Por que é que... eles deixaram de vir? Os miúdos.

A avó apoiou pesadamente os cotovelos na mesa.

— Para ser franca, penso que foi porque eu andava a ter fortes discussões com Franz. Sabia que a Marly tinha problemas, e passava o tempo preocupada com ela. O Franz não queria ver as coisas que eu via. Disse-lhe que Marly precisava de ajuda médica, e ele disse que não. Disse-lhe que Marly precisava de ser medicada, e ele discordou. Penso que ele estava zangado comigo, por isso afastou as crianças. Disse-me que parasse de telefonar. Que deixasse a Marly em paz. Eu não podia fazer isso.

Bridget reparou que os lábios de Greta tremiam. Apertava fortemente as suas mãos de idosa.

— E eu tinha razão em me preocupar. Tinha razão porque...

Bridget levantou-se tão depressa que quase derrubou a cadeira.

— Preciso de ir fazer uma coisa lá em cima. Desculpe, Greta. Lembrei-me agora. Tenho de ir.

Subiu a escada sem olhar para trás. No sótão, a primeira coisa que viu foi a caixa, aquela cuja abertura tinha vindo a adiar. Nos seus sonhos era Pandora. Imaginava que a caixa era um buraco negro escancarado entre ela e a sua infância, e que uma vez abertas as badanas, ela cairia por ele e morreria.

Estendeu-se na cama e ficou a ouvir a tempestade a formar-se lá fora. Adormeceu durante um bocado, e quando acordou estava de novo a olhar para a caixa. O céu escurecia. Quase sentia o barómetro a cair rapidamente.

Viu o vento a ondular as cortinas das clarabóias. O céu cinzento parecia tornar o chão também cinzento à sua imagem. Ela gostava daquele quarto. Sentia-se mais em casa ali do que alguma vez se sentira em qualquer outro lugar. Mas continuava a haver aquela caixa. Espreitou pela janela a paisagem agitada.

Dirigiu-se à caixa e abriu-a. Era uma boa altura para despachar o assunto. Queria provar a si própria que aquilo não era assim tão assustador. E se não o fizesse agora, quando é que o faria? Tinha de chegar ao fundo desta história.

A camada de cima era na sua maioria fotografias da jovem família feliz. Marly e Franz com os seus dois bebés louros. No automóvel, no jardim zoológico. O habitual. Mais interessantes para ela eram as com os avós. Bridget a franzir os olhos ao sol às cavalitas do avô, ou com um sorriso rasgado ao lado de Greta, a boca alaranjada e esborratada de um chupa-chupa. Sorriu ao ver uma fotografia da equipa dos Honey Bees. Lá estava ela com o seu corte de cabelo à rapaz e o braço em volta de Billy Kline. O meio da caixa estava entulhado com os diversos projectos de arte seus e de Perry, e uma pilha de revistas infantis de Perry em fase de desintegração. Deitou fora muita dessa tralha.

Debaixo havia fotografias que Marly devia ter enviado à mãe nos anos seguintes a eles terem deixado de ir para o Alabama. As rígidas fotos de escola de Bridget e Perry desde o terceiro ao quinto ano. Havia uma fotografia hilariante dos Setembros do Verão a seguir ao quarto ano. Tibby ainda não tinha muitos dentes. Bridget exibia um aparelho dental refulgente, com pequenas tiras de borracha esticadas à frente. Carmen estava com a sua horrorosa versão descaída do penteado à Jennifer Aniston. Lena parecia normal, mas Lena era assim.

A última fotografia era dolorosa. Pela data no verso, Bridget soube que havia sido tirada quatro meses antes da morte da mãe. Calculou que a mãe a tivesse mandado a Greta para mostrar que estava óptima, mas se a observássemos um minuto que fosse, a ilusão desfazia-se penosamente. Os membros de Marly estavam demasiado magros. A pele parecia não ver a luz do dia há semanas. A sua pose num banco do parque parecia totalmente artificial, como se tivesse sido montada no estúdio fotográfico Sears. O sorriso parecia frágil e atrofiado, como se há muitos meses ela não desse esse formato à boca.

Bridget gostava da Marly que resplandecia e se arrebicava, mas esta era a mulher que ela recordava.

Levantou-se. Estava agitada. As pernas precisavam que ela se movimentasse. O céu estava escuro como se fosse noite. Carregou no interruptor mas a luz não acendeu. A trovoada cortara a electricidade.

Desceu as escadas para ver como se achava Greta. Para sua surpresa, encontrou-a aninhada num canto da cozinha com uma lanterna.

— Está bem? — perguntou ela.

Greta brilhava de transpiração.

— Tenho o açúcar alto. E estou a ter dificuldade em dar a injecção assim no escuro.

Sem pensar, Bridget aproximou-se para a ajudar.

— Eu seguro-lhe na lanterna — ofereceu-se.

Com ela na mão, e quase sem respirar, observou Greta a preparar a agulha e enfiá-la na veia. De repente o foco de luz de Bridget começou a oscilar e a varrer a sala toda. A mão tremia-lhe tanto que largou a lanterna e esta tombou ruidosamente no chão. Sentia o corpo todo sacudido.

— Desculpe — exclamou ela. — Eu apanho. — Mas em vez disso escorregou e caiu de joelhos no meio da cozinha.

— Está tudo bem, querida. Eu apanho — disse Greta em tom tranquilizador, mas a Bridget pareceu que a voz vinha de muito longe.

Tentou levantar-se, mas sentia a cabeça esquisita, sentia os olhos esquisitos. Não conseguia concentrar-se em nada. Entrou em pânico, como se tivesse de se manter em movimento. Saiu disparada pela porta das traseiras para o jardim. Ouviu a voz da avó chamá-la, mas não conseguiu concentrar-se nela. Continuou a andar.

Andou quarteirões debaixo da chuva fustigante até chegar ao rio e depois andou ao longo dele, pelo caminho tão seu conhecido. Andar não lhe parecia suficientemente rápido, por isso começou a correr. O rio ia cheio, lambia as margens. Sentiu lágrimas escorrerem-lhe dos olhos, misturarem-se com a chuva e desvanecerem-se nela. A chuva caía com violência e de repente ela viu a sua *parka* impermeável dobrada debaixo do assento da camioneta da Triangle, a viajar pelo país, deixando-a ali fora sozinha.

Correu, correu, e quando já não conseguia correr mais, tombou no chão e deixou que aquilo a apanhasse. Ficou estendida na lodosa margem molhada e deixou que as recordações a dominassem, porque já não conseguia evitá-lo.

Era a mãe com a agulha enfiada na pele, na sua pele de um branco-azulado. Era o cabelo, comprido e louro, espalhado no chão. Era a cara da mãe que não se mexia mesmo com os gritos, todos aqueles gritos. Eram os gritos de Bridget. Ela gritava e a cara da mãe permanecia imóvel, por mais que Bridget a sacudisse. E ela continuava a gritar até surgir alguém que a levava dali.

Era assim a história. Era assim que ela acabava na realidade.

Nem sempre as aparências iludem.
Sabiam?

BRIDGET VREELAND

Algures antes do nascer do Sol, Bridget levantou-se e voltou para casa. Entrou pela porta lateral e subiu entorpecida os degraus até à casa de banho. Tomou um longo duche quase a ferver, embrulhou-se numa toalha, pegou numa escova da prateleira e dirigiu-se à cozinha. Serviu-se de um grande copo de água e sentou-se à mesa às escuras.

Estava cansada. Estava atordoada. Sentia-se como se tivesse morrido.

Ouviu passos na escada e depois ouviu a avó entrar na cozinha atrás de si. A avó sentou-se à mesa em frente dela. Não disse nada.

Ao fim de algum tempo, Greta pegou na escova de cima da mesa e levantou-se. Foi colocar-se atrás de Bridget e começou a escovar-lhe o cabelo húmido, suave e lentamente, desfazendo todos os nós pelo fundo como uma profissional. Bridget deixou a cabeça descontrair-se contra o peito da avó, e permitiu-se recordar as muitas vezes que Greta fizera aquilo antes, sempre devagar, sempre pacientemente.

Cerrou os olhos e permitiu-se recordar outras coisas naquela cozinha. A avó a arranjar-lhe uma taça de flocos de cereais quando ela devia estar a dormir, a dar-lhe o xarope da tosse quando Bridget tivera uma bronquite, a ensinar-lhe a jogar *gin-rummy* e a desviar os olhos quando ela fazia batota.

Quando o seu cabelo ficou completamente escovado e macio, o Sol já se erguera, e lançava os seus raios sobre as sedosas madeixas douradas. Greta beijou-a no cimo da cabeça.

— Sabe quem eu sou, não sabe? — perguntou Bridget em voz débil. Sentiu o aceno afirmativo de Greta na sua cabeça. — Sabe há muito tempo? — Novo aceno. — Soube sempre?

— No primeiro dia, não — respondeu Greta, protegendo Bridget da tristeza de sentir que o seu esquema falhara completamente.

Bridget inclinou a cabeça.

— Tu és a minha abelhinha querida. Como poderia não saber?

Ela meditou naquilo. Fazia sentido.

— Mesmo com o cabelo diferente?

— Tu és quem és, esteja o teu cabelo como estiver.

— Mas não disse nada.

Greta ergueu os ombros e deixou-os descair de novo.

— Achei que devia seguir as tuas deixas.

Bridget acenou de novo. Era notável e verdadeiro. Greta sentia do que Bridget precisava. Sempre assim fora.

Quando se enfiou na cama, a pele nua e os cabelos macios, Bridget sentiu uma sensação de conforto a espalhar-se por todo o seu corpo. Deixara entrar as recordações de uma mãe que parecia não conseguir amá-la, mas a mesma maré trouxera as recordações da mãe que a amara.

Até meados de Agosto, Lena levantou-se de manhã e deitou-se à noite. Às vezes ia trabalhar no intervalo. De vez em quando também comia. Encontrou-se com Carmen e ouviu Carmen falar. Teve algumas conversas tensas com Tibby. Quando Bee telefonou ela não estava em casa. Lena era o género de pessoa que gosta de partilhar as boas notícias. As más guardava-as só para si.

Kostos voltara para a Grécia. Não explicara porquê. Quando ela perguntara se fizera alguma coisa errada, ele ficara transtornado. Pela primeira vez em dias a sua voz perdera o tom monocórdico.

— Não, Lena. Claro que não. Aconteça o que acontecer, tu não fizeste nada de errado. — A voz dele estava carregada de emoção.

— Tu és a melhor coisa que aconteceu na minha vida. Nunca penses que fizeste algo de errado.

Aquilo não a tranquilizara muito.

Ele prometera escrever imenso e telefonar sempre que pudesse. Sabia que ele não telefonaria muito. Custava uma fortuna e seria um encargo para os avós. A casa deles em Oia nem sequer podia receber *e-mails*.

Era o regresso às cartas. O protelar da satisfação parecia uma tortura muito além de tudo o que mesmo Kafka poderia ter imaginado.

Não sei se consigo aguentar isto, pensou ela em diversas ocasiões. Mas qual era a alternativa? Desapaixonar-se por ele? Impossível. Deixar de se importar? Deixar de desejar estar com ele? Já tentara isso uma vez. Achava-se demasiado envolvida para voltar a tentar.

— Lena, tu estás bem? — perguntou-lhe a mãe uma manhã, ao pequeno-almoço.

Não! Não estou!

— Estou óptima — disse ela.

— Estás tão magra. Gostava que me contasses o que se passa contigo.

Lena também gostava. Mas isso não aconteceria. Há muito tempo, principalmente desde o desastre de Eugene, que as suas órbitas se encontravam muito afastadas. A mãe não podia de repente vir abraçá-la e tornar tudo melhor.

Carmabelle: Tib. Vi hoje o Brian a andar de bicicleta. Quase o atropelei. Está um espanto. Está atraente. Não estou a gozar.
Tibberon: Estás a gozar. Ou enganada.
Carmabelle: Não estou nada.
Tibberon: Estás sim.

Bridget estava a precisar de fazer uma corrida. Uma corrida longa e rápida. Há dias que se mantinha por casa, enfiada nas pantufas de Greta e deixando a avó fazer-lhe limonada e confortá-la. Passara muito tempo sem ter uma mãe.

Em geral, quando dormia doze horas por noite isso significava que estava a ir-se abaixo, mas nestas noites, com os seus sonhos tranquilos, sentia que estava a reconstruir-se, a revigorar-se.

224

Lavou energicamente o cabelo, quatro vezes de seguida, vendo os últimos restos de tinta castanha escoar-se pelo cano. Depois calçou as sapatilhas de corrida.

O ar achava-se um pouco mais fresco que o usual, e a sua respiração entrou imediatamente num ritmo fácil. Sentia o corpo leve e estupendo, como se se tivesse descartado de uma manta muito pesada e muito escura.

O rio continuava demasiado cheio do dia e noite de tempestade. Os pés escorregavam-lhe um bocado nas partes lodosas do caminho, mas ela abrandou sem alterar a passada. Poderia correr um milhão de quilómetros hoje, mas resolveu voltar para trás quando atingisse os oito. A folhagem das árvores estava tão luxuriante e densa que elas tombavam pesadamente sobre a beira do rio. Magnólias de grandes folhas erguiam-se para o céu. Uma espessa camada de musgo parecia cobrir todos os rochedos e pedras.

— Ei!

— Ei! — gritou a voz uma segunda vez, antes de ela perceber que lhe era dirigida.

Abrandou e voltou-se.

Era Billy. Acenava-lhe da parte mais alta da margem relvada. Fazia sentido. Ela conseguiria ver a casa dele dali se se pusesse em bicos de pés.

Ele aproximou-se. Parecia perplexo com o seu aspecto.

Bridget levou a mão à cabeça, lembrando-se de que não a cobrira. De que servia agora?

— Estás... diferente — disse ele, observando-a atentamente.

— Pintaste o cabelo.

— Não, foi antes... um despintar. — Ele pareceu surpreendido.

— Quer dizer, este é que é o natural.

Havia algo a surgir no olhar dele. Estava à procura de algo.

— Tu conheces-me realmente, Billy — disse ela.

— Conheço, não conheço?

— Não me chamo Gilda.

— Não.

— Não.

Ele vasculhava o cérebro, dava para perceber.

— E também não sou a Mia Hamm.

Billy riu-se. Observou-a uns instantes mais.

— És a Bee — disse ele por fim.

— Sou — concordou ela.

Ele sorriu, espantado, feliz, confuso.

— Graças a Deus não há *duas* raparigas em Burgess capazes de me dar uma trepa no futebol.

— Só uma — concordou ela.

Ele apontou para a testa.

— Eu *sabia* que te conhecia.

— E eu sabia que te conhecia.

— Iá, pois, mas eu não andava disfarçado, pois não?

— Não. Além disso, estás exactamente na mesma.

— E tu estás — analisou-a. — Na mesma também — concluiu.

— Tem piada, não tem? — disse ela sentindo-se nas nuvens.

Começaram a andar juntos ao longo do rio.

Ele ia-lhe deitando olhares.

— Por que é que andavas com um nome falso? — perguntou por fim.

Era uma pergunta razoável. Ela já não tinha a certeza de qual era a resposta.

— A minha mãe morreu, sabias? — Pronto, não era uma resposta, mas era uma informação que ela queria que ele possuísse.

Ele inclinou a cabeça.

— Celebrámos aqui um serviço fúnebre por ela. Lembro-me de ter pensado que tu talvez viesses.

— Eu não soube. Se soubesse teria vindo.

Billy acenou de novo. Ela sabia bem que estava a deixar montes de perguntas em aberto, mas as pessoas não nos pressionam quando nos morreu a mãe.

— Pensei muito em ti — afirmou ele. Bridget percebeu pelo seu olhar que era verdade. — Tive imensa pena. Sabes, da tua mãe.

— Eu sei — disse ela muito depressa.

Ele tocou-lhe levemente na mão enquanto andavam. Até aí só tinham falado acerca de futebol, e todavia ele era capaz de se mostrar grave agora, de absorver quem ela era e o que era.

— Eu queria vir até aqui para voltar a ver este sítio — explicou ela após um pequeno silêncio. — Queria ver a Greta e saber coisas a respeito da minha mãe, mas... não queria... compromissos. Acho eu. — Billy pareceu achar aquilo lógico, embora ela não tivesse a certeza. — Já não penso assim — acrescentou ela.

Gostava da maneira atenta como ele a fitava, mas agora estava pronta a mudar de assunto.

— Então como é que se portaram contra Decatur? — perguntou. Agora que já era ela outra vez, era giro ouvir a sua voz a descair para o velho sotaque sulista.

— Perdemos.

— Oh! Que pena. Pensei que a chuva tivesse corrido com vocês no sábado.

— Jogámos no domingo — informou ele. — Perdemos três a um. A malta diz que foi por tu lá não estares.

Bridget sorriu. A ideia agradava-lhe.

— Eu disse-lhes que te convidava para seres o nosso treinador, oficialmente.

— Que tal se eu o fizesse oficiosamente?

Ele satisfez-se com isso.

— Nada de faltar a mais jogos, treinador — disse ele. — E tens de vir também aos treinos. Temos o torneio final no próximo fim-de-semana.

— Prometo — garantiu ela.

Pararam no fim do caminho, cada um virado para a sua direcção. Billy pegou-lhe na mão quando ela começou a afastar-se. Apertou-a uma vez, ao de leve, e largou-a.

— Ainda bem que voltaste, Bee.

Tibby tinha de sair do dormitório. Há três dias que não via a luz do sol, e já comera todos os cereais e grãos de todas as caixas de cereais em miniatura que fanara da cafeteria — a seco, depois de se lhe ter acabado o leite. Não precisava necessariamente de tomar duche, nem de lavar roupa, nem de escovar o cabelo, mas precisava de comer.

Vagueava pelo vestíbulo do seu dormitório, discutindo para consigo alguns cortes no filme, quando esbarrou com Brian.

— Brian! — gritou ela ao perceber que era realmente ele e não a imaginação a pregar-lhe partidas.

Ele sorriu. Aproximou-se para a abraçar e depois não teve coragem, de maneira que foi ela quem se esticou e o abraçou.

— Estou tão, tão satisfeita por te ver — exclamou ela.

— Recebi as tuas mensagens — disse ele. — Tibby estremeceu ligeiramente. — Todas elas — acrescentou ele.

— Desculpa lá.

— Não há problema.

Feliz, ela analisou-lhe o rosto.

— Ei. O que fizeste aos óculos? — E quando a pergunta lhe saltou dos lábios, viu que Carmen tinha razão. Se Tibby conseguisse ser objectiva, veria que Brian estava perfeitamente apresentável. Ocorreu-lhe um pensamento aterrador. — Não puseste lentes de contacto, não? — E se Brian, entre toda a gente, se tivesse de repente tornado vaidoso? O que significaria isso para o mundo?

Brian fitou-a como se ela fosse louca.

— Não. Partiram-se. — Encolheu os ombros. — Não vejo nada.

Tibby soltou uma gargalhada. Sentia um tal alívio por ele ser outra vez seu amigo.

— Podes vir comigo à cafeteria? Eu meto-te lá dentro?

— Claro — acedeu ele.

À entrada do edifício, Tibby viu Maura. Uma parte cobarde de si desejou esconder-se, fingir que não a tinha visto. Há mais de uma semana que não falavam. Tibby tinha a certeza de que Alex lhe contara toda a sua arengada.

Maura estava ataviada com uma saia de cabedal. Tibby continuava com os calções de pijama aos quadrados. O seu *top* tinha manchas de tinta. Brian deitou-lhe um relance cauteloso. Maura baixou os olhos, preferindo obviamente a charada em que fingiam não se ter visto uma à outra.

Tibby cuspiu na cara do seu eu cobarde.

— Ei, Maura — chamou ela. — Eu não te apresentei devidamente o meu amigo Brian. Maura, este é o Brian. Já te disse que ele é meu amigo?

Maura fez um ar encurralado. Olhou em volta para as pessoas que percorriam o vestíbulo. Não queria ser vista a falar com a rapariga do pijama. Tibby deu por si a desejar, perversamente, que Brian estivesse com um aspecto tão apalermado como ela, em vez de perfeitamente apresentável.

Maura saudou-os com um sorriso tenso e desagradável, e desviou-se de Tibby para entrar no elevador.

Mais tarde, na cafeteria, sentiu vontade de apresentar Brian a toda a gente que conhecia, mas infelizmente isso resumiu-se a Vanessa. Vanessa acedeu a sentar-se à mesa deles e prometeu mostrar os seus bichos a Brian quando voltassem para o dormitório.

— Ele é giro — segredou ela a Tibby quando Brian lhes foi buscar sumo de laranja.

A primeira carta levou oito dias a chegar, e Lena soube ao senti-la nas mãos que não a ia fazer feliz. Era leve e delgada, e a letra normalmente expansiva de Kostos parecia estranhamente comprimida.

> Minha adorada Lena,
> É-me difícil escrever-te com esta mensagem. Estou numa situação aqui que me perturba. Quero esperar para te contar até saber como ela se resolverá. Desculpa o suspense. Sei que não é fácil para ti.
> Por favor, tem paciência comigo durante mais um pouco.
>
> Kostos

Debaixo da assinatura fria ele tinha escrito uma coisa diferente numa altura diferente, calculou ela, porque a tinta secara com um tom levemente diferente, e a letra era muito mais solta, quase de bêbedo.

Amo-te, Lena, garatujara ele no fim. *Não conseguiria deixar de te amar ainda que tentasse.*

Analisou a carta, com uma estranha sensação de desprendimento. O que poderia ser? Passara tantas horas a tentar calcular e adivinhar, mas não descobrira qualquer hipótese que fizesse sentido.

Ele dizia que a amava. Embora normalmente ela não confiasse muito nessa noção, acreditava nele. Mas por que dizia ele que não conseguiria deixar de a amar ainda que tentasse? Parecia que estava a tentar. Por que estaria ele a tentar? O que poderia ter acontecido para fazer com que ele desejasse deixar de a amar?

Estaria o seu Bapi doente outra vez? Isso seria terrível, mas não os obrigaria a separar-se. Se ele precisava de ficar em Oia, tudo bem. Ela arranjaria maneira de ir para lá no Verão seguinte. Talvez até nas férias de Natal.

Lena sentia-se como um seixo a cair a um poço. Tombava no espaço sem nada que a sustivesse. Sabia que o fundo, quando surgisse, seria doloroso. Mas até o suspense se tornava monótono ao fim de um tempo.

Ela esperava, esperava. E caía.

A carta seguinte era pior.

Querida Lena,
Não posso continuar a sentir-me comprometido contigo. Nem quero que te sintas mais comprometida comigo. Desculpa. Um dia, explicar-te-ei tudo e espero que me perdoes.

Kostos

Chegara ao fundo. Foi esmagar-se contra ele, mas isso não lhe trouxe qualquer sentimento de remate ou de compreensão. Ficou apenas lá no fundo a olhar para cima. Sabia que tinha de haver um minúsculo círculo de luz algures, mas agora não conseguia avistá-lo.

Lagos de tristeza, ondas de alegria.

JOHN LENNON e PAUL MCCARTNEY

— Está? É o David?
— Sim. Quem fala?
— É a Carmen Lowell. Sabe, a filha de Christina?
Pausa.
— Olá Carmen. Em que posso ser-te útil? — Parecia de pé atrás — todo formal. Sabia que Carmen não desempenhara exactamente o papel de Cupido entre ele e Christina.
— Queria pedir-lhe um grande favor.
— OK...
O «ok» dele soava a «nem penses...».
— Gostaria que viesse buscar a minha mãe esta noite às sete e a levasse ao Toscana. A reserva está no nome de Christina.
— Agora és a secretária social dela? — perguntou ele. Tinha o direito de ser um bocadinho azedo. Além disso, ela apreciava francamente que ele não tivesse posto ponto final à conversa.
— Não — redarguiu ela. — Mas tive a minha quota-parte a estragar as coisas entre vocês. Sinto que é da minha responsabilidade consertar o que puder.
Nova pausa.
— Palavra? — Estava com medo de acreditar nela.
— Palavra.
— E a tua mãe quer ver-me? — a voz adquiriu um som agudo e pungente na última palavra. Já não estava todo formal.

231

— Está louco? Claro que quer. — Na realidade, Carmen ainda não confirmara tal facto com a mãe. — E o David quer vê-la?

David soltou o ar que retivera.

— Quero, sim.

— Ela tem sentido a sua falta. — Carmen nem podia crer no que lhe saía da boca, mas encorajar o amor revelava-se muito mais divertido do que destruí-lo.

— Eu sinto a falta dela.

— Belo. Bom, divirtam-se.

— Está bem.

— E, David?

— Sim?

— Desculpe.

— OK, Carmen.

Tibberon: Falaste com a Lena? Estou preocupada com ela.
Carmabelle: Há dois dias que ando a telefonar e a mandar *e-mails*. Também estou preocupada.

Lena encontrava-se sentada sozinha no fundo da loja debaixo de um porta-cabides cheio de blusas penduradas. Sabia que devia exibir um ar diligente, mas hoje não conseguia. Apertou os joelhos. Estava a ficar maluca por fases. A primeira fase era fazer coisas estranhas, e a segunda era deixar de se importar.

Hoje falara com Tibby e com Carmen, duas vezes com cada uma. Dera por si a sentir-se irritada com elas por não serem capazes de dizer coisas que a pudessem fazer sentir melhor. Mas começava a perceber que não havia coisas que a pudessem fazer sentir melhor.

Sentiu os picos de pêlos nas pernas. Esgaravatou a unha grossa do dedo mindinho do pé até ela quase se despegar. A dor era a única coisa dentro daquela sala que lhe servia.

Uma mulher atravessou a sala com um molho de roupa no braço. Lena viu-a de costas quando ela se dirigiu a um gabinete de provas. *Escolhe. Eu fico por aqui.*

Ouviu a senhora mover-se e debater-se na minúscula câmara de tortura com uma cortina que não fechava completamente.

Tanto se lhe dava ouvir aquilo como outra coisa qualquer. Fechou os olhos e curvou a cabeça.

Ouviu pigarrear.

— Faz favor? — A voz era tímida. — Acha que isto me fica bem?

Lena ergueu os olhos. Perdera a senhora de vista, mas ela estava ali de pé no meio da alcatifa. Tinha os pés nus e chatos. Enfiara um vestido de seda cinzenta que lhe dançava em roda do corpo pequeno e ossudo. O rosto da mulher estava sombreado, e a pele parecia fina como celofane. Só as veias azuis no pescoço e nas mãos pareciam vivas. Mas a cor do vestido era quase idêntica à dos seus grandes olhos doces. Não lhe ficava bem, mas ficava-lhe provavelmente melhor do que qualquer outra coisa na loja.

Deixou de olhar para o vestido da senhora e olhou-lhe para a cara. Até aí, Lena não conseguira descobrir o que era aquele ar especial de tantas mulheres que ali faziam compras. Para falar com franqueza, nem sequer se esforçara muito por descobrir. Mas agora via com toda a clareza. Era carência. Era esperança. Era uma súplica por um pequeno sinal de que eram dignas de nota.

A carência desta mulher era óbvia. De repente Lena percebeu quem ela era. Era Mrs. Graffman. Era a mãe de Bailey. Mrs. Graffman não conhecia Lena, mas Lena conhecia-a. Tinha perdido a filha, a sua única filha. Já não tinha ninguém de quem ser mãe. Comparada com ela, Lena não sabia nada a respeito de perda.

Fitou o rosto de Mrs. Graffman. Viu do que ele precisava e não desviou o olhar. Levantou-se.

— Esse vestido... acho que a faz... linda. — As palavras saíram leves como o ar, mais verdadeiras do que qualquer mentira que Lena já dissera.

Uma tarde, quando Bridget chegou a casa depois de ter corrido, havia um embrulho à espera dela. Abriu-o imediatamente, de pé junto à mesa da cozinha.

As Calças! Tinham voltado de novo para ela. Com o coração aos saltos, subiu a escada a correr, despiu o fato de corrida e enfiou-se debaixo do chuveiro. Não era permitido lavar as Calças. E ela não era tão louca que fosse experimentá-las após ter corrido quinze quilómetros num dia de Agosto no Alabama.

Limpou-se, vestiu roupa interior e pegou nas Calças. *Por favor, sirvam-me,* suplicou ela. Puxou-as para cima e fechou-as tudo num só gesto fluido. *Ahhhh.* Assentavam tão bem. Executou uma dança de vitória em volta do sótão. Correu para baixo e lá para fora e executou uma dança de vitória em volta da casa.

«Iá! — gritou para o céu, porque era tão bom sentir-se outra vez bem.

Assentou as mãos nas coxas, absorvendo a ligação a Carmen, Lena e Tibby, e amando-as tanto.

«Está tudo bem! — apetecia-lhe gritar suficientemente alto para elas a ouvirem. — «Agora vou ficar bem!»

Greta deitou-lhe um olhar perplexo quando ela passou a correr, de volta ao segundo piso.

O conteúdo da última caixa continuava amontoado no canto. Bridget achava-se agora pronta para arrumar tudo de vez e terminar com aquilo. Pegou na caixa para voltar a meter as coisas lá dentro, mas deteve-se. Ficara esquecido no fundo um quadrado amarelecido em que ela não tinha reparado antes. A sua euforia diminuiu ao estender a mão para o papel. Era a parte de trás de uma fotografia, percebeu quando lhe tocou com os dedos. Prometeu a si mesma que ficaria bem, fosse lá o que fosse.

A fotografia mostrava uma rapariga, à volta dos dezasseis anos, sentada nos degraus do liceu de Burgess. Era linda, com o seu sorriso aberto e a sua cortina de cabelo dourado. O primeiro pensamento de Bridget foi de que era a mãe. Limitou-se a presumir que seria. Mas, olhando mais atentamente, interrogou-se. A fotografia parecia demasiado velha para ser a mãe. E além disso, a expressão do rosto era diferente...

Precipitou-se escada abaixo.

— Avó! Uuu! — gritou ela.

— Aqui — chamou a avó do jardim. Estava a regar o seu pequeno jardim que abraçava as traseiras da casa.

Bridget meteu-lhe a fotografia à frente da cara.

— Quem é esta?

A avó olhou.

— Sou eu — disse ela.

— É a avó?

— Claro.

Bridget observou-a de novo.

— Era linda, avó.

— E isso é assim tão surpreendente? — perguntou ela, tentando parecer ofendida mas sem realmente se importar.

— Não. Bom. Um bocadinho.

A avó regou-lhe o pé. Bridget começou a saltar, rindo. Quando se acalmou, voltou à fotografia.

— A avó tinha aquele cabelo.

A avó inclinou a cabeça.

— E onde é que a menina pensa que o foi buscar? — perguntou ela brincalhona.

A resposta de Bridget foi muito séria.

— Sempre pensei que o tinha ido buscar a Marly. Sempre pensei que isso significava que eu era como ela.

A avó acompanhou facilmente a nova disposição de Bridget.

— Tu és como ela em alguns aspectos — alguns aspectos maravilhosos.

— Em quê?

— Tens a mesma intensidade dela. És corajosa. Tens a beleza dela, disso não há dúvida.

— Acha que sim? — ansiava mais do que nunca ser tranquilizada acerca daquele ponto.

— Claro que sim. Seja qual for a cor que ponhas no cabelo.

Bridget gostou daquela resposta.

Greta fechou a torneira e atirou a mangueira para o canteiro de flores.

— Mas és também muito diferente dela.

— Em quê? — voltou Bridget a perguntar.

Greta pensou um instante.

— Vou-te dar um exemplo. A maneira como vieste para esta casa e reformaste o sótão. Desmantelaste-o e trabalhaste dia após dia para voltar a arranjá-lo. Foi um bálsamo para o meu coração ver a tua paciência e o teu trabalho árduo, Bee. A tua mãe, Deus a tenha em sossego, não era capaz de se concentrar no que quer que fosse durante mais de uma hora ou duas.

Bridget recordava-se disso na mãe, da facilidade com que ela se impacientava. Com um livro, com uma estação de rádio, com os filhos.

— Ela entregava os pontos muito facilmente, não era? — perguntou.

Greta fitou-a como se fosse chorar.

— Entregava, sim, querida. Mas tu não.

— Posso ficar com esta fotografia, avó? — pediu ela. Dos milhares de coisas em que mexera no sótão, esta trazia esperança. Esta era o que ela queria conservar.

Carmabelle: Len. Por favor responde-me. Por favor? Vou até aí.
Lennyk162: Agora não. Falo-te mais tarde, ok?

Muito ao longe, do fundo do poço, Lena ouviu a pancada na porta. Chegou-lhe duas vezes, antes de lhe ocorrer que era a sua porta e que tinha de responder.

A voz saiu-lhe quase tossida.

— Quem é?

— Lenny, sou eu. Posso entrar?

A voz de Carmen era tão querida e familiar e contudo pertencia ao mundo lá de cima.

— Agora... não — conseguiu ela dizer.

— Lenny, por favor? Preciso mesmo de falar contigo.

Lena cerrou os olhos.

— Talvez mais tarde.

A porta abriu-se na mesma. Carmen avançou direita à cama onde Lena estava encolhida.

— Oh, Lenny.

Lena fez um esforço para se sentar, embora os seus ossos parecessem ceder e aluir. Começou a tapar os olhos com as mãos, mas Carmen já ali estava. Não havia fuga. Carmen passou-lhe os braços pelos ombros e abraçou-a.

Sentiu a sua cabeça pesada tombar sobre o pescoço de Carmen, cedendo ao inexprimível conforto da pele cálida da amiga.

— Lenny — entoou Carmen abraçada a ela, e Lena chorou.

Chorou e tremeu. Ela chorou e Carmen chorou com ela.

Ao fim de algum tempo Lena apercebeu-se de que não estava no fundo do poço, mas ali, com Carmen.

— Marca-o! Anda, Rusty! — gritou Bridget da linha lateral. Andava ao longo do campo, com as Calças Viajantes vestidas, a gritar ordens e a arengar encorajamentos como qualquer bom treinador. Tinha o cabelo solto e incandescente, mas os seus jogadores não ligavam. Queriam-na pela sua mente. Ou, mais especificamente, pela sua estratégia. Ao intervalo, onze rapazes cercaram-na, de olhos arregalados e atentos, como se ela fosse um oráculo.

Greta estava sentada poucos centímetros atrás dela numa cadeira de convés, sorrindo e abanando a cabeça, observando alternadamente o jogo e o seu problema de palavras cruzadas.

— Céus, Corey, pára de vaguear à roda da baliza. Rusty, não te adiantes tanto a Billy. Quando ficas *offside* tornas-te inútil; não me interessa que sejas rápido. E olhem, o médio deles está nas lonas e não têm um substituto capaz. É aí que têm de os trabalhar. — Reorganizou ligeiramente a sua formação e enviou-os de volta ao campo.

Oito minutos depois do começo da segunda parte, o castigado médio de Mooresville saiu de campo e foi substituído pelo guarda-redes suplente, que tinha pelo menos vinte quilos de excesso de peso. Nessa altura Bridget percebeu que o jogo estava no papo.

Billy abraçou-a depois da vitória e levantou-a do chão.

— Boa, treinador! — gritou ele. Acotovelaram-se todos à volta dela, felizes, aos gritos e a festejar.

— Agora nada de peneiras — disse ela. Então lembrou-se de como detestava quando os treinadores diziam aquilo. — Risquem — disse a rir. — Tenham as peneiras que quiserem. Vamos cilindrar Athens às quatro.

Não cilindraram Athens às quatro, mas ganharam-lhes, garantindo o lugar na final do dia seguinte.

O sorteio final colocou-os contra a Tuscumbia, que viera de Muscle Shoals. Bridget acordou cedo e vestiu as Calças para mais uma volta. Levou a prancheta de apontamentos para o pequeno-

-almoço e fez uma pormenorizada descrição da sua complexa estratégia à avó, que se esforçou imenso por parecer interessada mas ia deitando olhadelas a um artigo do *Ladies' Home Journal*.

Às nove horas Billy surgiu à porta, lívido.

— Estamos feitos — disse ele.

— Que foi?

— Corey Parks foi para Corpus Christi com a namorada ontem à noite.

— Não!

— Sim. Ela ameaçou acabar tudo se ele não a levasse lá.

Bridget fez uma careta.

— Oh, não. — Abanou a cabeça. — Nunca confiei no Corey. Não desde que ele fingiu estar magoado no joelho para poder ir a King's Dominion.

— Bee, tínhamos seis anos — exclamou Billy.

Mas ela não recuou.

— Bem, tu sabes. Cesteiro que faz um cesto...

Uma hora mais tarde já no campo, com as duas equipas reunidas e duas cidades presentes para aplaudir e incitar, a situação não parecia muito melhor. Burgess não era uma equipa muito mais sólida do que Mooresville. Bridget observou tristemente o seu banco. O seu único suplente capaz partira para Auburn há dois dias. Seth Molina tinha talas nas canelas e recusava-se a vestir a camisola da equipa. Rason Murphy sofria tanto de asma que ela receava que se o pusesse em jogo num dia abafado como aquele, ele se pusesse de pé e caísse morto. Valia mais equipar Greta e pô-la a jogar.

Caminhou ao lado de Billy, considerando as suas opções. Não havia opções.

Olharam ambos para o deplorável banco de suplentes.

— É inútil — disse Billy.

Soou o apito de início do jogo. Bridget ficou gelada na lateral enquanto a sua equipa entrava em campo — com os seus dez elementos.

Tuscumbia chegou aos quatro e ficou por aí, provavelmente por piedade, até ao intervalo. Nessa altura a maioria dos fãs já os apupava ou punha-se a andar.

238

Bridget não tinha nada para dizer à sua equipa no intervalo. Estavam com o número errado de jogadores; estratégias subtis não fariam qualquer diferença.

— Isto é humilhante — opinou Rusty.

A equipa arrastou-se de volta ao campo. O árbitro tinha o apito na mão. Billy articulava qualquer coisa com os lábios em direcção a Bridget.

— Hum? — gritou-lhe ela aproximando-se. Ele articulou de novo. Agitava as mãos como se fosse louco. — O quê? Não te ouço!

— Honey Bees! — trovejou ele. — Estou a dizer Honey Bees.

Por fim, ela percebeu. Ele estava a chamá-la para jogar.

Bridget soltou uma gargalhada. Sem pensar duas vezes, correu para o campo até junto dele.

Toda a gente pareceu perplexa quando ela surgiu de *jeans* e sapatilhas de corrida no meio do campo.

— Ela é o nosso suplente! — gritou Billy para o árbitro, Marty Ginn, que era também o proprietário da Burgess Fine Pharmacy.

— O Rason está com asma — acrescentou Billy, sabendo perfeitamente que Marty há dezoito anos aviava receitas para os inaladores de Rason.

Marty fez um aceno de cabeça. Olhou para o capitão do Tuscumbia.

— Estás de acordo? — perguntou ele.

O capitão do Tuscumbia parecia achar tudo aquilo divertido. O jogo já era uma farsa, portanto o que é que interessava se no meio dele havia uma rapariga de calças compridas? Encolheu os ombros e acenou afirmativamente, como que a dizer: *O que se seguirá?*

O apito deu início à segunda parte.

Bridget começou a correr lentamente pelo campo, até sentir as pernas preparadas. Seguiu a acção de longe, até sentir a adrenalina a subir e os olhos, a mente e os pés naquela harmonia perfeita que lhe tornava o jogo imparável. Então meteu mãos à obra. Roubou facilmente a bola a um avançado do Tuscumbia e começou a driblar velozmente, um toque e três passos, um toque e três passos.

Afinal, nove meses afastada do futebol competitivo não a tinham afectado. E além disso, estava com as Calças Viajantes. Eram de feitio e material errados para desportos competitivos, é certo, mas faziam-na feliz. E havia Greta que se descolara do assento e corria pela linha lateral a gritar por Bridget como uma maníaca. Isso também ajudava.

Bridget subiu, subiu, até chegar às nuvens. Podia permitir-se ser generosa. Preparou o jogo para Rusty. Preparou-o para Gary Lee. Preparou-o duas vezes para Billy. Preparou as jogadas e distribuiu-as como presentes de Natal até o jogo estar empatado, com os gritos de protesto da equipa adversária a tornarem-se ensurdecedores, e o último minuto começar a contar. Então guardou o último golo para si. Nunca dissera que era a Madre Teresa.

Carma,

Sei que precisas particularmente delas, por isso aqui vão o mais depressa que consegui enviar-tas. É favor reparar na relva do campo de futebol que deixei para ti no bolso de trás. Um punhado do doce torrão natal para tua diversão.

A magia das Calças funcionou. Estou tão feliz, Carma. Não te vou contar tudo agora nem mesmo pelo telefone, porque te quero contar pessoalmente. Regresso em breve. Já encontrei tudo aquilo de que precisava aqui.

Beijinhos,
Bee

Deixai que sinta agora toda a angústia
Que me é possível.

CHARLES DICKENS

— Fora da cama.

Christina franziu os olhos para Carmen, irritada.

— Não.

— Sim.

— Não.

— Mamaaaã.

— Porquê?

— Porque... — Carmen tamborilou ao de leve na cómoda da mãe. — Vai sair esta noite.

— Não, não vou.

— Vai sim.

— Carmen, não vou sair outra vez com o teu pai e a Lydia.

— Eu sei que não. Aliás, eles já se foram embora. Vai sair com o David. — *Há.*

Christina sentou-se. Ficou com as faces coradas à simples menção do nome dele. Tentou parecer desconfiada e zangada.

— Desde quando?

— Desde que eu lhe telefonei e combinei tudo. — Abriu o roupeiro da mãe e começou a observar as opções no que se referia a sapatos.

— Tu não fizeste isso.

— Fiz sim.

— Carmen Lucille! Não te diz respeito!

— Ele sente a sua falta, mamã. E a mãe sente a falta dele. É tão óbvio. Anda triste. Vá. Seja feliz.

Christina empilhava almofadas no colo.

— Talvez não seja assim tão fácil.

Carmen apontou para a casa de banho.

— Talvez seja.

Christina hesitou. Carmen podia ter fechado os olhos e tapado os ouvidos que continuaria a perceber quanto a mãe desejava ir. Mas Christina estava a procurar ser racional e responsável, e ela apreciava isso.

— Não lhe estou a dizer que perca a cabeça, mamã. Nem sequer lhe estou a dizer que recomece onde ficaram. Estou apenas a dizer para ir jantar com o homem que a ama. — A mãe girou as pernas para a beira da cama. Aquilo estava a funcionar. — Nunca mais terá de voltar a sair com ele se não quiser. — Carmen sabia que as probabilidades disso eram zero, mas pronto.

A mãe começou a dirigir-se ao duche.

— Espere aí. — Carmen correu ao seu quarto. Tirou as Calças Viajantes da gaveta de cima da cómoda e sacudiu-as levemente. Voltou a correr para junto da mãe. — Tome.

Os olhos de Christina ficaram alagados. Apertou os lábios.

— Que é? — sussurrou ela, embora soubesse o que aquilo significava.

— São para vestir.

— Oh, *mi nena*. — Puxou Carmen e abraçou-a com força. Carmen percebeu que podia levantar o queixo e apoiá-lo no cimo da cabeça da mãe. O que era um bocadinho triste.

Quando a mãe se afastou, Carmen sentiu lágrimas no pescoço.

— Não posso levá-las. Se vou tentar de novo, desta vez tenho de ser adulta.

— OK. — Carmen compreendia isso.

— Mas, Carmen?

— Sim?

A boca da mãe tremeu.

— Significa imenso para mim teres-me oferecido.

Carmen acenou com a cabeça. Pegou na mão da mãe e beijou-lhe os nós dos dedos.

— Vá, *mamã*. Duche. Vestir. Rápido!

Voltou para o seu quarto.

— Vou preparar a máquina para quando o David chegar! — gritou ela por cima do ombro.

Carmabelle: Tib. Levo as Calças quando for à projecção. Estou ansiosa por te ver.

Tibby sabia que acreditava nas Calças de alma e coração, porque de outro modo não as teria vestido hoje, tendo em conta o que acontecera da última vez que as usara. Para ela, as Calças significavam dar pontos desajeitados e voltar a desmanchá-los, julgar as pessoas e ser capaz de mudar de opinião. Ela era capaz de se surpreender a si própria, fora o que Bailey dissera.

Tocou no coração bordado ao entrar para o auditório. O seu próprio coração parecia bater à superfície da pele. Era como se os ossos tivessem deixado de ser rijos e de a amparar.

Vá lá saber-se porquê, quando viu o grupo de pessoas que a aguardava numa fila ao fundo do auditório, experimentou a estranhíssima sensação de ter morrido. O mundo acabara, e todas as pessoas que ela magoara e desapontara tinham voltado para lhe dar uma segunda oportunidade.

Estavam lá o pai e a mãe. Estava lá Brian. Lena e Carmen, Mr. e Mrs. Graffman. Até Vanessa. *Quero merecer-vos a todos,* pensou ela.

O seu filme foi o primeiro. Começava com Bailey à janela e o sol a entrar em jorros, e Beethoven. A imagem mudava para o Wallman's e Duncan Howe, para Margaret no teatro Pavillion e para Brian no Sete-Onze. Tinha intercalado esses segmentos com pedaços dos filmes caseiros que pedira aos Graffman. Bailey bebé, a dar os primeiros passos. Bailey a correr atrás de uma borboleta no jardim e — esta era uma parte dolorosa — Bailey aos seis anos, enfezada, de boné de basebol e sem cabelo por baixo. O último segmento era a entrevista. Bailey a falar e a olhar, parecendo tirar da câmara tanto quanto lhe dava.

O fim era a imagem imóvel do Sete-Onze. Aquela em que ela olhava para Tibby por cima do ombro e ria. A imagem dissolveu-se lentamente enquanto permanecia ali, e passou a preto e branco. Continuou no ecrã enquanto se ouvia música.

Brian, sentado ao lado de Tibby, pegou-lhe na mão. Ela apertou-lha. Apercebeu-se de que ele estava a assobiar acompanhando a música, mas tão baixinho que provavelmente era ela a única pessoa a ouvir.

Por fim a música cessou e o rosto de Bailey desapareceu. A escuridão parecia vazia sem ele.

Mrs. Graffman encostou a cabeça ao peito do marido. A mãe de Tibby pegou na mão de Tibby de um lado e na de Carmen do outro. Lena apertava a cabeça. Todos eles choravam abertamente.

Lá fora, sob o sol ofuscante, os pais de Tibby abraçaram-na. A mãe disse-lhe que se sentia orgulhosa. Carmen e Lena apertaram-na com força e elogiaram-na repetidamente. Brian tinha lágrimas nos olhos. Tibby ficou surpreendida ao ver Alex aproximar-se. Preparou-se para o comentário dele, apesar de já não levar a peito o que ele dissesse.

— Boa malha — disse ele. Os seus olhos estavam perplexos; aquilo saiu-lhe quase como uma pergunta. Observou-a como se observa um estranho. Que, de certo modo, ela era. Ele achava-se encostado à parede, e ela conseguia ver a toda a volta.

Quando se é grego, sabe-se que é tradicionalmente considerado um insulto aos antigos deuses pensar que se sabe quando as coisas não podem piorar mais. Se se comete tal erro, então os deuses provarão que se está enganado.

Exactamente uma semana depois do dia em que Lena recebeu a apocalíptica carta de Kostos, a avó telefonou de Oia e disse ao pai de Lena que o bapi tinha tido um acidente cardiovascular. Encontrava-se no hospital de Fira e não estava bem.

O pai de Lena, sendo agora advogado e americano, pediu para falar com os médicos de bapi e gritou muito, e queria que o bapi fosse levado de avião para o hospital de Atenas. Em resposta disseram-lhe que o bapi estava demasiado frágil para ser deslocado.

Lena só teve tempo de deixar mensagens a Tibby e a Carmen dizendo o que acontecera e de telefonar para a Basia's a largar o trabalho uma semana mais cedo. Estava a fazer as malas entorpecida como o resto da família quando se lembrou das Calças Viajantes. Ela devia recebê-las nesse dia! Estava-se a meio da tarde e ainda não tinham chegado. Quem fora a última a tê-las? Tinham andado a passar de mão tão depressa ultimamente que Lena já nem sabia. O voo para Nova Iorque partia daí a duas horas! Apesar da crise à sua volta, aquilo transformou-se na sua preocupação mais premente. Como podia ir para a Grécia sem elas?

Enquanto o resto da família corria atarefada pela casa, ela postou-se à porta da entrada, esperando avistar uma carrinha de entregas postais. E passou os últimos minutos antes da partida a atrasar.

— Anda, Lena! — gritou a mãe do carro quando ela se deteve no passeio, ainda com a esperança de que, por magia, as Calças fossem aparecer a tempo.

Não apareceram, e ela tomou aquilo como um mau augúrio.

Aguentaram-se no voo para Nova Iorque e na manhã seguinte num voo directo para Atenas. No 747 que retumbava através do oceano Atlântico, Lena passou a maior parte do tempo a olhar para as costas do lugar diante dos seus olhos. Mas no poliéster azul passaram imensas imagens. O bapi com os cotovelos pontiagudos de fora da janela na noite do festival da Assumpção em Agosto passado. O bapi a comer *Cheerios* com os sapatos brancos de borlas. O bapi a observar demorada e atentamente os quadros dela, levando-os mais a sério do que alguém já fizera. Talvez parecesse estranho encontrar a nossa alma gémea num velho grego com oitenta e dois anos, mas fora o que acontecera a Lena no Verão passado.

O pai escrevia no seu bloco. Effie dormia encostada ao ombro esquerdo dele. A seu lado, de rosto carregado, ia a mãe.

A dada altura, entre o primeiro e o segundo filme, trocaram um olhar carregado e depois continuaram a fitar-se sombriamente.

Quem me dera que pudéssemos ajudar-nos uma à outra, pensou Lena. *Quem me dera que confiasses o suficiente em mim para me contares coisas importantes e que eu confiasse em ti.* Depois deu por si a desejar que a sua alma gémea pudesse ser a mãe em vez do bapi, que provavelmente estava a morrer. Depois começou a chorar. Enroscou-se no seu lugar, de costas para a mãe e deixou que os ombros estremecessem e a respiração fugisse a todos os padrões habituais. Assoou-se ruidosamente a um guardanapo. Chorou por si e pelo bapi, por Kostos e pela avó, pelo pai e pelas Calças Viajantes que não tinham chegado a tempo, e depois um pouco mais por si.

E, no entanto, quando o comandante mandou as hospedeiras prepararem-se para a chegada, e Lena viu a velha e bela terra da pátria da avó lá em baixo, sentiu uma excitação na boca do estômago. Algures dentro de si, o seu coração irreprimível e ingénuo palpitava ansioso por ver de novo Kostos, mesmo nestas terríveis circunstâncias.

Bee,
Gostava que houvesse uma maneira melhor de te encontrar, porque queria falar contigo já. Tanto. Acabo de saber que o Bapi de Lena teve uma trombose. Partiram todos para a Grécia ontem. Depois de tudo o que ela tem passado... Sinto-me tão triste. Queria ter a certeza de que tu sabias.

Beijinhos,
Tibby

Lena tinha razões para começar a acreditar que aquilo que menos queremos que aconteça é seguramente o que vai acontecer.

Quando chegaram no automóvel de aluguer após a longa subida pelos penhascos de Santorini até à vila de Oia e avistaram a avó de pé à entrada da sua porta cor de gema de ovo, viu a sua crença confirmada.

A avó estava de preto dos pés à cabeça, e as linhas do seu rosto pareciam todas apontar para baixo. Lena ouviu um pequeno grito soltar-se do seu peito. O pai saltou do carro e foi abraçar a mãe. Lena viu a avó acenar e chorar. Todos sabiam o que aquilo significava.

Effie passou-lhe o braço em volta dos ombros. As lágrimas de Lena estavam a postos, prontas a entrar ao serviço. Chorara tanto nos últimos dias que sentia sede. O seu cabelo misturou-se com o de Effie enquanto elas se abraçavam e choravam. Depois todos abraçaram a avó. Quando a avó viu Lena soltou um gemido e pareceu abater-se.

— Bela Lena — murmurou ela, soluçando no seu pescoço.

— O que nos aconteceu?

O funeral realizar-se-ia na manhã seguinte. Lena acordou e ficou a ver a Caldera ao amanhecer, cinzento-escuro e cor-de-rosa. A janela do seu quarto, agora partilhado com Effie, trouxe as recordações do Verão anterior para tão perto dela que era como se as pudesse agarrar. Lembrou-se de ter esboçado um desenho a carvão de Kostos naquele mesmo sítio.

Com a expectativa e ansiedade de ver Kostos, Lena arranjou-se com particular cuidado. Vestiu uma bonita blusa preta transparente por cima de um *top* que Effie lhe emprestara. Pôs brincos de pérolas. Secou o cabelo com secador e deixou-o cair solto sobre os ombros, uma ocorrência rara. Pôs um toque muito leve de máscara e lápis de olhos. Sabia que bastava um bocadinho de maquilhagem para lhe realçar dramaticamente os olhos dourados, razão pela qual quase nunca a usava.

Lena minimizava sempre o seu aspecto. Usava roupa simples, desinteressante. Quase nunca se maquilhava e usava o cabelo preto apanhado atrás ou num despretencioso rabo-de-cavalo. Desde pequenina que a mãe lhe dizia que a sua beleza era uma dádiva, mas quanto a dádivas, Lena comparava-a com o cavalo de Tróia.

A sua beleza fazia-a sentir constrangida e exposta. Atraía para ela o género de atenção que detestava. O próprio facto de ser óbvia fazia-a sentir-se defraudada. Effie, com o seu nariz grande, podia permitir-se ser apaixonada, arguta, calorosa e livre. Lena, com o seu nariz pequeno, tinha de ser bonita. Lena passava demasiado tempo da sua vida a certificar-se de que nenhuma das pessoas em que confiava ligava à sua aparência, e a evitar as pessoas que ligavam.

E, contudo, hoje, estava a envernizar a dádiva. Hoje, o vazio que sentia por causa do Bapi e a sua ânsia dolorosa por Kostos tornavam-na desesperada, capaz de experimentar qualquer poder que estivesse ao seu dispor.

— Céus — exclamou Effie ao vê-la descer a escada. — Que fizestes tu à Lena?

— Está amarrada na despensa — respondeu-lhe Lena.

Effie pareceu admirá-la atónita durante alguns instantes.

— O Kostos vai roer-se todo — declarou ela.

E assim, sentindo-se culpada e mesquinha, Lena viu o mais recôndito da sua alma ser lido pela irmã mais nova como se fosse um poster.

Tibby baixou os olhos para o chão de linóleo e lembrou-se como o seu quarto do dormitório lhe parecera feio e deprimente no dia em que para lá fora há dois meses atrás. Agora o chão estava coberto de roupa suja que ela enfiava ao acaso para um grande saco. Em cima da cama dispôs todas as cassetes de vídeo que reunira e usara para fazer o seu filme. Na secretária estava o iBook que trabalhara tanto com ela este Verão. O computador fora um suborno, mas ela acabara por gostar dele. Em cima da cómoda estava o desenho que fizera do seu quarto aos onze anos, e que de certo modo lhe fizera companhia. Havia também o certificado declarando que o seu filme conquistara os mais elevados louvores do departamento de cinema, e a nota de felicitações de Bagley, o professor de escrita de guiões. Na mesinha-de-cabeceira via-se o sapinho ponta de flecha que Vanessa fizera especialmente para Nicky. Cada uma dessas coisas lhe dava prazer enquanto as enfiava, uma a uma, na mala.

A última coisa que guardou foi uma fotografia que prendera na porta com fita adesiva. Era um retrato de Bailey no hospital pouco tempo antes de morrer. Fora Mrs. Graffman quem lho dera quando viera para a exibição do filme.

Tibby sentia dificuldade em olhar para ele. Apesar de o apreciar muitíssimo, apetecia-lhe guardá-lo cuidadosamente entre dois livros numa prateleira alta e deixá-lo lá ficar para sempre. Mas prometeu a si mesma que não faria isso. Prometeu a si mesma que o penduraria na parede do seu quarto, estivesse onde estivesse. Porque Bailey compreendera o que era real, e quando Tibby via o rosto de Bailey, não conseguia fugir à realidade.

248

O amor é um trenó que corre através da tundra
e de repente se vira, prendendo-nos lá debaixo.
À noite, chegam as doninhas do gelo.

MATT GROENIG

A missa pelo Bapi foi dita na simples e encantadora igreja branca que Lena tantas vezes visitara no Verão anterior. O serviço foi todo em grego, naturalmente, incluindo o elogio feito pelo pai, o que a deixou entregue às suas recordações e meditações sobre o Bapi.

Apertava com força a mão da avó, ansiando avistar Kostos. Estaria tremendamente triste, isso ela sabia. Enquanto ela apenas tivera a possibilidade de amar o bapi um verão, Kostos conhecera-o durante quase toda a sua vida. Lena tinha observado as formas subtis como Kostos cuidava do bapi à medida que ele ia ficando mais velho e mais fraco — indo despejar o lixo, substituindo as telhas partidas — ao mesmo tempo que o fazia continuar a sentir-se válido e respeitado.

Queria partilhar aquilo com Kostos. Ele era uma das raras pessoas que sabiam o que o bapi significara para ela. Fosse o que fosse que se interpusera entre ambos, podiam sentir-se unidos hoje, não podiam?

Perto do fim do serviço, avistou-o finalmente. Estava do outro lado do banco em que se encontrava a família dela, na ponta, de fato preto, e em grande parte tapado pelo avô. Estaria Kostos também à procura dela? Encontravam-se ambos ali, numa pequena igreja numa minúscula ilha num dia daqueles. Como poderia não o fazer?

Lena e a família foram as últimas pessoas a sair. Seguiram o padre para lá das grandes portas até ao adro da igreja, onde todos os membros da congregação se tinham reunido para, um a um, apresentarem os seus sentimentos à viúva, a avó. Como devia ser estranho, meditou Lena entorpecida, acordar durante milhares de dias como esposa e neste dia acordar viúva.

Só nessa altura é que ela viu Kostos sem obstáculos pelo meio e, presumivelmente, o mesmo aconteceu com ele. Chocou-a a rigidez da sua postura. Em geral, o ar em volta dele parecia fervilhar com a sua animação, mas hoje parecia perfeitamente parado. Tinha as sobrancelhas tão franzidas que ela mal conseguia ver-lhe os olhos.

Por qualquer razão, não reparara a princípio na jovem mulher que se encontrava ao lado de Kostos com a mão pregada ao cotovelo dele. Aparentava vinte e poucos anos. Usava o cabelo com madeixas louras e a pele parecia amarelada contra o preto do saia-casaco. Lena não se lembrava de alguma vez a ter visto.

Aquilo desencadeou um martelar surdo no seu peito. Sabia de algum modo que a mulher não fazia parte da família dele nem era uma amiga íntima da família. Sabia simplesmente. Ficou ali à espera que Kostos lhe acenasse ou fizesse um gesto a chamá-la, ou reparasse nela de qualquer forma, mas isso não aconteceu. Esperou ao lado da avó, a distribuir beijos e apertos de mão, e a curvar a cabeça perante montes de frases de condolências sinceras mas que ela não compreendia especificamente.

Embora os avós dele estivessem entre os primeiros a ir beijar e abraçar Valia, Kostos esperou até quase ao fim. O céu toldara-se e o adro da igreja esvaziara-se quando ele se aproximou, com a rapariga loura ainda a seu lado.

Abraçou desajeitadamente a avó, mas não disseram nada um ao outro. A rapariga loura pousou um beijo tímido na face da avó. Lena fitou fixamente aquela mulher desconhecida, e ela retribuiu-lhe o olhar. Aguardou qualquer saudação ou apresentação que não chegaram. A boca da avó era uma linha direita no seu rosto. Lena sentia perplexidade e um certo pânico face à estranheza de todas as partes.

O padre, que andara por ali amistosamente durante todo o tempo, pareceu pressentir a falha social. Sabia inglês suficiente para desejar facilitar as coisas.

— Kostos, deves conhecer o filho e a nora de Valia, da América. — Fez um gesto em direcção aos pais de Lena que se encontravam a poucos passos. — E a neta de Valia? — Fez um gesto de Kostos para Lena e de novo para Kostos. — Lena, conheces o Kostos e a sua jovem esposa?

Esposa.

A palavra esvoaçou em redor dos ouvidos de Lena como se fosse um mosquito, mergulhando ameaçador antes de a picar. E depois picou-a.

Ela olhou para Kostos e, finalmente, ele olhou para ela. A cara dele estava diferente. Quando os olhos dele encontraram os dela, reconhecendo-a e vendo-a por fim, a visão de Lena começou a esfumar-se pelas bordas.

Tombou no chão. Encostou a testa aos joelhos. Sentiu vagamente as mãos preocupadas da mãe nas costas. Sentiu confusamente o alarme de Kostos quando ele abandonou a sua postura rígida para a agarrar. O seu instinto humano básico fê-la manter-se consciente, apesar de ter sido um alívio deixar-se ir.

O quarto não era suficientemente grande para conter a sua angústia. A casa não era suficientemente grande. Saindo silenciosamente de casa e começando a subir a estrada onde a escuridão avançava, Lena perguntou-se se o céu seria capaz de a conter.

Caminhava descalça pela rua poeirenta, sem saber o seu destino até chegar ao topo, à extensa planície que se estendia de penhasco a penhasco. Entorpecida, tomou o rumo do pequeno bosque de oliveiras. Era um lugar que ela e Kostos haviam partilhado, mas tinha a certeza de que ele o abandonara desde então, como abandonara tudo o que era dela, incluindo a ela própria. Havia muitas pontas, coisas aguçadas que se enfiavam nas solas macias dos seus pés citadinos, mas isso até lhe sabia bem.

Quando chegou ao bosque, vagueou por entre as pequenas oliveiras como se fossem filhos há muito perdidos. Passou por cima das rochas e sentou-se na margem do lago, que diminuíra muito desde o Verão anterior. A ilha inteira estava mais seca e amarelada do que então.

Este era o lugar onde tudo começara. Parecia-lhe um ritual adequado lavar os pés doridos e fazer as suas despedidas também aqui.

Pensara terminar aquilo sozinha, mas ouviu o ruído de passos atrás de si. O coração deu-lhe um salto, mas não por pensar que fosse um criminoso ou um javali. Sabia quem era.

Ele sentou-se ao lado dela, enrolou as calças que usara no funeral, e enfiou os pés na água junto aos dela.

— Estás casado — disse ela inexpressivamente.

Cerrou os dentes antes de se permitir olhá-lo. Ele estaria obviamente pesaroso e envergonhado e lamentaria e blá-blá-blá. E depois?

— Ela está grávida — declarou ele.

Lena preparara-se para se mostrar distante e inflexível, mas ele conseguira arruinar também isso.

Fitou-o com uns olhos imensos.

Kostos inclinou a cabeça.

— Chama-se Mariana, e saí com ela três vezes depois de teres rompido comigo. Da segunda vez fizemos sexo. — Lena estremeceu. — Sou um canalha estúpido. — Nunca o ouvira tão amargo. Fitou-o em silêncio. Não tinha muito a acrescentar àquilo. — Ela está grávida e a culpa é minha. Portanto tomo a responsabilidade.

— Sabes se é... — Sentiu dificuldade em terminar a frase. — ... teu?

Ele olhou-a a direito.

— Isto não é a América. Isto é um sítio à moda antiga. E isto é o que faz um cavalheiro.

Lena lembrou-se de quando ele empregara aquela palavra com ela. Não pôde deixar de pensar, algo incoerentemente, que os seus esforços para se portar como um cavalheiro não estavam a contribuir para felicidade geral da sua vida.

Lentamente, fitando a água, tentou reavaliar as últimas semanas agora que sabia isto.

— Vais voltar com ela para Londres?

Ele abanou a cabeça.

— Por agora não. Vamos ficar aqui.

252

Lena sabia o golpe que aquilo era para ele. Kostos queria sair da ilha e viver a sua vida num lugar maior, ligado a um mundo mais vasto. Sabia que fora sempre esse o sonho dele.

— Vocês vivem juntos? — indagou ela.

— Ainda não. Ela anda à procura de casa em Fira.

— Ama-la? — perguntou Lena.

Kostos olhou para ela. Fechou os olhos durante um ou dois minutos.

— Nunca poderei sentir por alguém o que sinto por ti. — Abriu os olhos para a ver. — Mas farei o possível.

Lena ia começar a chorar. Sabia que não conseguiria aguentar isto durante muito tempo. A realidade aproximava-se a passos largos, pisava-lhe já os calcanhares, agarrava-lhe os pulsos. Queria afastar-se dele antes que tal acontecesse.

Levantou-se para partir, mas ele pegou-lhe nas mãos e puxou-a para si. Sufocando um grito aninhou-a contra o peito rodeando-a com ambos os braços, a boca no cabelo dela, a respiração ofegante.

— Lena, se te despedacei o coração, despedacei o meu mil vezes mais. — Ela ouvia-o chorar, mas não quis olhar. — Faria tudo para modificar isto, mas não vejo saída. — Ela soltou um soluço seco, um pequeno escape enquanto se debatia para segurar o resto.

— Vou permitir-me dizer isto agora e nunca mais o direi. Vai contra o compromisso que tomei, mas tenho de to dizer, Lena. Tudo aquilo que te disse era verdade e é verdade. Não menti. É mais verdade e maior e mais forte do que alguma vez saberás. Lembra-te do que te disse. — A voz soava desesperada. Apertou-a, quase rudemente. — Tu vais reagir, sei que vais. E eu vou passar a minha vida toda sem te ter. — Lena precisava de se ir embora. Afastou-se dele e escondeu a cara. — Eu amo-te. Nunca deixarei de te amar — prometeu ele, tal como fizera poucas semanas antes no passeio em frente da casa dela.

Dessa vez fora um tesouro. Desta vez era uma maldição.

Ela deu meia volta e desatou a correr.

Tibby concordara em ir à pedicura. Nunca se vira como o género de rapariga que vai à pedicura, mas a mãe quisera que ela fosse e era difícil detestar uma massagem aos pés à borla. Além disso, quando se sentaram lado a lado com os pés enfiados em *jacuzzis* miniatura, Tibby apercebeu-se de que fora essa a altura em que passara mais tempo com a mãe durante todo o Verão. Talvez tivesse sido essa a ideia. Talvez às vezes se tivesse de ir por arrasto para conseguir o que se precisava.

A mãe escolheu um verniz vermelho-escuro para as unhas dos pés. Tibby escolheu vermelho-claro. Mas depois mudou de ideias e foi também para o escuro.

— Queria mostrar-te uma coisa, querida — disse a mãe, tirando um sobrescrito da carteira.

Desdobrou a carta, escrita à mão em papel espesso e elegante.

— É da Ari.

Tibby estremeceu. Pensou em Lena, claro, e pensou igualmente em toda aquela estúpida discussão.

— Fez-me chorar — disse Alice, parecendo atrair aos olhos uma leve humidade como que a demonstrar. Tibby percebeu que não era o tipo de choro triste.

— Antes de partirem para a Grécia, ela escreveu-me uma carta amorosa a pedir desculpa por toda a confusão. É uma pessoa muito querida. Sempre foi. — O rosto de Alice adquiriu uma expressão sentimental e Tibby sentiu-se de repente também sentimental.

— Lembro-me quando tu e a Ari jogavam ténis contra Marly e Christina às quartas-feiras, e revezavam-se a ganhar.

Alice riu.

— Não nos revezávamos — disse ela.

— Talvez fosse apenas coincidência — cedeu Tibby, sabendo que não.

Recordou as quatro Setembros pequeninas, a brincar durante horas todas as quartas à tarde no modesto parque infantil de Broadbranch Road, ao lado do campo de ténis público, enquanto as mães batiam a bola de umas para as outras. Se bem se lembrava, tinha por junto dois escorregas. O homem dos gelados parava sempre ali a sua carrinha, e as mães quase sempre as deixavam comer barras de gelado.

— Gostava de saber se ela ainda joga? — perguntou Alice mais para o ar do que para Tibby. — Seja como for. — Tirou o sobrescrito da carteira. — Aqui está o que eu te queria mostrar. — Passou a Tibby uma fotografia colorida dez por cinco.

— *Ohhhh.* — Tibby pegou-lhe e analisou-a, deixando a satisfação invadi-la até às pontas das suas unhas dos pés vermelho-escuras. — É o máximo — disse ela. — Posso ficar com ela?

Havia uma infecção grave, fatal na realidade, chamada endocardite, que era uma inflamação do coração. A bisavó de Lena morrera dessa infecção em jovem, e Lena tinha a certeza absoluta de que sofria disso.

Ficou deitada pela manhã dentro, a vigiar a dor e o inchaço.

Algures pela hora do almoço, a mãe entrou no quarto em bicos de pés, tirou os sapatos de salto, e enfiou-se na cama com ela. Ainda tinha o saia-casaco de seda azul vestido. A resistência de Lena evaporou-se. Sentiu-se a regressar aos três anos quando a mãe lhe passou os braços em volta e a puxou protectoramente contra o peito. Sentiu o seu perfume único, potente, de mãe, e entregou-se. Chorou, estremeceu, e pingou desagradavelmente do nariz enquanto a mãe lhe acariciava o cabelo e lhe enxugava as faces. Talvez tivesse dormitado um pouco, por estranho que pareça. Deixou totalmente de ser uma criatura consciente.

A mãe teve uma paciência de santa. Não disse nada até a luz ter mudado no quarto e a claridade rósea do fim de tarde penetrar pela janela. Quando a mãe se sentou um pouco mais direita na cama, Lena reparou que sujara de muco o melhor fato da mãe.

— Não te importas que te fale um pouco a respeito de Eugene? — perguntou-lhe a mãe muito docemente.

Lena endireitou-se também e fez um aceno de cabeça. Tinha-se preocupado tanto com Eugene no início do Verão e agora quase nem conseguia lembrar-se porquê.

Ari brincou um bocado com os anéis antes de começar a falar — a aliança, o anel de noivado com diamantes, a esmeralda dos quinze anos de casada.

— Conheci-o na igreja em Atenas aos dezassete anos e apaixonei-me loucamente. — Lena acenou de novo. — Ele foi para a América para a faculdade, na American University. Ao pé de nossa casa. — Novo aceno. — Eu fiquei em Atenas. Durante quatro anos sofri todos os dias e todas as noites em que estivemos separados. Sentia-me como se só vivesse aquelas escassas semanas do ano em que estávamos juntos. — Lena voltou a acenar. Compreendia bem aquilo. — Quando fiz vinte e um anos, depois de frequentar a universidade em Atenas, mudei-me para a América para estar com ele. A minha mãe proibiu-me, e ficou furiosa quando parti. Servi a mesas e esperei por Eugene. Ele andava muito ocupado com a sua vida e a terminar o curso. Eu aceitava de bom grado qualquer bocado dele que ele me quisesse dar. — A mãe olhou para cima e meditou um pouco naquilo. — Pediu-me em casamento e claro que eu aceitei. Deu-me um anel com uma pérola minúscula, e eu apreciei-o como se fosse um ícone religioso. Vivemos juntos como se já fôssemos casados. Se a minha mãe tivesse sabido isso, morria. Três meses depois, o Eugene partiu subitamente e regressou à Grécia.

— Mmmm — entoou Lena compreensiva.

— O pai cortara-lhe a mesada e dissera a Eugene que era melhor voltar para casa e dar algum uso à sua dispendiosa educação. Na altura, eu não soube disso. — Lena acenou. — Durante um ano senti umas saudades loucas dele. Ele ia dizendo que voltaria no mês seguinte, e no seguinte, e no seguinte. Eu vivia num horrível apartamento de uma só divisão por cima de uma loja de animais de estimação em Wisconsin Avenue. A minha pobreza e solidão não podiam ser maiores. E, valha-me Deus, o sítio era de facto uma droga. Tantas vezes quis regressar a casa. Mas pensava que o Eugene voltaria para mim, que nos casaríamos como ele prometera. E, claro, não queria dizer à minha mãe que ela tivera razão. Lena acenou uma vez mais. Compreendia também isso. — Inscrevi-me na Universidade Católica nesse Outono. No primeiro dia de aulas recebi um telefonema da minha irmã. Ela disse-me aquilo que todos sabiam há já várias semanas. O Eugene conhecera outra rapariga. Não tencionava voltar para mim.

O queixo de Lena tremeu de simpatia.

— Pobrezinha — murmurou ela.

— Abandonei a faculdade no primeiro dia de aulas. Meti-me na cama.

Lena acenou solenemente. Parecia-lhe um gesto muito prático.

— E depois?

— Tinha uma conselheira verdadeiramente bondosa na universidade. Ela telefonou-me para casa. Convenceu-me a voltar.

— E depois? — Lena tinha a sensação de que estavam prestes a chegar à parte da história que ela conhecia.

— No dia de Acção de Graças conheci o teu pai. Éramos os dois únicos gregos confusos e sem país a comer sozinhos em Howard Johnson's.

Lena sorriu. Conhecia aquela parte. A história tantas vezes contada do primeiro encontro dos pais, surgida neste contexto, soube-lhe tão bem como uma camisola velha.

— E casaram quatro meses mais tarde.

— É verdade.

E contudo, o famoso encontro e casamento em turbilhão dos seus pais adquiria uma tonalidade diferente, mais sombria, agora que ela conhecia todos os factos.

— Mas, infelizmente, não foi o fim de Eugene.

— Oh. — Lena pressentiu que era ali que as coisas se tornavam difíceis.

A mãe pareceu considerar a sua estratégia durante um ou dois minutos. Por fim disse:

— Lena, vou explicar-te isto como jovem mulher com quase dezassete anos e não como filha. Isto é, se quiseres que eu o faça.

Lena queria-o infinitamente, mas ao mesmo tempo não queria. Prevaleceu o querer. Acenou afirmativamente.

Ari respirou fundo.

— Pensei frequentemente em Eugene nos primeiros anos do meu casamento. Amava o teu pai, mas não confiava nesse amor.

— Passou o dedo por cima do lábio, olhando a distância sem ver.

— Tinha vergonha de tão rápida recuperação, acho eu. Acreditava que o nosso amor estava ligado a Eugene e manchado por ele. Tinha receio de ter transferido os meus sentimentos por Eugene para o teu pai devido a uma necessidade emocional.

O coração de Lena estava pesado quando ela acenou. A mãe tinha formação psicológica e às vezes isso notava-se.

— Quando tu tinhas quase um ano, o Eugene telefonou-me de Nova Iorque. Era a primeira vez em quatro anos que ouvia a voz dele. Entrei em parafuso. — Lena começava a ficar nervosa sobre o rumo que aquilo estava a tomar. — Queria que eu fosse lá encontrar-me com ele. — Lena cerrou os dentes. Sentiu pena de si com um ano. — Agonizei durante três dias. E depois fui. Arranjei uma desculpa para o teu pai, deixei-te com Tina e Carmen, e meti-me no comboio.

— Oh, não — murmurou Lena.

— O teu pai ainda não sabe, e preferia francamente que não lhe contasses.

Lena acenou, sentindo a excitação de saber uma coisa acerca da mãe de que o pai nem suspeitava e simultaneamente a profunda repulsa pelo facto.

— Lembro-me de caminhar para ele em Central Park, a tocar naquele horrível anel com a pérola que trouxera no bolso do casaco. Sinceramente, naquele momento não sabia como ia ser o resto da minha vida. — Lena fechou os olhos. — As três horas que passámos a passear no parque foram provavelmente as horas mais importantes da minha vida. — Lena não queria ouvir aquilo.

— Porque saí dali e voltei para casa para ti e para o papá, e a partir daí soube que amava o teu pai por ele próprio e que já não amava o Eugene.

Lena sentiu o coração começar a elevar-se.

— Então não... aconteceu nada.

— Beijei-o. E foi tudo.

— Oh — exclamou Lena, mal podendo acreditar que estava a ter aquela conversa com a mãe.

— Sentia-me tão feliz por estar em casa nessa noite. Nunca esquecerei essa sensação. — A voz da mãe adquiriu um tom divertido e quase conspiratório. — Acho que eu e o papá fizemos a Effie nessa noite. — Lena começava a precisar de voltar a ser outra vez a filha. — E o resto sabes tu mais ou menos.

Aquilo atingiu Lena de repente. Fazia um certo sentido cósmico que a sua concepção e infância tivessem sido passadas numa atmosfera de preocupação e desconfiança enquanto Effie navegara numa onda de felicidade absoluta. Fazia um certo sentido doentio.

— Então isso foi o fim de Eugene — disse ela.

— Não foi assim tão fácil. Ele telefonou-me meia dúzia de vezes ao longo dos anos seguintes. Estava em geral bêbado. O teu pai detesta verdadeiramente esse homem. — Ari revirou os olhos à recordação. — É por isso que Tina, Alice e — Lena sabia que a mãe estivera quase a dizer *Marly*, mas deteve-se. — É por isso que as minhas melhores amigas sabiam de Eugene. Eu tinha pavor daqueles telefonemas e das discussões que eles provocavam com o teu pai. Ainda hoje não menciono o nome dele diante do papá. Foi em parte por isso que reagi como reagi quando tu falaste nele.

Lena acenou.

— Mas o papá não tem razão para se preocupar, pois não?

— Ah, não. — Ari abanou enfaticamente a cabeça. — O teu pai é um homem extraordinário e um excelente pai. O Eugene é um idiota. Olhando para trás para aquela separação dolorosa, sinto que foi a melhor coisa que me podia ter acontecido.

Ari olhou significativamente para a filha.

— E é disso, minha querida, que quero que te lembres.

Tibberon: Falei com a Lena. Que baralhada horrível e incrível. Falaste com ela recentemente?

Carmabelle: Acabo de falar com ela. Nem consigo imaginar. Pobre Lena. Que podemos nós fazer? Deixa-te estar. Vou até aí.

Bridget sabia que estava na altura de regressar a casa. Agora que sabia o que se passava com Lena, precisava de estar com ela. No seu último dia em Burgess, estendeu-se com Greta no jardim das traseiras. Mascaram cubos de gelo e discutiram projectos futuros para melhorar a casa em vez de se despedirem.

E mesmo assim as três horas chegaram e era tempo de Bridget partir.

Greta estava a ser cautelosa. Não queria ser ela a começar a chorar.

Bridget nunca era cautelosa, por isso disse aquilo que estava a pensar.

— Sabe uma coisa, Avó, se eu não tivesse três amigas que adoro, ficava aqui consigo. Sinto-me em casa aqui.

Greta desfez-se em lágrimas como previsto. Bridget também.

— Vou sentir tanto a tua falta, querida. Tanto.

Bridget acenou com a cabeça. Abraçou Greta talvez com demasiada força.

— E traz o teu irmão quando vieres pelo Natal, prometes?

— Prometo — afirmou Bridget sinceramente.

— E lembra-te — segredou-lhe a avó ao ouvido antes de finalmente a largar —, eu estarei sempre aqui para te amar.

Depois de pegar nas suas coisas, Bridget voltou-se já no passeio para olhar uma última vez para a casa. Quando chegara parecera-lhe tão sem graça, mas agora parecia-lhe bela. Distinguia o vulto de Greta por dentro da janela da frente. A avó estava a chorar convulsivamente e não queria que Bridget visse.

Amava esta casa. Amava Greta. Amava Greta pelo seu Bingo às segundas e a sua TV às sextas e o seu almoço ao meio-dia de todos os dias.

Talvez Bridget não tivesse um grande lar com o pai e Perry. Mas arranjara aqui um lar.

Lenny,

Ainda estás na Grécia, por isso sei que não receberás já esta carta, mas preciso de fazer alguma coisa. Preciso de sentir que estou contigo de alguma forma.

Lamento imenso o Bapi. Chorei por ti esta manhã quando soube. Foste sempre equilibrada, Len, e tão boa para a trapalhona que eu sou. Gostaria de, por uma vez, poder ser eu a apoiar-te.

Todo o carinho,
Bee

Aconteceram duas coisas importantes no quarto e último dia de Lena na Grécia. A primeira foi que a avó lhe deu os horríveis sapatos brancos de borlas do bapi, e espantosamente, eles serviam no enorme pé de Lena. A avó pareceu consternada, como se não tivesse pretendido que ela os fosse mesmo calçar, mas Lena ficou muito satisfeita.

— Ia metê-los no caixão, mas pensei que talvez gostasses de os ter, doçura.

— E gosto, avó. Obrigada. Gosto imenso deles.

A segunda coisa foi que, ao cair da noite, Lena sentou-se no pequeno muro no exterior de casa da avó e fez um quadro para o bapi. Tinha pensado enterrá-lo com ele.

Foi a lua cheia suspensa sobre a Caldera serena que a inspirou. Dispôs as suas tintas e o cavalete e começou a juntar diversos pedaços de tinta num turbilhão de cores noturnas. Nunca tinha pintado no escuro, e possivelmente não voltaria a fazê-lo, porque era basicamente impossível.

Mas conseguiu captar as duas luas resplandecentes, a do céu e a sua gémea reflectida na água. Pareciam a mesma, e no quadro dela eram a mesma.

Enquanto misturava aquela confusão de óleos na paleta, viu que Kostos viera colocar-se atrás dela e observava o seu trabalho.

Observou muito pacientemente para um homem que acabava de arruinar a vida de ambos.

— Noite de luar — disse ele para ninguém em especial, depois de o ter examinado durante muito tempo.

Engraçado, porque era justamente assim que ela pensara chamar-lhe, e só o receio de que parecesse presunção a levara a recuar. Não podia ligar nada que fosse seu a Van Gogh, especialmente ao quadro dele de que mais gostava. Pensou na mãe e em Eugene e perguntou-se se alguma vez conseguiria achar que Kostos era um idiota. Duvidava um bocado.

— O bapi vai adorar — disse ele.

OK, duvidava muito.

Fez um esforço para não chorar de novo, e mais ainda, para não permitir que o nariz pingasse. Sabia que era a última vez que o veria talvez para sempre. Voltou-se e levantou-se para lançar um olhar longo e sequioso ao seu rosto, deixando que ele se infiltrasse nela.

Na noite anterior, sentira-se sufocada, hostil e entorpecida, mas agora, fosse lá por que fosse, não.

— Adeus — disse ela.

Apercebeu-se de que ele bebia igualmente sequioso a imagem dela. Os olhos dela, o cabelo, a boca, o pescoço, os seios, as calças manchadas de óleos, os sapatos do bapi. Teria sido totalmente inconveniente se aquilo fosse um olá e não um adeus. Talvez fosse inconveniente mesmo assim.

— As coisas que me disseste ontem à noite — começou ela.

— Ele inclinou a cabeça. — Lena pigarreou. — Igualmente.

Tinha de reconhecer o seu mérito. Não podia ter arranjado forma mais poética de o dizer.

Ele acenou de novo.

— Nunca te esquecerei. — Pensou um pouco naquilo. — Bem, espero esquecer-te um bocadinho. — Arrastou a ponta do sapato do Bapi. — De outro modo será muito difícil continuar.

Os olhos dele estavam agora inundados de lágrimas. Os cantos da boca tremiam-lhe.

Ela pousou a paleta e o pincel no muro. Elevou-se em bicos de pés, pôs-lhe as mãos nos ombros para se equilibrar, e beijou-o na face. Independentemente do local, beijou-o como amante e não como amiga. Mas talvez passasse. Ele tomou-a nos braços, com mais força e mais próximo do que devia. Custou-lhe largá-la.

Um bocado depois de Kostos ter partido, surgiu Effie. Trazia o seu *Walkman* ligado e um aspecto desarranjado muito suspeito.

— Não há dúvida de que choras muito mais do que costumavas — comentou Effie.

Lena quase poderia ter rido.

— E tu descobriste o empregado, não foi?

Effie encolheu os ombros modestamente. Claro que Effie podia retomar o seu interesse romântico do Verão anterior como se não tivesse decorrido tempo nenhum. Effie podia divertir-se a curtir à grande e quando fosse altura de partir, podia dizer adeus à sua paixoneta, sem que isso a afectasse.

Lena observou a irmã com admiração. Effie balançava a cabeça ao ritmo de uma canção qualquer idiota que lhe chegava pelos auscultadores.

Pessoas diferentes eram boas em coisas diferentes, meditou Lena. Lena era muito boa a escrever bilhetes de agradecimento, por exemplo, e Effie era muito boa a ser feliz.

Nascemos não uma vez, mas várias.

Bridget tinha querido transportar as suas malas os setecentos metros que iam até à estação de camionetas, mas quando Billy apareceu de repente a seu lado no passeio e pegou nas duas mais pesadas, não ficou zangada.

— Gostava que não te fosses embora — disse ele.

— Precisam de mim lá — respondeu ela. — Mas a gente vê-se.

Olhou para Billy ali na estação de camionetas, com as suas malas, a desejar que ela não se fosse embora. Ele gostava dela, tinha a certeza. Observou-o à procura de sinais de desejo físico. Ela queria isso, não queria? Já gostava outra vez o suficiente de si para achar que merecia isso.

Mas interrogou-se. Quereria realmente isso? Não ficara farta de rapazes que olhavam para ela dessa forma? Até certo ponto, não o detestaria se ele modificasse a maneira como gostava dela por estar agora bonita e loura?

Fosse como fosse, ele não estava a olhar para ela dessa forma. Estava a olhar para ela como a Bee, que ele conhecia desde os seis anos. Estava a olhar para ela como olhava quando ela lhe gritava no campo de futebol. Não estava?

Ele tocou na parte de dentro do pulso dela.

Ou não estava?

Ela pensara que a Bee que fora aos seis anos e a Bee que era agora se encontravam a mundos de distância, separadas pelas suas

263

tragédias. Pensara que a Bee que era amiga dele e a Bee por quem ele podia potencialmente ficar caído eram raparigas diferentes e opostas. Agora já não sabia bem o que pensar.

Mas quando ele a beijou em cheio nos lábios, percorreu-a um formigueiro dos pés à cabeça, e ela soube que gostava.

Num relâmpago de assombro viu solo firme e contínuo debaixo dos seus pés, estendendo-se desde então até agora e por aí adiante até onde os seus olhos alcançavam.

Era, de facto, uma ideia bastante bizarra. Mas Carmen sempre gostara de coisas que vão e vêm. A mãe tinha saído com David e andava ocupava a ser feliz para sempre. Carmen cumprira a sua penitência, passando os dias a preocupar-se com Lena e a ver a mãe ditosa. E tinha tido imenso tempo para se dedicar a isso, porque os Morgans estavam a passar as duas últimas semanas de Verão na praia.

Porter tinha-lhe deixado um par de mensagens na semana anterior a convidá-la para uma festa com disco *jockey* em Chevy Chase. Por isso Carmen achou que talvez agora que já assentara a cabeça a respeito da mãe, pudesse começar a gostar dele a sério.

Ele pareceu surpreendido quando ela lhe telefonou e o convidou para sair tão em cima da hora. Mas aceitou e ofereceu-se para a levar ao Dizzy's Grill, o que significava que não a detestava totalmente. Ou talvez a detestasse e planeasse perversamente presenteá-la com a conta no final da noite. Carmen tomou mentalmente nota para meter mais uma nota de vinte dólares na carteira.

Vestiu as Calças Viajantes pela primeira vez desde aquela noite decisiva em que Christina se apaixonara por David e Carmen não se apaixonara por Porter. Esta noite, quem sabe? Com as Calças, esta noite poderia muito bem ser igualmente decisiva.

Preparava-se para arrancar um pêlo saído da sobrancelha quando o telefone tocou.

Segundo o identificador de chamadas, estavam a telefonar-lhe de uma cabina em Union Station.

— Está?

— Olá. É o Paul.

264

Ela tinha a certeza absoluta de que Paul devia encontrar-se entre Charleston, onde passara duas semanas em casa, e Filadélfia para onde voltara à universidade.

— Olá. O que estás a fazer?

— Perdi o comboio.

— Oh, não. O que aconteceu?

— Perdi-me no metropolitano.

Carmen soltou uma sonora gargalhada.

— Mentira!

— Mentira.

— Oh.

— Apanhei boleia de um amigo até Washington e depois perdi realmente o comboio.

— Oh.

Considerou as implicações daquilo. Aquilo significava que Paul não tinha onde ficar nessa noite e ela teria de se ocupar dele.

— Uhhh. — Tamborilou no telefone, a pensar. — Vai ter comigo ao Dizzy's Grill na esquina da Wisconsin com Woodley. Quando chegares, chegaste. Comeste?

— Não.

— Belo. Vemo-nos lá. — Pobre Porter. Ia ser um encontro estranho, com um rapaz a mais e tudo.

Carmen tinha finalmente a pinça em volta do pêlo irritante pela segunda vez quando o telefone tocou de novo.

— Céus! — gritou ela, atirando a pinça à parede.

Aquela chamada era de casa de Lena. Teria Lena voltado? Agarrou rapidamente no telefone.

— Lena!

— Não, é a Effie. — Effie estava a sussurrar.

— Já vieram?

— Iá, há coisa de uma hora.

— Como está a Lena?

Carmen sentia o coração bater-lhe nas fontes. Lena voltara. Lena ia precisar dela. Bom, acabara-se. Esperava que Paul e Porter se divertissem um com o outro.

Effie fez uma pausa.

— Mmmm. Não te sei dizer.

— Ela está a pé? Fala?

— Sim e não.

— Que quer isso dizer?

— Está a pé sim, falar não.

— Oh. Vou já para aí.

— Não, tens de a levar a sair.

— Tenho?

— Iá — afirmou Effie. — É do que ela precisa.

— Oooookay. Tens a certeza? — Effie era mandona e Carmen era mandona. Nem sempre jogavam bem.

— Tenho. Metade do quarto dela está coberto de cartas, a outra metade de fotografias. É assim. Partimos à pressa. Tens de a levar a sair e distraí-la, e eu tenho de fazer desaparecer tudo aquilo. Talvez pela conduta do lixo abaixo. Ah-ah.

Carmen permaneceu calada. Effie não se ralava que mais ninguém risse das suas piadas.

— Falaste com a Tibby? — perguntou ela.

— Não está em casa.

— OK, Ef. Vou aí buscá-la dentro de um quarto de hora. — Carmen pousou o telefone com força.

Abanou a cabeça enquanto corria pelo quarto e enfiava as suas coisas na carteira. Tinha de levar também a Lena para o Dizzy's Grill. Era a única coisa a fazer.

E, de qualquer maneira, o encontro da maluca da Carmen com dois fulanos ao mesmo tempo seria pelo menos uma distracção.

Muito tempo depois, Carmen tentou rememorar todas as tonalidades daquele estranho encontro. Queria localizar exactamente o que acontecera. Como acontecera. Por que acontecera. Se acontecera.

Ela estava com as Calças vestidas. Estava de mãos dadas com Lena. Lena estava com umas calças de flanela macia com cordão e uma camisola. A um metro de distância parecia uma vulgar *T-shirt* branca, direita e simples. Mas de perto via-se um folho pequenino em volta do pescoço. Carmen reparara imediatamente naquilo. A *T-shirt* era um clássico de Lena, mas o folho não.

Lena parecia particularmente magra. Estava magra de desgosto, mas Carmen não pôde deixar de a invejar na mesma. Os olhos de Lena, grandes e luminosos, pareciam focados numa vaga meia distância, nem cá nem lá. Pestanejou e olhou em volta do restaurante como um recém-nascido. A sua pele parecia delicada e sensível, e os olhos pareciam ver pela primeira vez. E Carmen sentiu-se mal por arrastá-la para aquele cenário fervilhante, fumarento e superestimulante. Não era sítio para um recém-nascido.

Carmen deixou Lena sentada à entrada do restaurante, no local onde se espera. Entrou na sala de jantar com passadas largas e descobriu Porter e Paul à espera dela, cada um em sua mesa. Dirigiu-se primeiro a Porter. Ele levantou-se e sorriu ao vê-la.

— Ôi. — Beijou-a nos lábios, mas ela estava demasiado distraída para analisar aquilo.

— Olha, ouve. Esta noite complicou-se um bocado. — Fez uma careta a desculpar-se. — Um amigo meu — o filho da minha madrasta, na realidade — perdeu o comboio dele esta noite e não tem para onde ir, por isso convidei-o a vir também. — Tocou no queixo, hesitante. — Não te importas?

Ele lançou-lhe um olhar que dizia: *Que te interessa se me importo?*

— E além disso — Carmen apressou-se a prosseguir. — A minha amiga Lena? Conhece-la. Voltou esta noite da Grécia e está um bocado... bem, na realidade, está um desastre — disse ela baixando a voz —, e não posso deixá-la sozinha, portanto ela também está cá. — Ergueu os ombros em ar de lamento. — Desculpa.

Porter fez um aceno de cabeça. Carmen achou que nesta altura dos acontecimentos já não havia muito que ela pudesse fazer que o surpreendesse ou desapontasse.

Entretanto Paul já a avistara. Foi ter com ele.

— Ôi. Anda daí.

Ele seguiu-a.

— Porter, este é o Paul. Paul, este é o Porter — apresentou ela assim que chegou mais perto.

— Ei. — Porter ergueu uma das mãos à laia de chefe índio.

Ela parecia estar a organizar a vida de montes de gente esta noite. Apontou para a mesa a que Porter tinha estado sentado.

— Cabemos todos aqui, certo?

Porter encolheu os ombros.

— Claro.

— OK. Sentem-se. Eu vou buscar a Lena.

Paul parecia um bocado traumatizado. Não era muito sociável. Provavelmente já desejava ter ficado num banco da Union Station.

Sentada numa cadeira à entrada, Lena observava as mãos enquanto o mundo rodopiava à sua volta.

— Len? — Ela levantou os olhos. — Desculpa ter-te arrastado esta noite, mas vamos jantar com dois tipos que tu não conheces. — De que adiantava estar com panos quentes? Se Lena se ia amotinar, era agora.

Em vez de se enfiar debaixo de uma cadeira, como Carmen quase esperava, Lena pôs-se de pé e seguiu-a obedientemente. O que preocupou mais Carmen do que uma cena de gritos e pontapés.

Iam as duas a dirigir-se à mesa. Foi por essa altura que aquilo aconteceu. Por qualquer razão, Paul e Porter estavam ambos sentados do mesmo lado da mesa, de frente para as raparigas que se aproximavam. De certa forma, era cómico ver aqueles dois rapazes muito altos sentados lado a lado. Ela não saberia dizer qual o ar de Porter nesse momento, porque estava a observar Paul.

Foi então que os relógios pararam, a sala ficou silenciosa e as cores passaram a sépia. A atmosfera encheu-se de nostalgia, embora nada tivesse ainda acontecido.

Paul olhou para Lena. Milhões de rapazes tinham olhado para Lena, mas nunca nenhum olhara assim para ela.

Essa foi uma das coisas sobre as quais Carmen se interrogou mais tarde. Aquele olhar de Paul. Como podia a expressão de uma cara conter tantas coisas?

Porter levantou-se. Paul levantou-se. Sentaram-se todos. Carmen disse coisas. Porter disse coisas. O empregado apareceu e disse coisas. Tudo parecia aleatório e irrelevante, porque estava a acontecer algo de importante.

Paul e Lena, Lena e Paul. Nem sequer sorriram um ao outro ou disseram qualquer coisa. Talvez eles nem sequer se apercebessem de que estava a acontecer alguma coisa, mas Carmen sim. Ela soube simplesmente.

De súbito, no meio do agradável quarteto, abriu-se um abismo. De um lado estava o mundo e o restaurante e todas as pessoas normais como Porter e Carmen. Do outro estavam Paul e Lena. Embora estivesse profundamente alerta, Carmen achava que não podia olhar para eles nem escutá-los. Não pertencia ali, ao lado de lá.

— Queres dividir as asas de frango com especiarias? — perguntou-lhe Porter amavelmente.

Carmen sentia vontade de chorar.

Estas eram as Calças do Amor! Eram mesmo! Havia em volta delas pura magia de metamorfose. Mas não era para ela! Nunca era para ela.

Ela não era boa a amar. Amava demasiado.

A sua imaginação começava a dispersar-se em direcções perigosas. Lena passaria a ser o centro do mundo de Paul. Via isso perfeitamente. Ele deixaria de se importar com Carmen. Não ouviria atentamente todas as coisas estúpidas que ela dizia.

E quanto a Lena? O que faria isso à sua amizade? À Irmandade? Onde é que isto ia deixar Carmen?

Algures no seu íntimo fervilhava ansiedade que lhe enchia o estômago de ácido e lhe embrulhava os intestinos.

Que se passava com ela e os encontros a quatro? Por que é que Carmen tinha de ficar sentada à margem do amor quando ele se achava tão perto? Por que é que acabava a perder em vez de ganhar?

Nessa altura pensou na mãe e em David. Ele tinha chegado ao apartamento ao fim da tarde com *bouquets* de rosas para Christina e para Carmen. Carmen apreciara o gesto principalmente porque ele fizera a mãe extremamente feliz. David sabia a palavra em que Carmen emperrara nas palavras cruzadas (cão japonês, cinco letras, começada em *a*). Contudo, o mais importante fora o rosto radiante da mãe mesmo a esforçar-se por parecer racional. Isso não era perder. Isso era ganhar.

No mundo de Lena e Paul, Paul murmurou qualquer coisa para Lena. Lena baixou timidamente os olhos para a mesa, mas quando voltou a erguê-los estava com o sorriso mais bonito que Carmen já lhe vira. Algumas coisas tinham mudado em Lena.

Carmen podia ignorar aquilo que estava a ver. Podia sentir-se ameaçada e tentar espezinhar aquilo antes que criasse raízes.

Ou podia pensar que Lena e Paul eram duas das pessoas que ela mais amava em todo o planeta, e que cada um deles merecia o amor de alguém tão digno dele como o outro.

De repente levantou a cabeça.

— Lena?

Lena pareceu viajar muitos quilómetros para chegar até ela.

— Sim?

— Podes vir comigo só um segundo? — Tanto Paul como Lena pareceram fitá-la espantados por ela se intrometer tão ruidosamente. — É só um segundo, prometo — acrescentou Carmen.

Uma vez no *toilette*, Carmen desabotoou as Calças. Tirou-as rapidamente.

— Dá cá as tuas e veste estas, OK?

— Por que é que estás a fazer isto? — perguntou Lena.

— Porque sei que vai ser uma noite importante para ti. — O coração de Carmen martelava.

— Como é que sabes? — Lena parecia quase assustada.

Carmen levou a mão ao peito.

— Sei simplesmente. Sei.

Lena fixou os olhos arregalados nos de Carmen.

— Importante como? O que queres dizer?

Carmen inclinou a cabeça.

— Len. Se não sabes, depressa saberás. Passaste por muito este Verão. Pode demorar um bocado.

A fisionomia de Lena espelhava confusão. Não ia discutir. Enfiou as Calças. O ar pareceu brilhar com elas.

Graças a Deus a Lena esta noite trazia calças de apertar com cordão, pensou Carmen, vestindo-as e apertando-as rapidamente.

Lena já ia a flutuar através da porta para passar ao restaurante. Vendo-a caminhar para Paul, Carmen pressentiu que era um daqueles estranhos pontos no tempo em que o mundo se revela. Talvez ela fosse a única a conseguir ver.

É assim que vai ser, pensou Carmen. E ela descobrira a maneira de amar o amor, como quer que ele se manifestasse.

270

* * *

Lena estava em casa, estendida na cama. Como de costume, pensava agitada num rapaz. Mas esta noite, por estranho que parecesse, o rapaz em questão não era o do costume. Este novo rapaz era mais alto e mais largo e tinha uns olhos tão intensos. A maneira como olhava para ela, era como se ele pudesse ver tudo, mas apenas tomasse aquilo que ela estava preparada para dar. Não era casado. E tanto quanto ela sabia, não tinha engravidado ninguém.

Fosse lá como fosse, no espaço de cerca de noventa segundos, ela tinha largado o trapézio em que voava, pairara no espaço com o coração suspenso, e agarrara um trapézio que voava na direcção oposta.

Desde quando é que ela era uma voadora? interrogou-se. Como é que passara de ermita emocional a artista de trapézio?

Estava preocupada com a sua segurança.

Telefonou a Tibby. Não falava com ela desde que regressara a casa, e apetecia-lhe exprimir-se em voz alta.

— Tib, não sei o que se passa comigo — gemeu ela, sem ter a certeza se era um gemido feliz ou triste. Lá em cima no trapézio, os dois sentimentos pareciam fundir-se, idênticos na sua intensidade.

— O que é, Len? — perguntou Tibby o mais docemente que soube.

— Acho que tenho aquela doença em que o coração incha.

— Bom — comentou Tibby filosoficamente —, eu diria que é melhor ter o coração inchado do que mirrado.

Quando Carmen entrou depois de ter largado Lena, ouviu o telefone tocar. Atendeu na cozinha.

— Está?

— Ôi, Carmen, é o Porter.

— Ôi — saudou ela surpreendida.

— Ouve, eu desisto. Só queria que soubesses. Uma pessoa só aguenta um tanto.

Carmen engoliu em seco. Não sabia porquê, sentia o coração a bater em todos os sítios errados do corpo.

— Que queres tu dizer? — perguntou timidamente, desonesta-
mente. Ela não *queria* saber o que ele queria dizer, mas isso não
significava que não soubesse já.

Porter respirou fundo.

— Vou ser franco. Ando caído por ti há, quê, dois anos. Estava
desatinado para andar contigo este Verão. Esperava realmente que
as coisas resultassem, mas céus, Carmen, quantas vezes se pode
atrair um tipo com falsos pretextos?

Porter fez uma pausa, dando-lhe oportunidade para se defender,
mas ela estava tão atónita que não conseguiu activar a língua.
Sentiu-a ficar ali pendente na boca, sem servir para nada.

— Fiquei confuso por tu continuares a telefonar. Quando saía-
mos, percebia que não estavas lá, mas depois telefonavas-me outra
vez. — O seu tom de voz não era irritado. Era resignado. — Seja
como for, desisto oficialmente. Só consigo ser um idiota durante
um certo tempo.

No meio do seu silêncio pasmado e confuso, Carmen começou a
perceber que Porter não era a pessoa que ela julgara ser. Mas também,
ter-se-ia ela interrogado sequer, ao menos um segundo, sobre *que*
tipo de pessoa ele era? Considerara longamente o mérito do seu
visado namorado, mas não o facto de ele ter sentimentos reais nem,
Deus nos livre, de falar deles. Ele era um rapaz, um potencial namorado, um acessório invejável muito semelhante a uma boa carteira.

Não era?

— Sei que andaste perturbada por tudo aquilo com a tua mãe,
e compreendo. Mas pensei que depois das coisas arranjadas, pudéssemos finalmente andar juntos.

Não, não era.

Sentiu as faces a arder. Andara tão enganada a respeito dele que
era quase irrisório.

— Porter? — disse ela. O nome parecia-lhe agora diferente. De
súbito sentiu-se como se estivesse a falar com um amigo.

— Iá?

— Eu consigo ser idiota muito mais tempo do que tu.

Ele riu, embora algo acabrunhado.

Eles não tinham rido juntos, apercebeu-se Carmen. Ela não lhe
dera oportunidade para tal.

— Não sei o que dizer em minha defesa a não ser que não me apercebi de que és uma pessoa real — disse ela francamente.

— O que é que pensavas que eu era?

— Céus... não sei. Um pinguim?

Ele riu um pouco mais e pigarreou.

— Não sei bem como tomar isso.

— Mas estava enganada.

— Não sou um pinguim?

— Não.

— Ainda bem que mo dizes.

Carmen inspirou funda e tristemente.

— Peço-te imensa desculpa — disse ela, desejando não se colocar tão frequentemente na posição de dever às pessoas as suas maiores e mais sinceras desculpas.

— Aceite — disse ele com naturalidade.

— Obrigada — agradeceu ela.

— Cuida-te, Carmen. — A sua voz tinha um tom íntimo. Era agradável.

— Obrigada — repetiu ela, ainda mais baixo, e ouviu-o desligar.

Ao pousar o telefone, sabia que tivera o que merecia. E o pior é que, pela primeira vez, podia imaginar o que seria gostar realmente dele.

Sorria debilmente ao enfiar o pijama de turco vermelho, aquele que usava quando estava doente. Sentia-se envergonhada, mas também estranhamente esperançada.

Na manhã seguinte, após ter viajado a noite toda, Bee saltou da camioneta em Bethesda, Maryland, mas não foi para casa. Foi directamente para casa de Lena. À porta, abraçou Ari em silêncio, e subiu as escadas.

Lena estava estendida na cama, ainda com o pijama das azeitonas verdes e pretas.

Sentou-se ao ver Bridget. Bridget soltou um pequeno grito e quase a derrubou no abraço, e depois afastou-se para a observar atentamente.

Tinha esperado encontrar a tragédia total estampada no rosto da amiga, mas não encontrou. Viu algo mais complicado do que isso.

— Soubeste do bapi? — perguntou Lena. Bee acenou solenemente. — Soubeste do Kostos? — Bee voltou a acenar. — Sou uma desgraça, hem? — comentou Lena.

— És? — perguntou Bee suavemente, analisando os olhos de Lena.

Lena olhou para o tecto.

— Já nem sei o que sou. — Deixou-se cair na cama e sorriu quando Bee se deixou cair a seu lado.

— Amava-o tanto — disse ela para Bee. Fechou os olhos e começou a chorar. Enquanto chorava, nem sequer tinha a certeza a qual deles se estava a referir. Sentiu os braços de Bee a rodearem-na.

— Eu sei — disse ela docemente. — Tenho tanta pena.

Quando Lena levantou a cabeça para respirar, Bee tinha um ar pensativo.

— Tu estás diferente, Lenny — observou ela.

Lena riu um pouco por entre lágrimas. Tocou numa das adoráveis madeixas louras de Bee.

— Tu estás a mesma. Quer dizer, voltaste a ser tu.

— Espero que esta seja uma versão mais resistente — disse Bee.

Lena esticou os pés grandes diante de si.

— Sabes uma coisa?

— O quê?

— Perguntei a mim mesma, se pudesse apagar todo este Verão, fá-lo-ia?

— E o que respondeste? — quis saber Bee.

— Até ontem à noite, teria dito, sim, por favor, ponham-me outra vez onde estava.

Bridget acenou.

— E agora?

— E agora, penso que talvez não. Talvez fique aqui.

Recomeçou a chorar. Costumava chorar aí umas três vezes por ano. Agora parecia estar a chorar três vezes antes do pequeno--almoço. Poderiam ser considerados progressos?

Apoiou-se em Bee, deixando que ela suportasse o seu peso. Que estranha inversão ir-se abaixo e deixar que fosse Bee a sustê-la.

Mas, na verdade, ela não aprendera apenas a amar este Verão, aprendera também a precisar das pessoas.

Que comece a idade de ouro.

Bee telefonou a Tibby e Carmen de casa de Lena, e elas apareceram lá momentos depois, Carmen com a *T-shirt* do avesso e os chinelos da mãe, Tibby descalça. Gritaram de alegria ao verem-se.

Agora, horas mais tarde, o sol entrava obliquamente pela janela na sua claridade rosada do entardecer e elas ainda não tinham saído do quarto. Haviam conversado longamente, as quatro deitadas na cama de Lena. Carmen sabia que nenhuma delas queria quebrar aquele momento, aquele encanto. Mas também estavam a ficar com fome.

Finalmente, Tibby e Lena partiram numa expedição de pilhagem à cozinha, destinada a levar mantimentos para cima. Mas menos de trinta segundos depois irromperam as duas de novo pelo quarto.

— Ouvimos gente na cozinha — explicou Tibby com os olhos arregalados de excitação.

— Vamos lá abaixo ver — decidiu Lena. — Mas pouco barulho.

Considerando o que tinham nos pés, reparou Carmen, não podiam fazer muito barulho. Tibby estacou do lado de fora da porta da cozinha e comprimiram-se todas atrás dela.

Carmen deixou escapar um suspiro quando viu as três mães sentadas à mesa redonda. Estavam com as cabeças curvadas, reunidas em confidência. Christina parecia estar a contar uma história

275

GRANDES NARRATIVAS

GRANDES NARRATIVAS